**Mathijs Deen**, geboren 1962 in Hengelo, ist ein niederländischer Autor und Journalist. Er veröffentlicht Romane, Kolumnen und Kurzgeschichten, mit denen er bereits für den renommierten AKO-Literaturpreis nominiert war. 2018 wurde ihm für die literarische Qualität seines Werks der Halewijnpreis verliehen. Nach seinen Romanen »Unter den Menschen« und »Der Schiffskoch« ist »Der Holländer« der erste Band seiner Krimireihe um den Ermittler Liewe Cupido.

»Der Autor beherrscht Lakonie, und er schneidert sie seinem Ermittler wie einen Maßanzug auf den Leib. Dazu ein Schuss Komik, wenn es um die Binnendynamik der beiden streitenden Polizeiapparate, die Arroganz der Deutschen, die Lässigkeit der Holländer geht. […] Ein Wiedersehen mit dem Holländer [wäre] eine feine Sache.«
*Frankfurter Allgemeine Zeitung*

»›Der Holländer‹ ist ein Roman, der nach Wattenmeer riecht, nach Schlick und nach Salz, und der nach Wattenmeer klingt: nach Möwengeschrei und Schiffsmotoren.« *Bremen Zwei*

»[›Der Holländer‹ erzeugt] eine atmosphärische Spannung, wo man wirklich die Meeresluft, das Watt, den Wind spürt – und das erfreulicherweise jenseits dieser klassischen Regionalkrimis, sondern sehr lakonisch, mit sehr plakativen Figuren, die man eigentlich so direkt in Norddeutschland treffen könnte.« *WDR 2*

»›Der Holländer‹ von Mathijs Deen ist ein grenzüberschreitender Kriminalfall in der changierenden Welt des Wattenmeers, in der selbst die Grenzen zwischen Himmel und Erde verschwimmen.« *stern*

»In der schier unheimlichen Fülle der Kriminalromane sind alle Geschichten schon erzählt. Oder jedenfalls fast alle. Aber sie sind noch nicht auf jede Art und Weise erzählt. Und einer, der eigen und eigenwillig schreibt, ist der 1962 geborene Niederländer Mathijs Deen.«
*Frankfurter Rundschau*

Mathijs Deen

# DER HOLLÄNDER

Kriminalroman
Aus dem Niederländischen
von Andreas Ecke

Rowohlt Taschenbuch Verlag

Die Originalausgabe erschien 2022 unter dem Titel
»De Hollander« bei Alfabet Uitgevers, Amsterdam.

Veröffentlicht im Rowohlt Taschenbuch Verlag, Hamburg, März 2023
Copyright © 2022 by mareverlag GmbH & Co. oHG, Hamburg
Copyright © 2022 by Mathijs Deen
Karte Peter Palm, Berlin
Covergestaltung Cordula Schmidt Design, Hamburg,
nach einer Motividee vom Mare Verlag
Coverabbildung BY / plainpicture
Satz aus der Albertina
Druck und Bindung GGP Media GmbH, Pößneck
ISBN 978-3-499-01167-2

Die Rowohlt Verlage haben sich zu einer nachhaltigen Buchproduktion
verpflichtet. Gemeinsam mit unseren Partnern und Lieferanten setzen wir
uns für eine klimaneutrale Buchproduktion ein, die den Erwerb von
Klimazertifikaten zur Kompensation des CO$_2$-Ausstoßes einschließt.
www.klimaneutralerverlag.de

# DER HOLLÄNDER

# PROLOG

»Machen Sie eine Pilgerfahrt?«

Die Pfarrerin, die auf dem Weg vom Kirchenportal zu ihrem Wagen auf Aron aufmerksam geworden ist, bleibt stehen und betrachtet den langen, hölzernen Stock, den seine rechte Hand umklammert. Es sieht aus, als würde er sich wie ein müder Wanderer darauf stützen. Die Spitze sinkt ein wenig in den Rasen vor seinen Füßen ein. Er hat sie nicht bemerkt, als sie die Kirche verließ, er blickte am Kirchturm vorbei zu den wenigen Wolken hinauf, die von Südosten her vorüberziehen. Deshalb antwortet er auch nicht gleich, sondern starrt sie an, als hätte er sie nicht verstanden.

»Sie sehen aus, als ob Sie auf Pilgerfahrt sind, mit diesem Stab. Möchten Sie die Kirche besichtigen?«

Aron, ein kräftiger Mann in den Vierzigern, hellblaue Augen, Mehrtagebart, langes Tolstoi-Hemd, breiter Gürtel um die Taille, schüttelt den Kopf. Er zieht den Stock aus dem Rasen, und während er behutsam gegen die Spitze tritt, damit der Sand abfällt, antwortet er: »Wenn ich ein Pilger bin, dann ein Pilger des Meeresbodens.«

»Ach, Sie sind Deutscher?«

Aron schaut die Pfarrerin an. »Ich bin Weltbürger.«

Die Pfarrerin lächelt. »Ein deutscher Weltbürger.« Sie macht eine einladende Geste zum Eingang hin. »Sie sind willkommen«, sagt sie. »Die Kirche ist fast tausend Jahre alt. Ich habe die Tür aufgeschlossen.«

Doch Aron bleibt nachdenklich stehen. »Ich suche nicht den Kontakt mit Gott«, sagt er, »sondern festen Boden unter den Füßen und einen Weg zur anderen Seite. Gilt das auch als Pilgern?«

Im Turm beginnt eine Glocke zu schlagen, es ist elf Uhr. Die Pfarrerin lächelt, doch wie ihre Körpersprache verrät, kommt ihr Arons Antwort, die eigentlich nach einer pastoralen Erwiderung verlangt, nicht gelegen. Sie hat wohl angenommen, mit ein paar netten Bemerkungen werde die Sache erledigt sein, vermutlich hat sie irgendeinen Termin, möchte aber nicht unhöflich sein.

»Was führt Sie dann nach Lower Halstow?«, fragt sie, während sie auf ihren Autoschlüssel drückt. Die Warnblinker ihres Autos leuchten gehorsam auf, die Türschlösser öffnen sich klackend. Aron dreht sich halb um und nickt in Richtung des kleinen Tidenhafens, der allmählich trockenfällt. Dahinter breiten sich die Schorren und Schlickflächen der Medwaymündung aus.

»Der Meeresboden«, sagt er. »In zwei Stunden ist Niedrigwasser. Ich gehe zum Fahrwasser.« Er hebt den Stock. »Deshalb der Pilgerstab«, erklärt er. »Es ist ein Peilstock, für den Fall, dass ich unterwegs doch auf Wasser stoße.« Jetzt ist er mit dem Lächeln an der Reihe. »Wir können nicht alle übers Wasser gehen. Wir Sünder müssen uns unseren Weg durch den Schlamm suchen.«

»*Really?*« Die Pfarrerin macht eine besorgte Miene. »Wissen Sie, was Sie tun?«

»Es ist nicht das erste Mal.«

»Es wäre auch nicht das erste Mal, dass jemand da draußen bleibt.«

»Machen Sie sich keine Sorgen, ich vertraue weniger auf Glauben als auf gründliche Vorbereitung.«

Die Pfarrerin schüttelt den Kopf. »Ich wünsche Ihnen beides«, sagt sie. Sie holt ihr Telefon aus der Tasche, schaut aufs Display, grüßt und geht im Laufschritt zu ihrem Wagen.

Aron legt sich den Peilstock auf die Schulter. Er dreht sich um und geht von der Kirche zu dem Fußweg, der am Seedeich entlang zu den Twinney Saltings führt, den Salzwiesen des Deichvorlands. Dort wird er den festen Boden verlassen und seinen Weg übers Watt suchen. Schon seit Stunden läuft das Wasser ab, als würde jemand eine Decke ganz langsam von einem Bett ziehen.

Er weiß genau, was er tut, obwohl es unmöglich ist, alle Risiken zu vermeiden. Ein Wattwanderer geht ungebahnte oder vom Meer ausgelöschte Wege. Es ist eine Umgebung voller Unwägbarkeiten, in der die Natur das Sagen hat. Er kann bestenfalls die unvermeidlichen Risiken in Gedanken vorwegnehmen und sich darauf einstellen, damit er im Fall eines Falles die Situation beherrscht. Kein Wattwanderer kann genau wissen, wie tief ein Priel ist, denn Wind und Strömung gemeinsam können ihn in einer einzigen Nacht vertieft, verlegt oder aufgefüllt haben. Deshalb der Peilstock. Außerdem kann er nie völlig ausschließen, dass ein Unwetter aufzieht oder sein Körper ihm einen Streich spielt, weshalb er Seenotfackeln und Schmerztabletten bei sich hat. Und in diesem besonderen Fall weiß Aron nicht, ob Peter ihn anrufen wird oder nicht. Er vermutet es, kann aber nicht sicher sein. Auch deshalb hat er sein Telefon mitgenommen.

Der Wattwanderer und seine Ausrüstung, auf alles vorbereitet und doch nicht sicher. Er liebt diesen Widerspruch, er liebt es, sich am Rand zu bewegen, in der Hand den Peilstock zu spüren, den er schon seit fast zwei Jahrzehnten immer an derselben Stelle festhält. So oft er auch mit anderen im Watt unterwegs gewesen ist – am häufigsten natürlich mit Peter und Klaus –, ist ihm doch nichts und niemand so nah wie sein Peilstock, die vertraute Form in seiner Hand, die Wärme der Berührung. Peilt er einen Priel und kommt das trübe Wasser dabei nicht weiter als bis zu seiner Hand, kann er ihn mit seinem Stock durchqueren. Ist der Priel tiefer, kommt das Wasser also bis über seine Fingerknöchel oder weiter, geht es nicht. Könnte er doch auch seine Gefühle peilen, das dunkle, weitverzweigte Prielnetz seiner Seele, könnte er doch ergründen, ob er will, dass Peter anruft, oder gerade nicht.

Er ist mitten auf der trockengefallenen Schlickebene des Medway, als das Telefon klingelt. Aron atmet tief durch und nimmt ab.

»Hallo, Peter«, sagt er.

Peter erwidert den Gruß nicht, sondern kommt sofort zur Sache. Er klingt sehr aufgeregt. »Es ist so weit!« Er schreit es beinahe. »Nipptide, Wind Ost vier, vielleicht fünf, 1040 hPa. Niedrigwasser 18 Uhr. Wir gehen.«

Aron schweigt einen Moment und sagt dann: »Ich sagte: Hallo, Peter.«

»Wie, was, hallo Peter?! Es ist so weit! Hierauf haben wir gewartet, oder nicht?!«

»Ich bin auf dem Medway.«

»Was ... jetzt?« Es verschlägt Peter die Sprache. Er versteht es nicht. »Auf dem Medway? In England? Du hast doch gewusst, dass die Chance bestand, oder?«

»Es ist wunderschön hier, Peter.«

Doch Peter hört nicht zu. »Du willst mir doch nicht erzählen, dass du diese Gelegenheit sausen lässt, wo sie endlich da ist?!«

»Es ist deine Entscheidung.«

»Wieso meine?« Peter klingt verärgert. »Es ist unsere, Aron.«

Aron lässt den Peilstock in seiner Hand kreisen, blickt über den Priel im Medway zu der Raffinerie auf der anderen Seite.

»Jetzt ist der Moment, Aron, darum ging es doch die ganze Zeit, wie lange haben wir darauf gehofft? Zehn Jahre oder mehr? Fünfzehn?«

»Also du gehst?«

»Wir gehen«, erwidert Peter.

Aron schließt die Augen, ballt die Faust um den Stock. »Wenn wir doch alles im Voraus wüssten«, sagt er. »Bist du sicher, dass du gehen willst?«

»Morgen 16 Uhr in Manslagt, beim Nienhof. Ich zähle auf dich, du lässt mich nicht hängen. Jetzt rufe ich Klaus an.«

Aron folgt seinen Fußspuren zurück über die Salzwiesen des Deichvorlands und am Deich entlang nach Lower Halstow. Bei der Kirche zögert er, bleibt stehen, blickt sich um. Er zieht die Surfstiefel aus und lehnt seinen Stock an den Rahmen der Kirchentür, die noch offen ist. Er tritt ein, schließt die Tür hinter sich und horcht einen Moment auf die steinerne Stille. Dann geht er zwischen den Bankreihen hindurch zum Altar, hinter dem das Sonnenlicht durch zwei große Fenster mit Glasmalereien hereinfällt. Auf dem linken Fenster ein stehender Soldat, in einer Hand ein langes Gewehr, fast wie ein Stock, der Kolben vor seinen Füßen auf dem Boden. Er blickt zum rechten Fenster, auf dem der Erlöser in himmlischem Licht badet.

Aron holt ein Feuerzeug aus der Tasche und entzündet die drei großen Kerzen, die vor dem Altar stehen.

»Er muss es nicht machen«, sagt er. »Es muss nicht sein. Ich habe es ihm gesagt.«

Dann dreht er sich um, verlässt die Kirche und geht zum

Green Farmhouse, dem B&B, in dem seine Frau Maria und er ein paar Tage verbringen.

Es geht auf eins zu. Im Garten der Pension sitzt Maria, eine Decke um die Schultern, und liest. Sie blickt erst auf, als er vor ihr steht und sein Schatten die Buchseiten verdunkelt.

»Du bist zurück«, sagt sie.

Er nickt. »Peter hat angerufen.«

Maria schaut ihn an, legt schweigend ihr Lesezeichen ins Buch und klappt es zu.

»Ich lege mich kurz hin«, sagt Aron. »Ich habe nachts kein Auge zugemacht.«

»Ist gut, Liebling«, antwortet Maria. »Versuch ein bisschen zu schlafen.«

Und sie streift die Decke von den Schultern und steht auf.

# 1

Geeske Dobbenga weiß, dass sie der Besatzung ihr Herz ausschütten könnte, wenn sie wollte, und dieses Wissen ist wichtiger, als es tatsächlich zu tun. Die Gewissheit, dass die Männer sie verstehen würden, macht das bittere Glücksgefühl, das sie beim Auslaufen empfindet, um vieles erträglicher. Sie fühlt sich heimisch auf dem Schiff, viel mehr als bei der Brigade an Land. Obwohl sie als Opperwachtmeester einen höheren Rang hat als die anderen Grenzschützer an Bord, empfindet sie sich als Gleiche in eine kleine Gemeinschaft von Seelenverwandten aufgenommen, sobald sie die Gangway betritt und unter ihren glänzenden Militärstiefeln die Bewegung des Wassers spürt. Dieses Gefühl schließt die nautischen Besatzungsmitglieder ein, den Kapitän, den Steuermann, den Maschinisten, den Matrosen; alle wissen voneinander, was sie verschweigen, wenn das Schiff sich vom Kai löst. Beim Auslaufen wird deshalb nicht gesprochen. Alle spüren das Zittern, das durch das Schiff geht, wenn die Motoren angelassen werden, alle hören das Rauschen des Wassers an den Bordwänden, das Brummen im Maschinenraum.

»RV 180, gute Fahrt«, funkt routinemäßig die Verkehrszentrale Ems. Normalerweise bleibt es dabei, doch heute folgt eine weitere Nachricht, eigens für Geeske. »Und glückliche Heimkehr für M&M.«

Offenbar weiß sogar die Verkehrszentrale, dass sie nächsten

Monat in Pension geht, dass es ihre letzte Fahrt ist. Der Kapitän, Jan Toxopeus, der diesen Scherz mit dem Mann von der Verkehrssicherung ausgeheckt hat, schaut kurz über die Schulter, um zu sehen, wie sie es aufnimmt, dass er auch ihren Spitznamen verraten hat. Sie lächelt, es stört sie nicht. Seit sie Opperwachtmeester ist, hat sie ihren Leuten eingeschärft: »Wir wissen alle, was unsere Arbeit mit sich bringt, aber wenn es schwierig wird, gelten aus meiner Sicht zwei Faustregeln: Möglichkeiten suchen und menschlich bleiben. Nennt es von mir aus Geeskes zwei Ms.«

Seitdem heißt sie M&M.

»Wir bringen sie heil und gesund nach Hause.«

Die *RV 180*, ein Schiff der Koninklijke Marechaussee, das im Wattenmeer patrouilliert, folgt gemächlich der langen Mole zur Hafeneinfahrt von Delfzijl. Die Windräder blicken in Richtung Sonnenaufgang, wie Sonnenblumen. Sie drehen sich langsam. Es ist fast acht, ein klarer Morgen, Altweibersommer.

Die Strömung, die an den Tonnen zerrt, verrät die einsetzende Flut. Die *RV 180* hat nur geringen Tiefgang, sie kann fast überall fahren und dank ihres flachen Unterwasserschiffs trockenfallen, wenn es sein muss. Sie wurde speziell fürs Wattenmeer entworfen. Fährt sie auf der offenen See nördlich der Inseln, ist sie unruhig, ein Korken auf den Wellen. Auf dem Wattenmeer dagegen ist sie agil, stark, schnell, ein Raubtier, das über die Untiefen huscht.

Backbord voraus nähert sich das Ende der Hafenmole. Auf dem Deich an Steuerbord sieht man das Denkmal für das abgerissene Dorf Oterdum, das dem expandierenden Industriegelände von Delfzijl weichen musste. Die Grabsteine, die früher bei der Dorfkirche standen, stehen heute auf dem Deich. In der Mitte, auf einem Backsteinsockel, die Skulptur, die sie so gut kennt: eine zum Himmel hin geöffnete Hand, darin eine kleine Kirche. Geeske betrachtet sie, wie bei jedem Auslaufen. Sie hat immer versucht, die Szenerie aus Grabsteinen auf dem Deich als Mahnung zu deuten; als Dämpfer für ihr Glück. Ihr Leben lang hat ihr ein Übermaß an Gefühlen zu schaffen gemacht. Mit zunehmendem Alter ist das nur schlimmer geworden.

Sie denkt daran, dass es ihre letzte Patrouille ist, dass bei ihrem Ausscheiden auch das Schiff außer Dienst gestellt wird, dass eine Epoche zu Ende geht. Sie versucht zu ergründen, was das für sie bedeutet, aber das ist nicht leicht. Die Zeit vergeht, dagegen lässt sich nichts machen, man kann sich höchstens bemühen, sie nicht unbemerkt verstreichen zu lassen, den Becher bis zur Neige zu leeren.

Sie dürfen mich nicht anschauen, denkt sie, sie dürfen mich nicht so sehen. Sie blickt starr auf die Grabsteine.

Dann dreht das Schiff auf die Außenems hinaus. Die erste Dünung, die erste Ankündigung der offenen See. Jetzt beginnt die Arbeit, das Schweigen wird gebrochen.

»Das letzte Mal, Opper«, sagt Toxopeus.

Geeske räuspert sich. »Hoffentlich bringen wir irgendetwas mit nach Hause, aus gegebenem Anlass«, sagt sie.

Der Kapitän nickt. »Ein großes Finale.«

Die Besatzung hat diesmal keinen besonderen Auftrag: zuerst Eemshaven, an Rottumerplaat vorbei auf die offene See, vor Schiermonnikoog wieder aufs Wattenmeer zurück und ein Stück in Richtung Lauwersoog, dann gemächlich nach Westen, den Schiffsverkehr überwachen, gegebenenfalls Schiffe oder Boote anhalten, Ladung und Besatzung kontrollieren. Routineaufgaben.

Langsam fährt die *RV 180* auf der Außenems Kurs Nord. An

Backbord dehnt sich das trockengefallene Watt aus. Der Rand der Sandbank erhebt sich aus dem Wasser, eine kniehohe Kliffküste. Doch das Wasser steigt schnell, man sieht die bröckelnden Miniaturkliffe verschwinden.

Der Steuermann, Meeuwis Bosscher, legt einen Zahn zu. Das Heck senkt sich ein wenig, der Bug hebt sich. Geeske nimmt ein Fernglas, stellt es auf die Bohrinsel mitten auf der Sandbank De Hond ein, sucht dann den Großen Leuchtturm von Borkum, bleibt aber an einem schwarzen Fleck hängen. Auf der Sandbank liegt ein Seehund, nah an der Flutlinie.

Sie betrachtet ihn eine Weile. Es ist kein Seehund.

Sie dreht sich um und hält das Fernglas einem Kollegen hin, der hinter ihr Ausschau hält.

»Was ist das da? Kannst du das erkennen, Rob? Da drüben an der Flutlinie? Ist das ein Seehund?«

Rob nimmt das Glas und sucht, stellt die Entfernung ein. Auch der Steuermann greift nach einem Fernglas, er nimmt Gas zurück. Der Bug senkt sich, eine Bugwelle läuft am Schiff entlang und hebt es achtern leicht an.

»Das ist ein Mensch«, sagt Rob.

»Korrigierst du den Kurs, Meeuwis?« Der Kapitän übernimmt das Fernglas des Steuermanns, das Schiff dreht in Richtung De Hond. Nachdem er eine Weile durchs Glas geschaut hat, sagt er: »Sieht so aus, dass dort dein großes Finale liegt, Opper.«

»Ein Ertrunkener«, sagt Rob.

»Die Flut steigt, es bleibt nicht viel Zeit«, sagt der Kapitän.

»Passiert es also doch noch«, sagt Geeske, die in ihrer langen Dienstzeit noch nie mit einem Toten zu tun hatte. »Wir fahren hin, Rob. Ich komme mit. Machst du das RIB klar, Gus?«

»Ich will mich ja nicht einmischen«, sagt der Kapitän. »Aber ich würde einen Leichensack mitnehmen. Ihr habt höchstens eine Viertelstunde, zwanzig Minuten. Dann steht da alles unter Wasser.«

Während der Kapitän das Steuerrad übernimmt und die RV 180 noch etwas näher an die Sandbank heranlenkt, ziehen Steuermann Meeuwis Bosscher, Geeske und Rob auf dem Achterschiff Schwimmwesten an. Matrose Gus hat unter Deck einen Leichensack geholt und ihn vorn in das Festrumpfschlauchboot gelegt, das schnelle Tochterboot, das in der schrägen Wanne vor der schon geöffneten Heckklappe liegt. Die drei klettern ins Boot, der Matrose klinkt die Leine am Bug aus, und das Boot gleitet rückwärts ins Wasser. Der Motor springt an, der Steuermann wendet das Boot und fährt es zur Sandbank, wo es sich mit dem Bug auf den Rand schiebt und festläuft. Die paar Möwen, die bei dem Ertrunkenen gelandet sind, fliegen auf.

Rob steigt als Erster aus. Seine glänzenden Stiefel sinken tief in den Schlick ein. Er hilft Geeske aus dem Boot, und beide staksen zu dem Toten, der nur noch einen halben Meter von der sich nähernden Flutlinie entfernt liegt. Es ist ein Mann, er liegt auf dem Bauch. Er trägt Surfstiefel, eine lange Laufhose, ein Thermohemd und einen Gürtel um die Taille, an dem ein Messer in einer Scheide hängt. Und ein langes Seil, das sich um seine Beine geschlungen hat und mit dem Ende im Wasser liegt.

»Gott sei Dank noch nicht so lange tot«, sagt Rob.

»Fundort sichern ist nicht drin«, sagt Geeske. »Hier steht jeden Moment alles unter Wasser. Ich rufe den BK an, machst du Fotos?«

Rob geht um den Toten herum, um die Auffindesituation von allen Seiten zu dokumentieren, Geeske wählt die Nummer von Brigadekommandeur Henk van de Wal. Es ist nach neun, der Arbeitstag hat angefangen, und er nimmt nicht ab.

Während Geeske immer wieder den Freiton hört, dann den Beginn des Voicemail-Textes, erneut anruft und wartet, spürt sie im Nacken, dass die Morgensonne an Kraft zunimmt. Sie geht um den Ertrunkenen herum und sieht zum ersten Mal sein Gesicht. Eine Möwe hat in einem seiner Augen herumgepickt, aber das andere ist unverletzt und klar. Der Tote starrt in die Sonne. Es ist ein überraschter Blick, belustigt und erschrocken zugleich, als wäre er während eines Lachanfalls plötzlich von etwas überrumpelt worden und hätte keine Zeit mehr für Angst gehabt. Geeske spürt, wie sich die Wärme der Sonne von ihrem Nacken aus durch den ganzen Körper ausbreitet, als viel zu großes, unbeherrschbares Mitleid. Zum zweiten Mal an diesem Morgen werden ihre Augen feucht. *Move him into the sun*, sagt sie. Sie tritt in den Schlick, wie um sich selbst zur Ordnung zu rufen. »Gut, dass ich aufhöre«, sagt sie laut. »Ich bin eine Heulsuse.«

»Wer ist eine Heulsuse?« Kommandeur Henk van de Wal hat abgenommen.

»Wir haben einen Ertrunkenen auf De Hond«, sagt Geeske.

»Der Bank?«

»Ja.«

»Ein Fall für die Polizei«, sagt van de Wal.

»Dafür reicht die Zeit nicht«, erwidert Geeske. »Er liegt am Rand, die Flut steigt, wir müssen ihn da wegholen.«

»Liegt er auf unserer Seite?«

»Unserer Seite?«

»Auf niederländischem Gebiet?«

Gott nein, nicht das noch, denkt Geeske. »Kommt drauf an, wen du fragst, Henk«, antwortet sie. »Ich stelle gleich noch die Koordinaten fest, aber ich kann dir jetzt schon sagen, dass er aus deutscher Sicht auf deutschem Gebiet liegt.«

»Das wollen wir erst mal sehen«, sagt van de Wal.

Geeske ärgert sich, will es sich aber nicht anmerken lassen. »Wir nehmen ihn mit«, sagt sie. »Bleibt nichts anderes übrig.«

»Papiere?«

Geeske sieht, dass Rob neben dem Toten hockt und nicht mehr fotografiert. »Bist du fertig?«, ruft sie.

Rob nickt. »Schau mal, ob er Papiere hat«, sagt Geeske.

Rob dreht den Toten vorsichtig auf den Rücken, sucht in seiner Kleidung. Er findet einen Ausweis, dreht ihn um.

»Klaus Smyrna«, liest er. »Deutscher, aus Lübeck.«

»Es ist ein Deutscher«, sagt Geeske ins Telefon.

»Gut, nehmt ihn mit«, sagt van de Wal. Und dann: »Das war eine kurze letzte Patrouille, Opperwachtmeester.«

»Wir müssen ihn jetzt wirklich wegholen!«, ruft Rob.

»Ich muss los«, sagt Geeske und legt auf.

Kurz darauf wird das Tochterboot mit Geeske, Rob, Meeuwis und dem Ertrunkenen an Bord der *RV 180* gezogen, und das Schiff nimmt mit schweigender Besatzung Kurs auf die Hafeneinfahrt von Delfzijl. Der Leichensack liegt auf Deck, das Seil in einem versiegelten Kunststoffbeutel darauf. Auf einem Aufkleber auf dem Sack stehen die Koordinaten: 53°24'49"N / 6°55'11"O.

Als das Patrouillenschiff gerade an den Leuchttonnen in der Hafeneinfahrt von Delfzijl vorbei ist, schwillt von Osten her das Geräusch eines Hubschraubers an. Geeske, die auf die Grabsteine von Oterdum gestarrt hat, dreht sich um, blickt nach oben.

»Sie suchen ihn schon«, sagt sie zu Rob.

## 2

Zwei Beamte der Inselpolizei Borkum stehen schon auf dem Tüskendör-Deich, als Peter Lattewitz als Pünktchen am Horizont erscheint. Der Eingebung, ihm entgegenzugehen, sind sie nicht gefolgt. Sie brauchen nur zu warten, er kann nirgendwo sonst hin, und die Flut treibt ihn auf sie zu.

Außerdem hat Peter, als er vor einer Stunde Kontakt mit der Polizei von Borkum aufnahm, nicht den Eindruck erweckt, eine Gefahr für sich selbst zu sein. Er klang zwar aufgeregt, aber, so sagte man sich bei der Inselpolizei, wenn irgendjemand weiß, wie man es vom Watt heil auf die Insel schafft, dann ist er es.

Wie seine Freunde Klaus Smyrna und Aron Reinhard gilt Peter als Extrem-Wattwanderer der ersten Stunde, der Pionierarbeit im Erkunden neuer Routen geleistet und die Grenzen des Möglichen verschoben hat. Gemeinsam hat das Wattführertrio sämtliche Inseln des Wattenmeers zu Fuß erreicht, vom dänischen Langli bis zum niederländischen Texel – Letzteres von Vlieland aus.

Nur nicht Borkum.

Diese schwer zu erreichende Insel, der Mount Everest der Wattwanderer, wollte sich nicht erobern lassen, und das nagte an ihnen. Zumal einem niederländischen Duo schon in den Siebzigerjahren die Wattquerung von Manslagt nach Borkum gelungen war. Der einzige Trost war, dass die Niederländer die Zeit um Hochwasser herum auf halber Strecke zwischen dem Festland und Borkum in kleinen, mitgeschleppten Schlauchbooten verbracht, also den Kontakt mit dem Boden für einige Stunden unterbrochen hatten. Das machte ihren Versuch nach

Ansicht von Peter, Klaus und Aron ungültig. Ein richtiger Wattwanderer verbringe die Zeit um Hochwasser in einem an Stangen aufgehängten Netz, meinten sie. Weil die drei langen Bambusstangen im Wattboden stecken, ist der Bodenkontakt nicht unterbrochen wie beim Aufenthalt in einem dümpelnden Boot.

Doch nun ist Klaus tot, und Peter ist eine langsam näher kommende Gestalt auf dem Watt, in der Hand den Peilstock, suchend, irrend wie ein Prophet, der vom Weg abgekommen ist. Das auflaufende Wasser ist ihm auf den Fersen. Und die Polizeibeamten beobachten, warten. Pauline Islander, Reporterin der *Borkumer Zeitung*, kommt auf dem Deich angeradelt, steigt ab und geht zu ihnen. Sie kennen sich, sagen »Moin« und blicken zu dritt auf die Schlickebene, auf der sich der Wattwanderer abmüht.

Hoch über allem ist der Hubschrauber zu hören, der eine Zeit lang über dem Watt geschwebt hat, jetzt aber langsam der Außenems in Richtung offene See folgt.

»Das ist er?«, fragt Pauline und deutet mit dem Kopf zu Peter hin.

»Das ist er«, sagt Jürgen, der Revierleiter.

»Ich hab's im Funkscanner gehört. Sein Kumpel ist ertrunken? Welcher? Klaus oder Aron?«

»...«

»Und wo ist der dritte?«

»...«

»Er hat euch angerufen? Oder wie war das?«

»Wir reden erst mit ihm«, antwortet Jürgen endlich. »Danach kannst du Fragen stellen.«

»Keine Sorge, ich schreibe noch nichts, ich hab nur überlegt, was wohl passiert ist.« Sie nimmt ihren Rucksack ab und holt ein Notizbuch heraus. »Schöner Morgen«, sagt sie. »Das Watt schimmert fast golden, seht ihr?«

Doch die Polizeibeamten schauen zum Hubschrauber hinauf, der jetzt über die Insel fliegt, vermutlich zurück nach Cuxhaven. Dann meldet sich Jürgens Handfunkgerät. Er gibt Pauline mit einer Geste zu verstehen, dass sie Abstand halten soll, entfernt sich dann selbst ein wenig und kehrt kurz darauf zurück.

»Die Niederländer haben ihn gefunden«, sagt er.

Pauline schaut auf ihre Armbanduhr und macht eine Notiz.

Auf den letzten hundert Metern schwappt das Wasser schon bis über Peters Fußknöchel. Die Flut hat ihn eingeholt, eine Unvollkommenheit, die er unter normalen Umständen als unverzeihlich empfunden hätte. Aber die Umstände sind nicht normal. Er steigt den Deich hinauf, legt den Peilstock ins Gras, nimmt den Rucksack ab und setzt sich, um die Surfschuhe auszuziehen.

»Ich bin fertig«, sagt er. Er legt die Stirn auf die Knie, dann die Hände auf den Kopf. So sitzt er eine Weile da. Seine Beine sind bis über die Knie von Schlamm bedeckt.

»Was ist passiert?«, fragt Pauline. »Wie geht es Ihnen?«

Doch die Polizeibeamten scheuchen sie weg. »Bitte stehen Sie auf«, sagen sie zu Peter. »Wir unterhalten uns in der Dienststelle weiter. Sie haben gesperrtes Gebiet betreten.«

Peter blickt auf, als wüsste er einen Moment nicht, wo er ist. Dann lässt er sich aufhelfen, hebt den Rucksack und den Peilstock auf und geht barfuß und leicht humpelnd hinter Jürgen her. Der andere Polizist, der Hans heißt, hat die Schuhe genommen. Im Vorbeigehen schaut Peter kurz Pauline an. Er hat Tränen in den Augen. »Er war wie ein Bruder für mich«, sagt er.

»Gehen Sie bitte weiter«, sagt Jürgen.

Doch Peter bleibt stehen und blickt noch einmal zurück. »Helen«, sagt er. »Helen, wie um Himmels willen ist das möglich.«

»Ich bin Pauline, nicht Ellen, wir haben uns vor ein paar Jahren mal gesprochen«, sagt Pauline. »Ellen ist meine Kollegin.«

Peter sieht sie an, schüttelt den Kopf und dreht sich wieder um. »Er war ein Bruder«, sagt er. »Niemand wird mir glauben.«

»Wenn Sie sich nicht fernhalten, muss ich Sie festnehmen«, sagt Jürgen zu Pauline. Aber sie ist schon stehen geblieben.

Sie notiert Peters Äußerungen, dreht sich dann um und blickt übers Watt. Es schimmert nicht mehr golden, der Moment ist vorbei, was bleibt, ist ein gewöhnlicher Tag an der Südküste von Borkum. See bis zum Horizont, ein Kutter auf dem Weg nach Greetsiel, nichts Besonderes.

Der amtliche Leichenbeschauer steht schon in Delfzijl auf dem Kai, als die RV 180 anlegt. Hager, aufrecht, reglos wie ein wartender Reiher beobachtet er das Festmachen, in der rechten Hand den Arztkoffer, die linke in der Jacketttasche. Erst als die Gangway scheuernd auf den Kai geschoben wird und der Matrose an der Reling einen Schritt zurücktritt, um ihm Platz zu machen, setzt er sich in Bewegung. Er ist von einer Wolke aus Schweigen umgeben, was an seinen regelmäßigen Begegnungen mit dem Tod liegen mag. Menschen gehen zur Seite, wenn er sich nähert, er hat immer Platz, ohne etwas dafür tun zu müssen.

Er steigt an Deck, kniet sich neben den Leichensack, zieht Handschuhe an, und dann, so behutsam, als wollte er die Ruhe des Ertrunkenen nicht stören, öffnet er den Reißverschluss.

Die Umstehenden halten den Atem an und sehen zu, wie er ein Lämpchen aus der Arzttasche holt und dem Toten ins unverletzte Auge leuchtet.

»Möwen«, sagt Geeske.

Der Arzt nickt, schaut, schaltet das Lämpchen wieder aus und legt es zurück. Er öffnet den Leichensack ein Stück weiter und drückt erst sanft, dann etwas fester auf den Brustkorb. Ein wenig Wasser rinnt aus den Mundwinkeln des Toten.

Eine Verletzung am rechten Ohr erregt die Aufmerksamkeit des Arztes. Die Umgebung des Ohrs ist blutunterlaufen, als hätte den Mann dort ein harter Stoß oder Schlag getroffen. Der Arzt nimmt eine Brille aus einer Jackettasche und betrachtet die geschädigte Stelle aus der Nähe. Sein Blick wandert vom Ohr über den Hals zum halb geöffneten Mund. Er nimmt einen Spatel und blickt vorsichtig in die Mundhöhle. Dann steht er auf und zieht die Handschuhe aus.

»Der Mann scheint durch Ertrinken ums Leben gekommen zu sein«, sagt er, »aber es bleiben offene Fragen. Ich werde jedenfalls keine natürliche Todesart bescheinigen.« Er schließt den Arztkoffer. »Sie sind hier zuständig?«, fragt er Geeske. Und ohne die Antwort abzuwarten, erklärt er: »Der Verstorbene hat wenig Wasser in der Lunge, was nicht unbedingt etwas bedeuten muss, aber es schadet nicht, darauf hinzuweisen. Die Verletzung am Ohr verdient ebenfalls eine nähere Untersuchung. Sie können meinen Bericht noch heute Vormittag erwarten.« Damit ist er fertig, denn er dreht sich grußlos um, betritt die Gangway und verlässt das Schiff. In schnurgerader Linie verlässt er das Hafengelände. Möwen fliegen vor ihm auf.

# 4

**Borkumer Zeitung, 28.09.15. 11:00**
Wattführer Klaus Smyrna zwischen Krummhörn und Borkum ertrunken. Peter Lattewitz von Inselpolizei vernommen. Aron Reinhard nicht dabei. Helikopter BPol sucht über Watt.
#Wattwandern #Borkum #Smyrna @Wattewitz @WattAron

# 5

Es ist eine Stunde vor Hochwasser. Die Ampeln der Schleuse Leysiel springen auf Grün, und die *GRE 42* tuckert langsam auf die Schleusentore zu, die sich ebenso langsam für sie öffnen. Lode Föhrmann, der schon seit Jahren nicht mehr fischt, seinen Kutter aber trotzdem nicht verkauft, hat die eigenartige Gewohnheit angenommen, von Zeit zu Zeit die Nacht auf dem Watt zu verbringen. Er lässt sein Schiff auf dem Kopersand, einer Sandbank südöstlich von Memmert, trockenfallen. Kurz vor Sonnenuntergang stellt er achtern seine Staffelei auf, und sobald das Licht der tief stehenden Sonne die Konturen der Dünen von Memmert hervorhebt, fängt er an zu malen.

Er kommt nie sehr weit, aber darum geht es ihm auch nicht. Die Sonne verschwindet unter dem Horizont, der Moment ist vorbei, das Bild bleibt unvollendet. Er räumt seine Malsachen wieder weg.

Dann setzt er sich aufs Deck, horcht und schaut zum Himmel hinauf, um die Sterne erscheinen zu sehen. So sitzt er eine Weile da, sehr klein in der Nacht, umringt von dem leisen Blubbern, das trockenfallende Sandbänke und wühlende Wattwürmer verursachen. *Malen ist sehen*, hat er vor ein paar Jahren zu Pauline gesagt, die ihn für die *Borkumer Zeitung* eine Nacht lang begleitete. *Wenn ich nicht male, sehe ich nicht richtig hin. All die Jahre bin ich nur gefahren, immer hinter den Krabben her, nie hatte ich genug Ruhe, um nur mal hinzusehen. Und kurz bevor ich das Fischen aufgab, hab ich mich auf einmal gefragt: Wenn man nicht richtig hingesehen hat, ist man dann überhaupt da gewesen? Wann ist man irgendwo wirklich da?*

Es war eine Reportage geworden, die nach anderthalbtausend Wörtern abrupt, mitten im Satz, aufhörte. Sie musste sich ihrem Chefredakteur erklären. »Verstehst du denn nicht?«, fragte sie. »Föhrmann malt seine Bilder auch nie fertig, aber gerade darauf kommt es ihm an. Er sagt es doch selbst! Dass das Leben nie fertig ist und dass es ihm genau darum geht.«

Pauline Islander – trotz ihres Nachnamens Import vom Festland – war öfter so originell, dass nicht alle Leser verstanden, was sie meinte. Kein Wunder, dass sie sich mit diesem Spinner aus Greetsiel gut versteht, dachte der Redakteur. Aber gut, die Leser wunderten sich bei Pauline allmählich über nichts mehr. Deshalb ließ er sie machen. Leben und leben lassen, lautete seine Insulaner-Devise.

Und so erschien der Artikel in der *Borkumer Zeitung*, unfertig und mit der rätselhaften Überschrift: *Bild fertig? Ende und aus*. Einige der unvollendeten Bilder wurden sogar in der Borkumer Kulturinsel ausgestellt; fünfundzwanzig Aquarelle, immer die Vogelinsel Memmert in abnehmendem Licht, immer aus der gleichen Perspektive. Föhrmann selbst kam nicht zur Eröffnung auf die Insel. *Das ist nicht mein Ding*, schrieb er Pauline.

Und nun fährt er gemächlich in die Schleuse ein und hebt die Hand, um durch die offene Tür des Ruderhauses den Schleusenwärter zu grüßen, der von seinem erhöhten Posten aufs Achterschiff hinunterblickt. Dort liegt ein Rucksack. Und als er auf den Monitor der Schleusenkamera schaut, hat er den Eindruck, dass Lode nicht allein im Ruderhaus steht. Ob das so ist, kann er wegen der spiegelnden Scheiben nicht sehen. Ausgelaufen ist Lode allein.

Als die GRE 42 eine halbe Stunde später im Hafen von Greetsiel anlegt, nähert sich auf dem Kai der Hafenmeister. Lode verlässt das Ruderhaus und wirft ihm eine Festmacherleine zu. Der Hafenmeister fängt sie auf, legt sie um einen Poller und schaut neugierig an Bord, während Lode die Leine festzieht und belegt.

»Die Schleuse hat gesagt, du hättest jemand an Bord genommen«, sagt er.

Lode antwortet nicht. Er geht aufs Vorschiff und wirft eine weitere Festmacherleine auf den Kai. Nachdem auch sie auf dem Kai und an Bord belegt ist, kehrt er ins Ruderhaus zurück und schaltet den Motor aus. Das kleine Schiff vibriert und verstummt. Der Hafenmeister beobachtet Lode, der wieder herauskommt, das Ruderhaus abschließt und an Land steigt.

»Die Schleuse hat gesagt, du hättest jemand an Bord«, sagt er noch einmal.

»Ich hab gehört, was du gesagt hast«, sagt Lode. Zusammen blicken sie eine Weile auf den festgemachten Kutter.

»Siehst du jemand?«, fragt Lode endlich.

»Nein«, antwortet der Hafenmeister.

»Dann ist auch keiner da.«

Und damit ist die Sache erledigt.

# 6

Ein Rettungswagen hat den Toten vom Hafen zum Delfzicht-Krankenhaus gebracht, wo er im Kühlraum aufgebahrt liegt, bis entschieden ist, wer sich seiner annehmen wird. Die Sandbank De Hond liegt westlich des Fahrwassers der Außenems, in einem Gebiet, dessen Zugehörigkeit zu den Niederlanden oder Deutschland nicht geklärt ist. Die Niederlande betrachten alles westlich des Fahrwassers als niederländisches Territorium; Deutschland dagegen vertritt den Standpunkt, seine westliche Grenze verlaufe näher am niederländischen Seedeich entlang, und in diesem Fall wären die Bänke De Hond und De Paap zum größten Teil deutsch. Die Grenzfrage ist nie gelöst worden, immerhin haben die beiden Länder aber 1960 Übereinstimmung darüber erzielt, dass sie sich uneinig sind, und arbeiten in dem umstrittenen Gebiet im Geiste guter Nachbarschaft zusammen. Mit Ausnahme eines Scharmützels zwischen Groninger Reusenfischern und ostfriesischen Konkurrenten sind nennenswerte Probleme ausgeblieben. Doch nun liegt Klaus Smyrna im Kühlraum des Delfzicht-Krankenhauses, ein toter Deutscher, von niederländischen Grenzschützern auf De Hond gefunden, mitten im umstrittenen Gebiet.

Brigadekommandeur Henk van de Wal hält den Fall für kompliziert genug, um die Staatsanwaltschaft in Groningen zu verständigen. Er hat Geeske in sein Büro kommen lassen und ihr mitgeteilt, angesichts der sensiblen Sachlage wolle er den Fall in die Hände des Staatsanwalts legen. Van de Wal ist noch nicht lange Brigadekommandeur. Er sagt zwar, er sei zufrieden, doch das ist er nicht. Van de Wal will höher hinaus.

»Sollte man das wirklich tun?«, fragt Geeske vorsichtig. »Sollte man den Toten nicht einfach den Deutschen übergeben? Ein Deutscher, gefunden in Deutschland, ein Anruf und fertig.«

»Und wie verkauft man das dann, Opper?«, fragt van de Wal. »Was soll dann im Bericht stehen?«

»Wir halten uns einfach an die Tatsachen«, sagt Geeske. »Wir finden einen toten Deutschen auf deutschem Gebiet, wir bergen ihn, weil die Flut kommt, wir rufen die Bundespolizei See in Cuxhaven an, die schicken ein Schiff, wir übergeben den Toten, und das war's.«

»Der Tote lag auf niederländischem Gebiet«, erklärt der Kommandeur. »Auf unserer Seite.«

»So kann man's auch sehen«, erwidert Geeske, »aber dann kriegt man weitere Probleme als kostenlose Zugabe.«

Van de Wal, ein rechthaberischer Mann in den Vierzigern, hochgewachsen, Bürstenschnitt, Brille mit schlankem Goldgestell, schaut Geeske verärgert an. »Das sind dann wohl deine Menschlichen Möglichkeiten«, sagt er etwas lauter. »Du bist nicht von hier, dir fehlt die Verbindung zu diesem Gebiet.« Er geht zum Fenster, von dem aus das Watt nicht zu sehen ist, weil Gebäude davor stehen, der Brigadeposten ist ein Stück vom Meer entfernt. Trotzdem zeigt er aus dem Fenster, während er weiterhin Geeske anschaut.

»Ich stamme aus einer Familie von Dollartfischern«, erklärt er, den Finger in Richtung Fenster ausgestreckt. »Ich bin in Termunten unterhalb des Deichs aufgewachsen. Als Kind war ich hier überall und hab mit Kreiern Reusen gelegt. Dieses Land gehört uns.«

Geeskes Blick ist dem Finger des Brigadekommandeurs gefolgt, sie sieht Hausdächer, dahinter Kräne, den Schornstein eines Küstenmotorschiffs.

»Zusammenarbeit, gern, Opper«, sagt er, »aber irgendwo muss man eine Grenze ziehen. Dieser Tote hat auf niederländischem Gebiet gelegen, es ist unsere Aufgabe, Ermittlungen anzustellen. Vielleicht ist er ja dort ermordet worden, kannst du das ausschließen?«

Geeske sagt nichts.

»Kannst du das ausschließen?«, drängt van de Wal.

»Nein«, räumt Geeske ein.

»Ich rufe Groningen an.«

Und er schickt sie mit einer Geste aus seinem Büro.

Im Flur begegnet Geeske Anne-Baukje von der Kriminalabteilung, die am Wasserspender gekühltes Wasser zapft. Der Automat blubbert verführerisch, Geeske nimmt selbst auch einen Becher.

»Hast du kurz Zeit?«, fragt Geeske. Sie deutet mit dem Kopf auf die Tür des Kommandeurs. »Henk will Groningen anrufen, das wird eine unendliche Geschichte. Könntest du nicht kurz mit mir ins Krankenhaus, solange die Sache noch in der Schwebe ist?«

»Was hast du vor?«

»Dass du dir mal diesen Wattwanderer ansiehst, bevor man mir den Fall wegnimmt.«

»Du meinst, es ist ein Wattwanderer.«

»Ganz sicher.«

»Muss das nicht die Polizei übernehmen?« Anne-Baukje, Bauerntochter aus dem Norden der Provinz Friesland, hellblaue Augen, kurzes blondes Haar, zerknüllt den Plastikbecher und wirft ihn in den Mülleimer.

»Das könnte auch sein«, sagt Geeske. »Aber jetzt treffe ich dich gerade, und ich fände es wirklich wichtig, dass wir mal ins

Krankenhaus gehen, wir beide. Du kennst doch den dortigen Pathologen, wie heißt der noch ... Ich bin ihm nie begegnet, bisher bestand keine Veranlassung.«

»Derk Wortelboer«, antwortet Anne-Baukje. »Unser Shakespeare.« Sie lacht. »Gehen wir.«

## 7

Peter Lattewitz macht in der Polizeidienststelle einen desorientierten Eindruck. Er fragt, ob er sich umziehen darf. Seine Sachen sind nass, er riecht stark nach Ebbe.

»Ich habe trockene Sachen bei mir«, sagt er und zeigt auf seinen Rucksack, den Jürgen auf einem Tisch abgestellt hat.

»Nehmen Sie sie bitte hier heraus«, sagt Jürgen, »dann begleitet Sie mein Kollege und nimmt Ihre nassen Sachen an. Sie können sich in einer Zelle umziehen.«

»In einer Zelle?«

»Da hat man noch am meisten Privatsphäre«, erklärt Jürgen. »Das ist der einzige Grund. Wieso?«

»Kann ich nicht kurz auf die Toilette?«

»In der Zelle gibt's eine Toilette.«

Peter steht auf und folgt mit schleppendem Gang dem anderen Beamten. Die Wattdurchquerung hat ihm offensichtlich das Äußerste abverlangt.

Bald darauf sitzt er in Jogginghose, T-Shirt und Flipflops am Vernehmungstisch, ihm gegenüber Jürgen und Hans. Er hat Kaffee bekommen. Er stützt sich mit den Unterarmen auf den Tisch und umklammert mit beiden Händen den Becher. »Entschuldigen Sie«, sagt er, ohne dass erkennbar wäre, was die beiden Beamten entschuldigen sollen.

»Wir müssen das gesamte Geschehen mit Ihnen durchgehen, fürs Protokoll«, sagt Jürgen. »Sind Sie dazu in der Lage?«

Peter schaut von seinem Becher auf und nickt, sein Blick wandert durch den Raum. An der Kamera, die ihm gegenüber an der Decke angebracht ist, bleibt er einen Moment hängen.

»Es ist alles so unwirklich«, sagt er. »Ich habe einen meiner besten Freunde verloren, und jetzt sitze ich hier als Verdächtiger.«

»Lassen Sie uns versuchen, das zu ändern«, sagt Jürgen. »Sie sind Peter Lattewitz, geboren am 19. Januar 1972 in Aurich, wo Sie immer noch wohnen. Sie sind Geografielehrer, verwitwet, keine Kinder.«

Peter nickt und trinkt vorsichtig einen Schluck Kaffee. Er schließt die Augen und seufzt. »Kaffee«, sagt er.

»Erzählen Sie bitte, was vorgefallen ist. Eine Watttour vom Festland nach Borkum. Sie wissen, dass das nicht erlaubt ist. Das Gebiet steht unter Naturschutz.«

»Es wäre die letzte gewesen«, sagt Peter. »Mit Borkum hätten wir alle Inseln gehabt. Wir hatten bisher nur keine Gelegenheit dazu.«

»Wer sind ›wir‹?«

»Aron, Klaus und ich«, antwortet Peter.

Jürgen, dem die drei aus den Medien bekannt sind, fragt trotzdem der Form halber: »Aron?«

»Aron Reinhard«, sagt Peter. »Wir gehen sonst immer zu dritt.«

»Diesmal war Aron nicht mit von der Partie«, sagt Jürgen.

»Aron ist in England«, sagt Peter. »Ich habe ihn zwar angerufen, aber es war zu kurzfristig … meinte er … hat er gesagt …«

»In England«, sagt Jürgen.

»Am Medway«, präzisiert Peter. »Bei Chatham.«

»Und er konnte nicht zurückkommen.«

»Es müssen ganz bestimmte Bedingungen herrschen«, sagt Peter, »sonst führt die Osterems zu viel Wasser. Nipptide, hoher Luftdruck und kräftiger Ostwind, der das Wasser in die Außenems treibt. Vor allem der hohe Luftdruck und der Ostwind treten nur selten zusammen auf. Wir haben jahrelang darauf gewartet. Und wenn es dann so weit ist, darf man nicht zögern. Klaus ist auch Hals über Kopf aus Lübeck gekommen.«

»Aber Aron ist in England geblieben.«

Peter setzt sich wieder gerade hin und verschränkt die Arme, umfasst mit den Händen seine Schultern. »Ich habe ihn angerufen, er war im Medway auf dem Watt. Ich habe gesagt, dass wir gehen. Dass wir mit ihm rechnen, um vier Uhr in Manslagt. Er ist nicht gekommen.«

»Und Sie beide sind trotzdem losgegangen.«

»Es war unerfreulich, aber es war nun mal so. Wenn er dabei gewesen wäre, wer weiß, wie wir Klaus hätten helfen können.«

Hans, der bisher nichts gesagt, sondern nur geschrieben hat, schaut von seinem Laptop auf. »Können Sie noch?«, fragt er.

»Mir ist ein bisschen schwindelig«, sagt Peter. »Das geht schon vorbei.«

»Nur Klaus und Sie also«, sagt Jürgen.

»Wir waren beim Nienhof verabredet, Sie kennen das wahrscheinlich, das Café in Manslagt.«

Hans nickt und fängt wieder an zu tippen.

»Wir waren für 16 Uhr verabredet, zwei Stunden vor Niedrigwasser. Aber ich habe mich verspätet, weil ich schon am Ortsausgang von Aurich in einen Stau geraten bin, ich musste einen

Umweg fahren. Klaus saß schon im Nienhof, er war nicht begeistert, ich kam zwanzig Minuten zu spät. Und er ist nun mal ein Stück kleiner als ich.«

Hans blickt auf. »Ein Stück kleiner, sagen Sie?«

»Ja«, sagt Peter. »Er ist eins achtundsiebzig, ich eins sechsundachtzig.«

»Warum spielt das eine Rolle?«

»Weil jeder Zentimeter zählt, wenn man einen Priel durchwatet«, antwortet Peter mit heiserer Stimme. Zum ersten Mal scheint er seine Gefühle nicht mehr unter Kontrolle zu haben. »Ich habe mich verspätet«, fährt er fort. »Man muss auf die Minute pünktlich sein, die Tide wartet nicht. Aber ich komme zu spät.« Mit einer plötzlichen, groben Bewegung packt er seinen Kaffeebecher, als müsste er Halt suchen. »Normalerweise komme ich nie zu spät«, sagt er. »Ich habe alles unter Kontrolle. Sonst geht irgendetwas schief.« Er drückt den Plastikbecher so fest zusammen, dass er reißt und heißer Kaffee über seine Hand schwappt. Er flucht, der Kaffee breitet sich auf der Tischplatte aus. Hans hebt seinen Laptop hoch, und Jürgen steht auf, um Küchenpapier zu holen.

Der Pathologe Derk Wortelboer geht vor Geeske und Anne-Baukje her durch die Flure des Krankenhauses. »Ich habe ihn noch nicht gesehen«, sagt er. »Er ist gerade erst eingetroffen.« Er stemmt mit der Schulter eine der Schwingtüren des Sezierraums auf. Sie klemmt ein bisschen. Das Krankenhaus zieht demnächst um, repariert wird hier nichts mehr.

Klaus Smyrna liegt in einer dunklen Ecke, mit einem Tuch bedeckt. Wortelboer stößt im Vorbeigehen mit dem Handrücken gegen einen Schalter, die Leuchtstoffröhren gehen flackernd an.

Er geht zu dem Toten, eine Schulter hochgezogen wie ein Buckliger, bleibt vor dem Tisch stehen, schaut plötzlich nach oben, als hätte er etwas gehört.

Auch Anne-Baukje und Geeske heben den Blick zur Decke.

Dort ist nichts zu sehen.

Als sie wieder Wortelboer anblicken, hat er das Tuch ein Stück heruntergeschlagen und schaut auf das blasse, geschundene Gesicht.

»*Thou bloodless remnant of that royal blood!*«, sagt er.

Geeske sieht Anne-Baukje an, die lautlos die Lippen bewegt.

Shakespeare, liest Geeske.

Wortelboer hat für Aufführungen seiner Amateur-Theatergruppe Die hässlichen Entlein die Rolle Richards III. übernommen, in die er viel von seinen Alltagserfahrungen einfließen lässt.

»*Lo!*«, sagt er leise, als er das zerstörte Auge inspiziert, »*in these windows that let forth thy life, I pour the helpless balm of my poor eyes.*«

»Möwen«, sagt Geeske.

Wortelboer hebt unvermittelt den Kopf, schaut Geeske ins Gesicht, macht einen Schritt auf sie zu. »*I do beweep to many simple gulls*«, sagt er, »*namely, to* ... Hat man uns schon miteinander bekannt gemacht?«

»Geeske Dobbenga«, sagt Geeske, »Marechaussee.«

»... Hastings, Derby, Dobbenga ...«, sagt Wortelboer. Er lässt ein tiefes Lachen hören und betrachtet wieder den Toten. »Er hat einen heftigen Schlag ans Ohr erhalten.«

»Einen Schlag?«, fragt Anne-Baukje. »Oder ist er gegen etwas gestoßen?«

»Auch möglich.«

»Bei Nipptide ist die Strömung in der Außenems schwächer«, sagt Geeske.

»Aber gegen was kann er gestoßen sein?«

»Eine Tonne?«, schlägt Geeske vor.

»Ein Boot?«, fragt Anne-Baukje.

Wortelboer klopft auf den toten Brustkorb, horcht, drückt ihn ein wenig, geht dann zum Waschbecken, um sich die Hände zu waschen.

»Ich muss ihn mir genauer ansehen«, sagt er, »ein Schlag hinterlässt immer etwas. Und ich muss einen Blick in die Lunge werfen. Er scheint mir Wasser eingeatmet zu haben, aber nicht allzu üppig. Bringt mir bitte eine entsprechende Anordnung der Staatsanwaltschaft. Ich muss wieder an die Arbeit.«

»Ich danke dir, Derk«, sagt Anne-Baukje.

Wortelboer trocknet sich die Hände ab und deutet mit dem Kopf auf den Toten.

»*He lives that loves thee better than he could*«, sagt er.

»Wann ist die Premiere?«, fragt Anne-Baukje.

Er seufzt. »Jeden Tag aufs Neue, my lady. Jeden Tag aufs Neue.«

In diesem Moment klingelt Geeskes Telefon. Sie schaut aufs Display und zeigt es Anne-Baukje. »Deutschland«, sagt sie.

## 9

»Wir kamen ans Blinde Randzelgat«, sagt Peter Lattewitz. »In der Osterems stand viel weniger Wasser, als wir erwartet hatten, aber im Grunde hatte Aron das schon vorhergesagt. Insofern hatten wir keine Probleme. Wir dachten, wir hätten das Schwierigste hinter uns, denn wenn man diesen Priel erreicht, hat man schon über die Hälfte geschafft. Man muss ihn bei Niedrigwasser durchwaten, wir dachten, das ist nichts im Vergleich zur Osterems. Bei Hochwasser hatten wir in unseren Netzen gehangen, aber wir waren weniger weit gekommen als ursprünglich geplant. Weil ich mich verspätet hatte, wegen dieses verdammten Staus bei Aurich. Und es ist weicher Schlick, wegen der Strömung im Priel natürlich, wegen der vielen Austern, man sinkt bis hier ein ...« Peter hält die Hand unterm Tisch neben sein Bein, wo die Polizeibeamten nichts sehen können. »Bis zur Mitte der Wade«, verdeutlicht er. »Dieser Schlick ist ein viel größeres Problem als die Osterems. Wir kamen nicht richtig voran.«

Er hebt den Blick, starrt eine Weile auf die Kamera, ohne etwas zu sehen. »Jahrelang haben wir uns vorbereitet«, sagt er dann, »vor allem Aron, und auf günstige Bedingungen gewartet. Ich habe auch manches getan, aber Aron ... Jeden Monat während der Saison, manchmal auch außerhalb der Saison, war er irgendwo da unterwegs, immer allein, seine Frau denkt gar nicht dran, ins Watt zu gehen, sie verabscheut das Meer, also ist er allein kürzere Strecken gegangen, hat das Gebiet erkundet, Fotos gemacht, Routen gesucht. Er hat ja auch alle Zeit der Welt. Ich muss unterrichten. Wir haben die Ausrüstung in Schuss gehalten, für uns alle, die lag beim Nienhof, drei Rucksäcke und die Stangen mit den Netzen, jederzeit bereit. Man glaubt, man würde alles berücksichtigen, alles wissen, was man nur wissen kann, aber dann … Man weiß eben doch nicht alles, im Kopf hatte ich diese Wattdurchquerung schon so oft gemacht, und in all den Jahren hat das Watt geschwiegen, in all den Jahren war es mein Freund, und dann, wenn es endlich so weit ist, merkt man, dass es gar kein Freund ist, dann lässt es einen im Stich, dann schlägt es zurück.«

»Das Watt schlägt zurück?« Hans blickt von seinem Monitor auf.

»Erzählen Sie einfach nur, was passiert ist«, sagt Jürgen. Der Revierleiter breitet auffordernd die Hände aus. »Darauf kommt es an, denken Sie genau nach.«

»Es war noch dunkel, Niedrigwasser war um … sechs Uhr? Halb sieben? Diese Tiefe, die hätte da nicht sein dürfen. Und Nebelschwaden hingen über dem Watt, das auch noch.«

»Welche Tiefe?«, fragt Jürgen.

»Das Blinde Randzelgat. Das ist in den letzten Jahren immer kürzer und weniger tief geworden, dachten wir, aber jetzt schien es sich von einem Tag auf den anderen tiefer in die Sandbank hineingegraben zu haben, als ob es die Rolle der Osterems übernommen hätte. Vielleicht lag das an dem Sturm Anfang September? Wir hatten uns nicht verirrt, und … es ist schwierig für mich, darüber zu sprechen … man fängt an, Dinge zu sehen, die gar nicht da sind, wenn es dunkel ist auf dem Watt, und man will beruhigt werden, man will Erklärungen. Aber es war keine Sinnestäuschung …« Peter starrt einen Moment schweigend vor sich hin.

»Erzählen Sie uns einfach alles, woran Sie sich erinnern«, sagt Jürgen.

Peter seufzt und streckt den Rücken. »Klaus ist gestolpert«, sagt er, »er fiel seitlich hin, ich half ihm auf, wir standen am Rand dieses Priels, dieses Seegatts, das da nicht sein konnte. Trotzdem waren wir an der richtigen Stelle. In Nordnordwest war der Hafen von Borkum.«

Er schüttelt den Kopf.

»Wir hatten keine Zeit, nicht genug Zeit, um festzustellen, was los war, wir konnten nicht zögern, wir mussten da durch. Ich als Erster, weil ich etwas größer bin, für den Fall, dass der Priel für ihn zu tief sein würde. Wir benutzten die Seile, wir knoteten sie zusammen, eins allein war nicht lang genug. Er sicherte mich. Sobald ich auf der anderen Seite war, würde ich ihn sichern. Das hatten wir noch nie gemacht … das heißt, mit Touristen, ja, um sie zu beruhigen, aber wenn nur wir zusammen waren? Nein.«

»Erzählen Sie ganz in Ruhe«, sagt Jürgen. »Lassen Sie sich Zeit.«

»Das Wasser reichte mir fast bis zu den Schlüsselbeinen, ich dachte, es müsste gerade noch so gehen, Klaus müsste es schaffen. Aber ich spürte einen Ebbstrom, der an mir zerrte, dabei hätte das Wasser stillstehen müssen. Ich hatte meine Stirnlampe um, auf dem Kopf den Rucksack, den hielt ich mit der linken Hand fest, zusammen mit den Stangen, den Peilstock in der anderen Hand, mein Blick war aufs andere Ufer gerichtet. Ich weiß nicht, ob Sie sich das vorstellen können, aber die Welt wird zu einem Dreieck; der Strom, das andere Ufer, man selbst … und die Linien dieses Dreiecks, die muss man im Gleichgewicht halten; man selbst und der Strom, man selbst und das andere Ufer, aber auch der Strom und das andere Ufer, und das … das hat man nicht in der Hand, aber mehr darf man nicht zulassen, sonst …«

Hans sieht auf, er wechselt einen Blick mit Jürgen, der sich ein wenig zu Peter hinbeugt.

»Möchten Sie vielleicht noch etwas trinken?«, fragt er.

Peter schüttelt den Kopf. »Es war schwierig, aber es klappte«, sagt er. »Ich dachte noch: Wenn das mal gut geht. Das Wasser zerrte, das Wasser war kalt. Vielleicht war es der Ebbstrom der Osterems, da kommt die Ebbe natürlich eine Idee später, und vielleicht hat dieser Ebbstrom einen Weg durch den Priel gefunden ... vielleicht war es das, vielleicht war es das ... oder Wasser, das sich irgendwo aufgestaut hatte, floss ab ...«

»Und dann?«

Peter schließt die Augen und schweigt.

»Darauf kommt es an«, sagt Jürgen.

Peter öffnet die Augen, dann spricht er beherrscht weiter, als hätte er seine Gefühle ausgeschaltet.

»Ich watete aus dem Priel hinaus, drehte mich um, löste das Seil von meinem Gürtel, schlang es mir einmal um die Hand und rief: Jetzt du, ich hab dich, mach dir keine Sorgen. Das Wasser zerrt, es ist kalt, aber ich hab dich ... und er sagte, dass er erst einen Energieriegel essen wollte, danach würde er kommen.« Peter schaut Jürgen kurz an. »Das hat er immer so gemacht, wir haben alle irgendein Ritual, das muss man jedem gönnen.«

»Aber er musste sich beeilen«, sagt Jürgen.

»Es hätte da gar keine Strömung oder jedenfalls nur eine schwache Strömung sein dürfen, aber sie war irrsinnig stark, ich hatte sogar das Gefühl, dass das Wasser stieg. Im Dunkeln kann man das nicht erkennen, es gibt plötzlich ganz viele Dinge, auf die man achten muss, der Mond war untergegangen, da war der Nebel, man hat keinen Orientierungspunkt, und Menschen sind nun mal Menschen, er musste unbedingt seinen Riegel essen, um den Motor anzuwerfen, wie er es immer ausdrückte. Essen gibt einem ein Gefühl der Sicherheit, das kennen Sie bestimmt auch. Und er hatte immer Angst vor Prielen, schreckliche Angst vor der Strömung da drin. Er suchte in seinem Rucksack nach dem Energieriegel, und ich dachte nur an dieses Wasser.«

Peter verstummt und starrt auf die Tischplatte. Dann spricht er langsam weiter: »Anscheinend findet er den Riegel ... Ich kann's im Dunkeln nicht sehen, er isst ihn, und dann kommt er, ein schwaches Licht, das sich abwärtsbewegt, ein Schatten, und hinter ihm ...«

Er bricht ab, als würde ihm etwas einfallen. »Hat man ihn gefunden?«, fragt er.

»Erzählen Sie bitte weiter«, sagt Jürgen. »Hinter ihm ...«

»Dunst, Nebel, Schatten, ich kann mich nicht genau erinnern«, sagt er. »Ich bin mir nur sicher, dass er etwas gerufen hat, aber ich konnte es nicht verstehen. Ich glaube, er kämpfte gegen die Strömung, er versuchte umzukehren, ich rief ihm zu, dass er sich aufs Wasser legen sollte, ich würde ihn schon durch den Priel ziehen.« Er seufzt und stöhnt leise auf. »Dann dieser Ruck am Seil«, fährt er fort, »wie wenn plötzlich ein Fisch anbeißt, beim Angeln, verstehen Sie? Damit hatte ich nicht gerechnet, es war ein sehr starker Ruck, ich konnte das Seil unmöglich festhalten ... Er, etwas ... riss mir das Seil aus der Hand, und er war weg.«

»Ein Ruck?«

Peter schüttelt den Kopf, schweigt.

»Um wie viel Uhr war das?«

»Wie viel Uhr?« Peter schaut sich um, als hätte er plötzlich vergessen, wo er ist. »Um wie viel Uhr ist was?«

»Wie viel Uhr war es, als Klaus ertrunken ist«, sagt Jürgen.

»... ertrunken ...«, sagt Peter.

»Sie haben uns um halb neun angerufen«, sagt Jürgen.

»Es fing gerade erst an zu dämmern«, sagt Peter. »Nur am Horizont, da schimmerte ein ganz schmaler Streifen Licht.«

»Als Sie uns angerufen haben, war die Sonne schon aufgegangen.«

»Niedrigwasser war ... gegen halb sieben ... War es halb sieben?« Peter ist offensichtlich verwirrt. »Wir waren spät dran, ich bin müde«, sagt er. »Ich kann nicht richtig nachdenken, ich komme im Moment nicht drauf.«

»Halb sieben, halb neun, dazwischen liegen zwei Stunden«, sagt Jürgen. »Was haben Sie die ganze Zeit gemacht?«

»Ich musste weiter«, sagt Peter. »Die Flut wartet nicht, ich habe angerufen, sobald ich wieder Empfang hatte.«

»Sie haben kein Funkgerät bei sich?«

»Zu dieser Art von Wattwanderern gehöre ich nicht«, sagt Peter. »Wir sind keine Segler oder Fischer. Das ist doch gerade der Unterschied, meine Güte.«

»Und Sie haben Ihren Freund nicht gesucht?«, fragt Hans.

»Oder versucht, ihn zu retten?«, ergänzt Jürgen.

Peter schweigt und schaut die beiden abwechselnd an. »Sie sind wohl noch nie im Watt unterwegs gewesen«, sagt er schließlich. »Sie haben offensichtlich keine Ahnung.«

# 10

Es ist der Stellvertreter, der Geeske anruft, die Nummer zwei in Cuxhaven. Im vergangenen Jahr, nach einer gemeinsamen Übung von Deutschen, Dänen und Niederländern, hat sie in einer Kneipe am Hafen von Cuxhaven etwas mit ihm getrunken, sie selbst ein Pils mit einem Genever und er einen Rosé. Er heißt

Lothar Henry, er ist nicht viel jünger als sie, doch trotz seines fortgeschrittenen Alters und seines männlichen Äußeren samt Schnurrbart liebt er Vergnügungsparks, vor allem den Efteling. Er hatte einen Freund namens Harmen, mit dem er sein Leben an Land teilte, aber der hat ihn verlassen. Auch darum drehte sich damals ihr Gespräch in der Cuxhavener Kneipe.

»Es ist gar nicht so sehr der Sex, der mir fehlt«, sagte er damals. »Es ist vor allem das Aneinander-Rumnörgeln. Das konnte ich wirklich genießen. Aber er war so eifersüchtig, und immer wenn ich von Bord kam, war er erst mal ein paar Tage ungenießbar. Ich weiß nicht, was er sich da vorgestellt hat, was auf dem Schiff so alles passieren würde. Nach dem letzten Mal, als wir diesen Isländer aufgebracht und die Besatzung festgenommen haben, hat er Schluss gemacht. Er konnte es nicht mehr ertragen.«

»Hättest ihn mal mitnehmen sollen.«

»Ausgeschlossen«, sagte Lothar. »Das hätte man mir nicht durchgehen lassen, und außerdem wird er sofort seekrank. Stell dir vor, wie das für ihn gewesen wäre, ich mit all den tollen Typen auf der Brücke und er ständig kotzend unter Deck. Nein, das hätte alles noch schlimmer gemacht.«

Doch das war in Cuxhaven, vor einem Jahr. Jetzt ruft er wegen des Toten an, vermutet Geeske. »Hallo, Lothar«, sagt sie, »wie geht es dir?«

An den Geräuschen im Hintergrund – Schiffshorn, Möwenkreischen – ist zu hören, dass Lothar sich draußen aufhält, wahrscheinlich, um ungestört telefonieren zu können. »Gut, danke, aber weshalb ich anrufe: Wie ich höre, hast du in der Außenems einen Ertrunkenen gefunden?«

»Das macht ja schnell die Runde. Auf der Sandbank De Hond, du weißt schon. Die Flut kam, wir mussten ihn mitnehmen.«

»Er ist von seinem Freund als vermisst gemeldet worden. Sie

waren im Watt unterwegs. Der andere ist bei der Polizei auf Borkum. Es sieht nach einem Unfall aus, zwischen dem Festland und Borkum. Soll ich jemanden schicken, um ihn abzuholen?«

»Ich geh mal kurz nach draußen, Lothar, ich rufe dich sofort zurück.« Geeske geht durch die Flure in Richtung Ausgang, sodass sie ein bisschen Zeit zum Nachdenken hat. Sobald sie das Gebäude verlassen hat, ruft sie an.

»Ich glaube, van de Wal will selbst ermitteln«, sagt sie. »Weniger, weil es ihm so wichtig wäre, was passiert ist, sondern weil der Tote auf De Hond gelegen hat. Offenbar hält er es für nötig, dort ausgerechnet jetzt die niederländische Fahne zu hissen. Weiß der Himmel, warum.«

»Oje«, sagt Lothar.

»Der Tote wird wohl durch die amtlichen Mühlen müssen.«

»Dieser Klaus Smyrna ist ein bekannter Ostfriese«, sagt Lothar. »Wie seine Freunde Peter und Aron. Sie halten viele Vorträge an der Küste und auf den Inseln. Und sie haben zu dritt ein Buch übers Wattwandern geschrieben. Die Sache dürfte hier viel Aufmerksamkeit erregen, will ich nur schon mal sagen.«

»Na großartig«, sagt Geeske. »Van de Wal im Scheinwerferlicht. Welch ein Glück.«

Lothar kichert.

»Was schlägst du vor?«, fragt Geeske. »Van de Wal hat was gefunden, womit er sich interessant machen kann, den bringt man nicht mehr davon ab.«

»Ich will dich nur vorwarnen, die Sache könnte einige Wellen schlagen, es dürfte schwer sein, sie untern Teppich zu kehren, nachher haben wir noch eine Grenzaffäre nur wegen eines tragischen Unglücks.«

»Ich weiß nicht«, sagt Geeske. »Ich war eben mit einer Ermittlerin bei dem Toten.«

»Du?«, fragt Lothar. »Warum?«

Geeske fängt an zu lachen. »Es sollte meine letzte Fahrt sein, ich glaube, die andern hatten sogar Kuchen mitgenommen und eine Kiste Sekt. Was sie damit wohl vorhatten? Mich taufen?«

»Niederländer«, sagt Lothar. »Keine Disziplin. Wunderbar.«

»Aber jetzt das, und van de Wal, und dann ...« Geeske zögert. »Wenn wir Pech haben, geht es bald nicht mehr um diesen Mann, sondern nur noch um das ganze Drumherum, du weißt schon.«

»Eben, er muss möglichst schnell nach Hause.«

»Da sind wir vielleicht doch nicht ganz der gleichen Ansicht, Lothar«, sagt Geeske. »Nach Deutschland, okay, gerne sogar, aber nach Hause ... ich weiß nicht. Ich würde nicht ausschließen, dass es vielleicht doch kein Unfall war.«

Lothar antwortet nicht.

»Lothar?«

»Du meinst, dass Klaus von einem seiner Freunde umgebracht wurde? Das ist kaum vorstellbar ... Nein, das ist unmöglich.«

»Etwas Unmögliches hab ich noch nie erlebt.«

»Soll ich den Holländer bitten, bei euch vorbeizukommen? Und sich schon ein bisschen umzuhören?«

»Den Holländer?«

»Liewe Cupido von unserer Kriminalabteilung, wir nennen ihn den Holländer.«

»Ist er einer?«

»Nein«, antwortet Lothar. »Aber er ist gerade auf Texel und fährt heute nach Cuxhaven zurück. Ich kann ihn bitten, einen Umweg über Delfzijl zu machen.«

»Und dann?«

»Er soll sich nur orientieren, ein paar Fragen stellen. Dann können wir besser entscheiden, was wir machen sollen«, erklärt Lothar. »Wenn denn an der Sache etwas faul sein sollte.«

»Also, der Holländer ...«, überlegt Geeske.

»Ich rufe ihn gleich mal an, er soll nach dir fragen.«

»Er soll zum Schiff kommen«, sagt Geeske. »Nicht, dass er noch van de Wal vor die Füße läuft. Kennt er den Weg?«

»Dem Holländer braucht man nichts zu erklären, der findet den Weg allein«, meint Lothar. »Und ich sag dir am besten gleich, sehr gesprächig ist er nicht. Dann lernst du den also auch mal kennen, so kurz vor deinem Abschied.«

Die Fähre von Texel erreicht Den Helder, die Autofahrer steigen zu den Fahrzeugdecks hinunter. Außer in Notfällen legt die Fähre den kurzen Weg über das Seegatt aufreizend langsam zurück, damit die Urlauber das Gefühl haben, eine richtige Seereise zu unternehmen, einschließlich der Gelegenheit, etwas zu essen und zu trinken oder über das Promenadendeck zu spazieren und voller Abschiedsschmerz zur vertrauten Küstenlinie der Insel zu blicken, die sich allmählich zurückzieht.

Für die Insulaner ist dieses Schneckentempo nichts. Sie bleiben unten in ihren Autos, trommeln aufs Lenkrad, starren aufs Telefon. Manche versuchen, ein Nickerchen zu machen, bevor sie sich wieder auf dem Festland zurechtfinden müssen, in der Welt, die sie *die andere Seite* nennen.

Auch Liewe Cupido bleibt im Auto sitzen. Er zählt sich noch

zu den Bewohnern der Insel, obwohl er schon fast drei Jahrzehnte nicht mehr dort wohnt. Als er Texel im Jahr 1986 verließ, um an der Hochschule der Polizei in Hamburg zu studieren, hat er ausnahmsweise an Deck gestanden und teils mit einem Gefühl der Befreiung, teils voller Bedauern beobachtet, wie er sich von der Insel seiner Kindheit und Jugend löste, um ins Land seiner Geburt zurückzukehren, das Land seiner Mutter.

Er sah die Windmühle und die Hafeneinfahrt von Oudeschild. Die Welt seines Vaters, Nordseefischer Jan Cupido, Kapitän der TX 9, geboren und aufgewachsen auf Texel, goldener Ohrring. Näher, gleich neben dem Fährhafen von 't Horntje, sah er das Gebäude des Niederländischen Ozeanografischen Instituts kleiner und kleiner werden. Es war das Institut, an dem seine Mutter arbeitete, Meeresbiologin Anna Uelsen, geboren in Rheinfelden. Anna hatte in Bremen Meeresbiologie studiert, in Aberdeen promoviert und als Postdoc an dem Institut auf Texel angefangen, um Mikroorganismen zu erforschen, die sich auf den Sandbänken und Platen des Wattenmeers ansiedeln.

Im Laden für Schiffsbedarf in Oudeschild – sie suchte ein Messer fürs Pfropfen von Obstbäumen – begegnete sie Jan Cupido, ging mit ihm ins Café des Havenhotel, um etwas zu trinken, ließ sich von ihm die TX 9 zeigen, vom Eis des Kühlraums bis zur Wärme der Kapitänskajüte, stellte einen Monat später fest, dass sie schwanger war, und heiratete Jan.

Über das Meer hatten Jan und Anna höchst unterschiedliche Ansichten – bei diesem Thema konnte es schnell ungemütlich werden. Was sie zueinander trieb, hatte nichts mit Worten und Meinungen zu tun, sondern mit etwas anderem, das sich nur schwer benennen lässt, weil es sich tief unter der Oberfläche abspielt.

Anna blieb auf der Insel, stieg zur wissenschaftlichen Leiterin des Instituts auf, wurde aber von den Einheimischen nie als ihresgleichen angesehen, weil sie von außerhalb stammte. Sie schwieg deshalb viel. Sie veröffentlichte Fachartikel über Algen, die bei ablaufendem Wasser die Sandbänke des Watts violett, blutrot und phosphoreszierend grün färben. Sie pflanzte Kirschbäume in ihrem Garten, setzte sich abends auf den Rand von Liewes Bett und sang ihren kleinen Sohn in den Schlaf.

*Guten Abend, gut Nacht, mit Rosen bedacht.*

Liewe lauschte ihrer Stimme, die er sonst selten hörte, und der Sprache, in der sie sang; dieser Sprache, die er liebte, aber nicht gut sprechen lernte, weil seine Mutter so wenig sprach. Als er noch ganz klein war, dachte er sogar, man könne Deutsch nicht sprechen, sondern nur singen. *Morgen früh, wenn Gott will, wirst du wieder geweckt. Schlaf nun selig und süß, schau im Traum 's Paradies.*

Hätte Liewe an jenem Tag des Jahres 1986, als er Texel den Rücken wandte, ein Fernglas gehabt, hätte er von der Fähre aus den Giebel seines Elternhauses sehen können, auf halbem Weg zwischen dem Institut und Oudeschild, mit dem Fenster seines eigenen Zimmers, das knapp über den Deich hinausragte und aus dem er endlos übers Meer geblickt hatte, vor allem nachts, wenn die grünen und roten Lichter der Fahrwassertonnen blinkten. Sein Vater war auf See, seine schweigsame Mutter hatte unten auf der Terrasse ein Lämpchen eingeschaltet, unter dem sie in tiefer Stille las.

Er wehrte sich gegen den Schlaf, denn wollte Gott auch ganz bestimmt, dass er wieder aufwachte? *Morgen früh, wenn Gott will, wirst du wieder geweckt.*

Seine Mutter hatte ihn im baden-württembergischen Bad Bellingen zur Welt gebracht, wo sie wegen Rückenbeschwerden eine Kur machte. Die Geburt kam einen Monat zu früh. Jan erfuhr auf See, dass sie einen Sohn bekommen hatten, dass Anna ihn beim Standesamt von Bad Bellingen ins Geburtsregister hatte eintragen lassen, dass sie ihn Liewe, nach Jans Vater Lieuwe, genannt, den Namen aber in der Aufregung falsch buchstabiert hatte, weshalb der Junge nun einen Namen hatte, den es so eigentlich nicht gab. Dass sie ihm Tristan als zweiten Namen gegeben hatte. Weil sie das schön fand. Liewe Tristan Cupido.

»Ein richtiger Texeler bist du nicht, Junge«, hielt Jan Cupido seinem Sohn Liewe später vor. »Dafür hättest du hier geboren werden müssen.«

Jan Cupido ertrank, Anna blieb nach ihrer Pensionierung auf Texel, eigentlich nur wegen ihrer Kirschbäume, die in jedem Frühling üppig blühen. Sie ist noch nicht richtig alt, immerhin aber über die siebzig hinaus, und gerade hat Liewe sie besucht. Sie sind Schulter an Schulter auf dem Deich spazieren gegangen, sie haben sogar im Café des Havenhotel etwas getrunken. Sie haben durchs Fenster zwei Texeler Fischer einlaufen sehen, Vater und Sohn Vonk auf der *TX 1* und der *TX 27*. Das tiefe Dröhnen der Schiffsmotoren zog durch das Café. Sie schauten sich an, sagten nichts über die beiden Kutter, nichts über den abwesenden, ertrunkenen Fischer, für den Liewe kein richtiger Texeler war. Er übernachtete in seinem alten Zimmer, allerdings bei geschlossenem Vorhang, und hat seine Mutter heute Morgen zum Abschied kurz in den Arm genommen. Sie schüttelte den Kopf, ließ ihn aber gewähren. Sie singt nicht mehr.

Die Fähre hat die Tore der Fahrzeugdecks geöffnet, und die ersten Autos fahren an Land. Während Liewe darauf wartet, an die Reihe zu kommen, klingelt sein Telefon. Es ist Lothar. Er erzählt, was passiert ist.

»Dieser Wattwanderer?«, fragt Liewe.

»Du hast doch nichts gegen Wattwanderer?«

»...«

»Liewe?«

»Die drei sind hier mal von Vlieland nach Texel gegangen«, sagt Liewe. »Innerhalb einer Tide. Mussten rennen, um nicht zu ersaufen. Effekthascher.«

»Tja, jetzt ist es einem von ihnen doch passiert«, sagt Lothar.

»Angehörige?«

»Eine Frau und zwei Kinder. Sie wird wohl nach Delfzijl müssen, um ihn zu identifizieren.«

»Wieso?«

»Die Niederländer sind der Ansicht, dass er auf niederländischem Gebiet gefunden worden ist, und rücken ihn nicht raus. Das kann sich also eine Weile hinziehen.«

»Verstehe«, sagt Liewe.

»Kümmerst du dich drum? Du musst auf das Marechaussee-Schiff, die *RV 180*, und nach Geeske Dobbenga fragen. Sie hat ihn gefunden.«

Liewe erwidert nichts und legt auf.

**Borkumer Zeitung, 28.09.15. 12:00**
Ertrunkener Wattführer Klaus Smyrna von niederländischer Polizei gefunden. Peter Lattewitz bleibt auf Borkum. Morgen ausführlich im E-Paper. #Wattwandern #Borkum #Smyrna @Wattewitz @WattAron

# 13

Brigadekommandeur Henk van de Wal hat sich persönlich auf den Weg nach Groningen zur Staatsanwaltschaft gemacht, um den Fall dort zu besprechen. Vorher hat er Anne-Baukje in sein Büro gebeten, weil der amtliche Leichenbeschauer zu dem naheliegenden Schluss gelangt ist, dass es bei Smyrna Hinweise auf eine nichtnatürliche Todesart gebe. Aber als sie vor seinem Schreibtisch stand, wusste er nicht genau, was er eigentlich von ihr wollte.

»Handelt es sich um einen Unfall, oder ist es etwas anderes?«, fragte er deshalb nur, ließ Anne-Baukje aber keine Zeit für eine Antwort. »Der Pathologe sollte ihn sich ansehen, aber die Entscheidung darüber muss in diesem Fall natürlich der Staatsanwalt treffen. Muss der Leichnam nach Groningen? Und sind die Angehörigen verständigt? Müssen wir jemanden zur Identifizierung kommen lassen? Müssen wir uns darum kümmern?«

Van de Wal spürte, dass er als örtlicher Marechaussee-Kommandeur in eine komplexe Situation geraten war, aus der sich, wenn er nicht sorgfältig vorging, allerhand Verwicklungen ergeben konnten. Die Marechaussee verfügt zwar über eine Kriminalabteilung, die aber hauptsächlich Erfahrung mit Schmuggel hat und kaum mit tödlichen Unfällen oder Schlimmerem.

»Wir müssen die Sache natürlich nicht unbedingt so hoch hängen«, versuchte es Anne-Baukje. »Wir können das auch direkt mit den Deutschen regeln.«

»Das hat Geeske auch schon gesagt, was ist das bloß mit euch?«, erwiderte van de Wal. Er schüttelte den Kopf und stand auf. »Der Mann lag auf De Hond, ein verdächtiger Todesfall in *diesem* Land. Und wenn er zehnmal Deutscher ist, falls er von einem Niederländer getötet worden ist, ist es trotzdem unser Fall. Wenn in ... woher kommen Sie noch mal?«

»Morra«, antwortete Anne-Baukje. »Nördlich von Dokkum.«

»Wenn in Morra ein toter Deutscher gefunden wird, rufen Sie dann auch die deutsche Polizei, um das aufzuklären?«

»Was erwarten Sie von mir, Kommandeur?«

»Vorläufig nichts«, sagte van de Wal, warf einen Blick nach draußen, schlüpfte in seinen Regenmantel, hielt ihr die Tür auf, ging selbst hinaus und schloss sein Büro hinter sich ab.

Und nun ist er auf dem Weg nach Groningen, um die Situation mit der Staatsanwaltschaft zu besprechen. Seine Büroleiterin Annelies van Boven hat dort noch niemanden erreicht, trotzdem ist er schon einmal losgefahren, er erwartet, dass die Sache bis zu seiner Ankunft geregelt sein wird. Von Westen her bezieht sich der Himmel, der Wind hat gedreht, ein Wetterwechsel steht bevor.

Kurz vor Groningen beginnt es zu regnen. Die Scheibenwischer schalten sich automatisch ein, und er verlangsamt das Tempo. Er ruft seine Büroleiterin an und fragt, ob sie die Staatsanwaltschaft erreichen konnte.

»Ich wollte Sie gerade anrufen«, sagt sie. »Eine Staatsanwältin erwartet Sie. Sie heißt Runia mit Nachnamen, den Vornamen weiß ich nicht.«

»Ausgezeichnet«, sagt van de Wal, dann lenkt ihn ein deutsches Auto ab, das ihm mit hoher Geschwindigkeit entgegenkommt. Es hat ein Cuxhavener Kennzeichen. Den Fahrer kann er nicht richtig sehen. Ein kurzer Moment, und schon ist der Wagen vorbei.

»Hat Cuxhaven sich gemeldet?«, fragt er.

»Oh ja«, sagt Annelies, »soll ich, wenn sie wieder anrufen, zu Dobbenga durchstellen?«

»Auf keinen Fall«, erwidert van de Wal. »Müssen sich eben ein bisschen gedulden.«

## 14

Xander Rimbach hat seine Ausbildung an der Bundespolizeiakademie erst vor wenigen Monaten abgeschlossen, und sein erster Einsatzort ist das Bundespolizeirevier Bunde an der niederländischen Grenze. Jeden Tag aufs Neue muss er sich an den Ort gewöhnen, an den es ihn verschlagen hat, so weit ist er in jeder Hinsicht von seiner Heimatstadt Marbach am Neckar entfernt, dem Geburtsort Schillers, wo sein Vater ein Weingut besitzt. Das Land, die Sprache, der Humor, alles ist platt in Bunde. Zum Glück sind die Umgangsformen lockerer als zu Hause, fast niederländisch, trotzdem vermisst er täglich wieder die Hügel, die steilen Weinberge und den Fluss seiner Jugend. Es ist nur vorübergehend, sagt er sich, und so hangelt er sich weiter. Er hatte sich vorgestellt, als Polizeibeamter einiges zu erleben und von der Welt zu sehen, zum Beispiel in einer Großstadt. Doch im Bundespolizeirevier Bunde geschieht selten etwas, und wenn, ist es nichts Weltbewegendes. Die Tage vergehen mit vorbeidröhnendem Grenzverkehr und, wenn er abends Dienst hat, mit den abbremsenden Lastzügen, die bei einsetzender Dunkelheit die Autobahn verlassen und für die Nacht Seite an Seite geparkt werden. Dann werden in den Kabinen die Lämpchen eingeschaltet, und kurz darauf stehen die Fahrer in Unterhemden und rutschenden Hosen entspannt zusammen und unterhalten sich. Alle sind unterwegs, nur er, Xander Rimbach, sitzt drinnen hinter den getönten Fensterscheiben und fährt nirgendwohin. Das Einzige, was ihn ein bisschen über den Alltagstrott erhebt, ist der Gedanke, dass auf der anderen Seite der Autobahn die Niederlande liegen. Die Grenze verläuft noch ein kleines Stück entlang der A7 nach Osten, sodass die beiden Länder ein paar Kilometer lang de facto durch den Asphalt der Autobahn getrennt sind, als wäre sie keine Straße, sondern ein Grenzfluss.

In der Mittagspause oder nach Dienstschluss geht Xander manchmal über die kleine Fußgängerbrücke auf die andere Seite, um im Laden der niederländischen Tankstelle Poort van Groningen etwas zu kaufen. Egal was, Schokoriegel, ein Frikandelbrötchen, irgendetwas Niederländisches. Im Tankstellenshop trödelt er, um die Sprache zu hören, um sich kurz der Illusion hinzugeben, dass er den Ort, an den ihn das Schicksal verbannt hat, verlassen konnte, dass er anderswo ist als in Bunde.

Heute ist Montag, es ist nicht viel los auf der Autobahn, und er ist auf die andere Seite gegangen, um sich ein Krokettenbrötchen zu holen. Er schlendert damit über den Parkplatz, um sich beim Essen die Beine zu vertreten. Es ist ein weißes, watteweiches Brötchen mit einer halb abgekühlten Fleischkrokette. Nicht besonders lecker, trotzdem isst er es auf. Einen Moment hält er ratlos das leere Plastikschälchen in der Hand, dann hört er, dass jemand irgendwo einen Müllcontainer schließt, und geht um das Gebäude herum, um zu sehen, woher das Geräusch kam.

Tatsächlich steht dort ein Container. Der Autofahrer, der seinen Abfall weggeworfen hat, ist schon wieder losgefahren. Xander blickt dem Wagen nach. Einen Moment ist er verwirrt, weil es so aussieht, als würde niemand am Steuer sitzen, aber das ist natürlich Unsinn. Der Wagen ist schon zu weit weg, um etwas erkennen zu können.

Er öffnet den Container, um das Schälchen wegzuwerfen. Doch dann sieht er zuoberst einen Rucksack. Es ist ein schöner Rucksack, nicht ganz neu, aber nur wenig benutzt. Xander blickt noch einmal in die Richtung, in die das Auto verschwunden ist, holt dann den Rucksack aus dem Container und wiegt ihn in der Hand. Er muss voll sein. Er hängt ihn sich um, spürt auf der Wendeltreppe zur Fußgängerbrücke über die Autobahn seine Beine, wird plötzlich von heftigem Fernweh überfallen, findet sich aber schnell damit ab, dass er zurückmuss, zurück zu seinem Revier.

# 15

In ihrer Kajüte an Bord der *RV 180* räumt Geeske ihren Spind ein. Sobald das Protokoll aufgesetzt und an die Staatsanwaltschaft abgeschickt ist, kann es wieder losgehen, allerdings hat sie den Kapitän gebeten, auf jeden Fall zu warten, bis ein Besucher für sie gekommen ist.

Im Gang nähern sich Schritte, es klopft an der Tür.

»Jemand möchte dich sprechen«, sagt der Matrose.

»Ein Deutscher?«, fragt Geeske.

»Ich glaube nicht«, antwortet er, »aber er fährt ein deutsches Auto, das ja. Er steht unten vor der Gangway.«

»Der Holländer«, sagt Geeske.

Sie schließt Spind und Koffer und geht an Deck, von wo aus

sie ihren Besucher auf dem Kai stehen sieht. Er ist von eher gedrungener Gestalt, aus den Ärmeln seiner Jacke schauen große Hände hervor. Er erinnert Geeske an manche Fischer von Texel und Den Oever. Nur dass dieser Mann rabenschwarzes Haar hat, als wäre sein Kopf durch ein Missverständnis vertauscht worden.

»Kommen Sie bitte«, sagt sie auf Deutsch, und er betritt die Gangway. »Lothar hat Sie schon angekündigt.«

Liewe nickt. »Cupido, Kriminalabteilung Bundespolizei«, sagt er auf Niederländisch. Geeske erkennt den Akzent der Watteninseln und spürt Liewes Blick. Sie ist sich nicht sicher, ob er sie einzuschätzen versucht oder sich stumm über sie amüsiert.

»Es war meine letzte Fahrt, und dann passiert das«, sagt sie, »aber zum Glück fahren wir gleich doch noch.« Warum sage ich das?, denkt sie.

Liewe nickt und schaut sich um.

»Kommen Sie mit«, sagt sie dann. Sie führt ihn zur Messe, schließt die Tür hinter sich, gießt zwei Becher Kaffee ein und fordert ihn auf, sich an den Tisch zu setzen.

Liewe nimmt Platz. »Smyrna«, sagt er.

»Ja, Klaus Smyrna«, sagt Geeske. »Auf De Hond, er lag nah an der Flutlinie. Wir haben ihn mitgenommen.«

»Auflaufendes Wasser«, sagt Liewe. Er schaut Geeske an.

»Es war nicht leicht«, sagt sie, »so etwas hatte ich noch nicht erlebt.« Und wieder fragt sie sich, warum sie so von sich spricht. Dieser Mann ist wirklich gut, denkt sie.

»Fotos?«, fragt Liewe.

Sie nickt, steht auf und lässt ihn einen Moment allein, um Rob anzurufen und zu bitten, ihr die Fotos zu mailen. Wenig später betrachtet Liewe in aller Ruhe die Aufnahmen, eine nach der anderen.

»Man nennt dich den Holländer«, sagt Geeske.

»Man nennt dich M&M«, erwidert Liewe, ohne den Blick von den Fotos abzuwenden.

»Ja«, sagt Geeske. Und dann: »Wir werden uns damit abfinden müssen.«

Liewe blickt auf. Er lächelt. Dann zeigt er auf ein Foto.

»Das Seil hängt noch an seinem Gürtel. Keine Zeit gehabt, es durchzuschneiden? Er hatte dieses Messer.«

Er betrachtet das nächste Foto. »Keine Fingerspuren im Sand, nichts.«

»Nur Möwen«, sagt Geeske.

»Rucksack gefunden? Peilstock?«

»Rucksack?«, fragt Geeske. »Haben Wattwanderer Rucksäcke?«

Liewe legt das Telefon hin, lehnt sich zurück und blickt sich um.

»Wenn du es für sinnvoll hältst, kannst du schon mal in Deutschland ermitteln«, sagt Geeske. »Lothars Rückendeckung hast du, aber unser Brigadekommandeur van de Wal will den Fall unbedingt behalten, weil De Hond seiner Ansicht nach niederländisches Gebiet ist.«

Liewe nickt. »Welch ein Besitz«, sagt er.

Das folgende Schweigen dauert unbehaglich lange.

»Ich kann dir die Fotos mailen, irgendwann bekommst du sie ja sowieso. Will ich hoffen.«

Liewe nickt wieder, dann fragt er: »Kann ich ihn sehen?«

## 16

Van de Wal hatte erwartet, gleich empfangen zu werden, doch er muss erst in ein Wartezimmer, bis die Staatsanwältin Zeit für ihn hat. Auf einem Tisch liegen Zeitschriften, ein paar Fenster bieten Aussicht auf ein Neubaugebiet und einen Badesee. Van de Wal stellt sich an ein Fenster und schaut hinaus. Er merkt, dass ihm die Angelegenheit, die er in Delfzijl so deutlich vor Augen zu haben glaubte, hier zu entgleiten beginnt. Er versucht, sich an die rechtswissenschaftlichen Kurse während der Ausbildung zu erinnern. Weit weg vom Meer war das, am Rand von Apeldoorn, überall Wald. Wie war das mit der Auslieferung? Hat ein anderes Land die Festnahme einer Person beantragt, hat man die betreffende Person festgenommen, und es besteht ein Auslieferungsabkommen, dann ist das Vorgehen klar. Aber was ist mit diesem Fall? Ein toter Ausländer in den Niederlanden, keine natürliche Todesart, hier beschlagnahmt, vielleicht hier ums Leben gekommen, vielleicht im Ausland, Straftat möglich. Die Rechtskurse waren nicht seine Stärke, außerdem ging es da nicht um Fälle wie diesen. Immerhin konnte er Gesetzestexte ziemlich gut auswendig lernen. Aber etwas auswendig zu können ist etwas anderes, als argumentieren zu können. Auch jetzt kann er sich einfach nicht richtig konzentrieren. Die Erinnerung an die erste Ausbildungswoche lenkt ihn ab, an den militärischen Teil, Marschieren, Biwak, Schießübungen, zum ersten Mal vom Sergeant angebrüllt, die anderen lachten hinter seinem Rücken über ihn, vor allem über seinen Groninger Akzent.

»Herr van de Wal?« Er dreht sich um. »Die Staatsanwältin erwartet Sie.«

Frau Runia kommt auf ihn zu, gibt ihm die Hand, stellt sich mit ihrem Vornamen vor. »Wilma.«

Sie setzen sich. Wilma Runia hat eine üppige, etwas undisziplinierte dunkle Lockenfrisur und einen Blick voller Selbstvertrauen, der van de Wal aus dem Gleichgewicht bringt. Das Protokoll und der Bericht des Leichenbeschauers, die Annelies ihr offensichtlich schon zugeschickt hat, liegen vor ihr auf dem Tisch.

»Was kann ich für Sie tun?«, fragt Runia. »Sie überlegen, welches Vorgehen richtig ist, und möchten ein wenig Rat?«

Die Frage bringt ihn aus dem Konzept. Er sieht die Staatsanwältin an und sucht einen Moment nach Worten.

»Rat«, sagt er dann, »nein ... wieso Rat?«

»So hatte ich es jedenfalls verstanden.« Sie blickt stirnrunzelnd auf einen Post-it-Zettel auf dem Protokoll.

»Ich möchte sichergehen, dass wir alles richtig machen, dass wir die Vorschriften genau befolgen«, erklärt van de Wal. Annelies nachher in mein Büro, denkt er. Was bildet sie sich ein.

»Sie arbeiten ausgezeichnet mit Ihren deutschen Kollegen zusammen, wenn ich recht informiert bin«, sagt Runia aufmunternd. »Es besteht ausreichend Anlass für Ermittlungen, aber hier scheinen mir Ihre deutschen Kollegen zuständig zu sein.«

»De Hond ist niederländisch, ich möchte genau nach Vorschrift handeln.«

»Aber Sie kommen in diesen Vorschriften nicht vor.« Die Staatsanwältin schaut van de Wal lächelnd an, als wollte sie das Gesagte abmildern.

»Wir haben ihn gefunden und an Land gebracht«, sagt van de Wal. »Alle gehen wie selbstverständlich davon aus, dass er auf deutschem Gebiet ums Leben gekommen ist. Aber warum eigentlich? Weil er Deutscher ist?«

»Da haben Sie natürlich recht«, gibt Runia zu.

»Ich kenne den Dollart, man wird nicht ohne Weiteres auf De Hond angespült. Es passt nicht zur Tide. Er hätte auf die offene See hinausgetrieben werden müssen.«

»Es gibt doch den Ems-Dollart-Vertrag?«, sagt Runia, als wäre ihr das gerade eingefallen.

»Der regelt aber nicht Fälle wie diesen.« Plötzlich fällt Henk van de Wal auf, dass die Staatsanwältin so spricht wie seine ehemalige Französischlehrerin. Ein lange verdrängter Groll kommt hoch. Französisch war nicht sein stärkstes Fach.

»Aber arbeiten die Leute in Ihrer Kriminalabteilung denn nicht mit ihren deutschen Kollegen zusammen?«

»Ein Fall wie dieser ist nie vorgekommen«, behauptet van de Wal. Er hat seinen Posten noch nicht lange, im Grunde weiß er es gar nicht. Doch er hat nicht vor, gegenüber dieser Frau mit ihrer französischen Satzmelodie und diesem Selbstvertrauen auch nur einen Fingerbreit nachzugeben.

»Ihnen ist klar, dass wir die Sache unnötig verkomplizieren, wenn wir sie so angehen?«

Henk van de Wal beginnt aufzustehen. »Wenn Sie die Untersuchung anordnen, können Sie auf uns zählen. Wenn es über Den Haag laufen muss, dann ist das eben so. Ich habe den Mann da nicht abgelegt.« Aufrecht, die Uniformmütze unter den Arm geklemmt, starrt er auf die Tischplatte. Die Staatsanwältin ist sitzen geblieben und blättert in ihrem Terminkalender.

»Das Wattenmeer ist EU-Außengrenze«, erklärt er mit Nachdruck. »Schengen gilt von Den Helder bis Nieuw Statenzijl. Das übersieht man in Den Haag gerne. Wir haben es täglich mit einer langen, offenen Außengrenze zu tun, die wir kaum kontrollieren können. Doch etwas können wir: klar Position beziehen. Europa schön und gut, aber, wie ich zu Hause immer gelernt habe: Es gibt Grenzen.«

Er schaut der Staatsanwältin, die nun auch aufgestanden ist, kurz in die Augen, dreht sich dann um, setzt die Mütze fest auf den Kopf und verlässt das Büro.

## 17

Geeske hat Anne-Baukje gebeten, Liewe Cupido in den Sezierraum des Krankenhauses mitzunehmen. Sie selbst läuft mit der RV 180 aus. Das wird nun wirklich ihre letzte Patrouille sein.

»Morgen Vormittag nehme ich ihn mir vor«, hat der Pathologe Derk Wortelboer zu Anne-Baukje gesagt. »Dein deutscher Kollege soll ihn sich ruhig ansehen. Aber nicht anfassen.«

Die beiden Ermittler dürfen ohne Weiteres allein zu dem Toten. In den Fluren stehen Umzugskartons.

Im Sezierraum schauen die beiden auf das Tuch, unter dem sich die Körperformen abzeichnen, horchen auf die atemlose Stille. Anne-Baukje schlägt das Tuch behutsam zurück, und Liewe betrachtet den Toten. Er wurde wahrscheinlich verschoben, vielleicht sogar kurz umgedreht, denn der Kopf liegt ein wenig schief. Unter dem lädierten Ohr ist etwas Wasser und Sand auf der Unterlage gelandet, offensichtlich waren Meerwasser und Schlick im Ohr zurückgeblieben.

Liewe blickt sich suchend um, öffnet ein paar Schubladen eines Instrumentenschranks, findet einen Plastikbeutel und einen Spatel und schiebt damit den Sand in den Beutel. Er schließt ihn, spült den Spatel ab und legt ihn zurück. Der Beutel verschwindet in seiner Jackentasche. Dann schlägt er das Tuch von den

Beinen zurück und betrachtet die Stellen, an denen sie von dem Seil umschlungen waren. Viel angerichtet hat es nicht, wo es straff gezogen wurde, sieht man Scheuerspuren, ansonsten kleinere Schürf- und Schnittwunden.

»Äh ...«, beginnt Liewe, während er das Tuch wieder sorgfältig über die Beine zieht. Er schließt die Augen, als koste es ihn Mühe, die richtigen Vokabeln zu finden.

»Sie können auch ruhig Deutsch sprechen«, sagt Anne-Baukje.

Liewe schüttelt den Kopf.

»Ich bin in keiner Sprache ein großer Redner«, sagt er lächelnd. »Ich kann am besten allein arbeiten, aber ich werde hin und wieder eine Frage haben.«

»Das ist okay«, sagt Anne-Baukje. Und sie gibt ihm ihre Karte.

Als sie ihn kurz darauf vom Krankenhaus wegfahren sieht, kann sie ein Lächeln nicht unterdrücken. Es ist bald vier, ihm bleibt noch eine Dreiviertelstunde, um in Eemshaven die Fähre nach Borkum zu erreichen. Kaum ist er losgefahren, ist sein Auto schon um die Ecke verschwunden, und wie an dem schnell leiser werdenden Motorgeräusch zu hören ist, weiß er selbst, dass er nur wenig Zeit hat.

Eine Stunde später sitzt er ohne seinen Wagen auf der Fähre, wo er sich wie jeder normale Tourist, der kein Auto dabeihat, einen Tisch suchen musste. Langsam löffelt er eine Tasse Gulaschsuppe, gegen dieses hohle Gefühl, das bei jeder Fahrt zu einer Insel von ihm Besitz ergreift, und plötzlich kommt es ihm so vor, als hätte er sich wegen eines Missverständnisses auf dieses Schiff verirrt. Ein Regenschauer zieht übers Watt, die Fähre rollt ganz leicht, der Regen, der an die Fenster schlägt, verzerrt die Aussicht zu streifigen Mustern. Liewe schaut ins abnehmende Nachmittagslicht hinaus und spürt die Bewegungen des Schiffs. Er denkt daran, dass nicht weit von hier in der undurchdringlichen Dunkelheit der Nacht ein Wattwanderer vom kalten Wasser mitgerissen wurde und ums Leben gekommen ist. Vielleicht ist er auch hier im Fahrwasser knapp unter der Wasseroberfläche von der Strömung weitergetragen und von der Bugwelle dieses gleichgültigen Schiffs zur Seite geschoben worden, hinter sich das sanft schwingende Seil, als wäre er ein losgerissener, langsamer Drachen.

Doch auch das ist vorbei, und der Tote liegt nun gekühlt unter ausgeschalteten Leuchtstofflampen. Liewe ist der Einzige auf diesem Schiff, in dieser zusammengewürfelten Gesellschaft, der von der Tragödie weiß. Als er sich umschaut, fühlt er sich inmitten von so viel Entspannung und Vorfreude mehr mit dem Toten und sogar mit Peter Lattewitz verbunden, dem in einem Strandhotel untergebrachten Überlebenden, als mit diesen arglosen Reisenden, die sich während der Überfahrt der Illusion hingeben, dass alle Verpflichtungen und Sorgen, die sie im Alltag bedrücken, auf der Insel von ihnen abfallen werden, als wäre sie eine andere, reinere, unschuldigere Welt.

Dann bekommt er eine SMS. Lothar schickt ihm die Nummer von Aron Reinhard. Liewe zögert einen Moment, bevor er sie wählt. An dem Freiton, der nach kurzer Stille erklingt, kann er hören, dass sich Reinhards Telefon in Großbritannien befindet. Ziemlich schnell wird abgenommen.

»Reinhard ...« Es klingt beinahe wie eine Frage, ein Warten auf Antworten.

Liewe horcht noch einen Moment schweigend und legt auf.

# 18

Hedda Lutz erfährt erst nach ihrer Rückkehr nach Lübeck vom Tod ihres Ehemanns Klaus. Sie hat den ganzen Tag an einem Fortbildungskurs ihres Arbeitgebers teilgenommen, in der deutschen Zentrale der Reederei Scandlines in Hamburg. Als sie ihr Telefon wieder einschaltete, fand sie zwei Anrufe von einer unbekannten Nummer vor. Außerdem hatte ihre Mutter, die während Klaus' Abwesenheit auf die Kinder aufpasste, eine Nachricht hinterlassen: Hedda müsse nach Hause kommen, weil etwas passiert sei. Mit Klaus.

Die Kinder sind schon im Bett, als sie die Haustür öffnet und ihre Mutter blass in der Diele stehen sieht.

Eine halbe Stunde später kommt ein Polizeibeamter, der sie über die wenigen bekannten Einzelheiten in Kenntnis setzt. Er spricht von einem Unfall, ihr Mann sei von der Strömung fortgerissen worden und ertrunken, der niederländische Grenzschutz habe ihn gefunden und nach Delfzijl mitgenommen. Er sei jetzt im dortigen Krankenhaus. Während sie zuhört, geht Hedda Lutz unruhig hin und her, als müsse sie etwas tun, als suche sie nach einer Möglichkeit, das Unheil doch noch abzuwenden.

»Ich verstehe das nicht«, sagt sie.

Immer wieder schlägt sie mit der Faust leise in ihre Handfläche, sie kann einfach nicht stehen bleiben.

»Und die anderen?«, fragt sie schließlich. »Sie hatten geschworen, aufeinander aufzupassen. Niemals würden sie einen von ihnen zurücklassen.«

»Sein Freund hat es noch geschafft, er ist jetzt auf Borkum.«

»Sein Freund? Wieso sein Freund? Sie waren zu dritt. Da muss noch einer sein. Wer ist auf Borkum, Peter oder Aron?«

Der Beamte weiß es nicht. »Sie waren zu zweit«, sagt er.

»Das ist unmöglich«, erwidert Hedda. »Da muss noch ein Dritter sein. Sie hatten es versprochen.« Zum ersten Mal bleibt sie stehen und schaut den Polizeibeamten an. »Sie hatten versprochen, aufeinander aufzupassen. Auf meinen Klaus.«

Der Polizist geht in die Diele, um zu telefonieren. Erst nach ein paar Minuten kommt er wieder ins Zimmer. »Der Mann auf Borkum heißt Lattewitz«, sagt er. »Sie waren nur zu zweit.«

»Aber wo ist denn dann Aron?«

Der Polizeibeamte hebt die Schultern. »Es tut mir leid«, sagt er.

Hedda setzt sich auf einen Stuhl und blickt durch das Fenster zum Garten. Es ist dunkel. Sie sieht nur ihr Spiegelbild: eine Frau von vierzig Jahren allein am Esstisch. »Ich will zu Klaus«, sagt sie. Dann fängt sie an zu weinen. Der Polizeibeamte und Heddas Mutter schauen sich an. Sie nickt, er steht auf.

»Ich fahre dann zu meiner Dienststelle zurück«, sagt er.

Hedda blickt auf, erhebt sich dann ebenfalls. Beim Zurückschieben kommt ihr Stuhl ins Kippen. Sie versucht noch, ihn an der Rückenlehne festzuhalten, greift aber ins Leere. Der Stuhl fällt um.

»Wie kann er denn ertrinken«, sagt sie, während sie dem Polizeibeamten beim Aufstellen des Stuhls zuschaut, ohne etwas zu sehen. »Er ist Bademeister. Er ist die Beltquerung geschwommen, für die Reederei, zweimal, erst von Puttgarden nach Rødby und einen Tag später zurück. Wie um alles in der Welt kann er ertrunken sein?«

## 19

### Wattwander-Pionier Klaus Smyrna ertrunken
Von Pauline Islander

Klaus Smyrna (43) ist am Montag, dem 28. September, in den frühen Morgenstunden im Watt zwischen Krummhörn und Borkum ertrunken. Smyrna, der am Sonntagnachmittag mit seinem Freund, Wattführer Peter Lattewitz, beim Dorf Manslagt zur Wattwanderung nach Borkum aufgebrochen ist, wurde nach Angaben der Polizei beim Durchwaten eines Priels vom ablaufenden Wasser mitgerissen und ertrank. Ein Hubschrauber der Bundespolizei See hat nach ihm gesucht, der Leichnam wurde jedoch von der niederländischen Grenzpolizei auf einer Sandbank entdeckt und geborgen. Über den genauen Hergang des Unfalls wurde noch nichts mitgeteilt.

Klaus Smyrna, der zusammen mit Peter Lattewitz und Aron Reinhard das Extremwattwandern in Deutschland populär gemacht hat, hatte die gefährliche Wattquerung nach Borkum nie zuvor unternommen. Als die drei Wattführer vor drei Jahren zur Vorstellung ihres Buches *Wattwandern. Von Den Helder bis zum Teufelshorn* in der Borkumer Kulturinsel auftraten, entschuldigten sie sich dafür, dass sie »wie ganz normale Urlauber« per Schiff angereist waren. »Beim nächsten Mal kommen wir zu Fuß«, sagte Peter Lattewitz damals zur Erheiterung des Publikums. Aron Reinhard erläuterte an jenem Abend anhand von Luftaufnahmen, Gezeitentabellen und Wetterkarten bis ins Detail, warum die Bedingungen, die eine solche Wattdurchquerung erst ermöglichen (Nipptide, Ostwind, hoher Luftdruck, Sommer oder Frühherbst), in idealer Form nur wenige Male in einem Menschenleben auftreten. Er zeigte auch Fotos von Erkundungsgängen, die er während des zurückliegenden Jahrzehnts im Watt zwischen Krummhörn und Borkum unternommen hatte (www.wattaron.eu). Smyrna, Lattewitz und Reinhard erklärten, es sei zu ihrem Lebensziel geworden, diese Wattdurchquerung einmal gemeinsam zu bewältigen. »Ich spreche für uns drei, wenn ich sage, dass wir dafür alles andere stehen und liegen lassen«, sagte Smyrna an jenem Abend. Der lebhafte Pionier, im täglichen Leben Bademeister in Lübeck und somit ein erfahrener Schwimmer, hat diese Sehnsucht vergangene Nacht mit seinem Leben bezahlt. Peter Lattewitz hat Wort gehalten, wenn auch unter Umständen, die er nicht vorhersehen konnte oder wollte. Was ein Triumph werden sollte, hat mit einem Albtraum geendet. Er erreichte Borkum um 10:15 Uhr; allein, eine kleine, erschöpfte Gestalt, die sich durch den in der Vormittagssonne golden schimmernden Schlick kämpfte. Zwei Polizeibeamte, die er vom Watt aus telefonisch informiert hatte, erwarteten ihn auf dem Tüskendör-Deich und nahmen ihn zur Dienststelle mit. Peter Lattewitz, Geografielehrer am Gymnasium in Aurich, machte einen niedergeschlagenen und verwirrten Eindruck. »Er war mein Bruder«, sagte er über seinen verunglückten Freund. Außerdem deutete er an, dass er im Watt seltsame Dinge wahrgenommen habe. Leser des Buches *Wattwandern* werden sich vielleicht an den Abschnitt über das sogenannte Wattfieber erinnern, Halluzinationen, von denen Wattwanderer bei schweren Wattdurchquerungen – vor allem, wenn sie allein sind – heimgesucht werden können, verursacht von der Unüberschaubarkeit und Eintönigkeit des Geländes in Verbindung mit extremer physischer und mentaler Anstrengung. Obwohl die Polizei mitteilt, dass sie von einem Unfall ausgeht, wurde Peter Lattewitz angewiesen, die Insel vorläufig nicht zu verlassen. Er wohnt im Nordsee-Hotel, wo er in den kommenden Tagen Gelegenheit hat, das zweifellos traumatische Geschehen zu verarbeiten. Auffällig ist die Abwesenheit Aron Reinhards. Warum er nicht mit von der Partie war, ist noch nicht geklärt.

## 20

Liewe schlägt die Zeitung zu und steht von seinem Frühstückstisch im Seehotel Upstalsboom auf. Mit großer Anstrengung hat er der Versuchung von Rührei, gebratenem Speck und Würstchen widerstanden und sich auf zwei Salzheringe mit Zwiebeln und ein Schälchen Joghurt beschränkt. Nur selten fühlt er sich in Hotels wohl, und beim Frühstück fällt es ihm schwer, sich zu beherrschen. Eine ordentliche Mahlzeit am Morgen kann erfahrungsgemäß das Gefühl unangenehmer Nähe zu essenden Fremden vertreiben, aber er muss auch an seine Gesundheit denken. Deshalb zwingt er sich, mäßig zu essen, und füllt die innere Leere mit reichlich Milchkaffee.

Der Artikel in der *Borkumer Zeitung* geht ihm durch den Kopf. Gestern Abend hat er sich gleich nach seiner Ankunft bei der Inselpolizei gemeldet und sowohl die Niederschrift der Vernehmung als auch das Protokoll gelesen, außerdem die Anmerkungen von Hans.

»Was kommt als Nächstes?«, fragte Revierleiter Jürgen.

»Vorerst nichts Offizielles«, antwortete Liewe. »Ich werde mal mit ihm reden, mehr weiß ich noch nicht.«

Er stand auf und fragte nach einem Moment des Zögerns: »Diese Journalistin, die heute Morgen dabei war, wo finde ich die?«

»Die wird Sie finden«, sagte Jürgen. »Spätestens, wenn Sie Lattewitz besuchen.«

Insulaner, dachte er. Überall gleich.

Liewe verlässt das Hotel und blickt am sogenannten Neuen Leuchtturm hinauf, der mitten im Ort alles überragt. Er ist nicht mehr bemannt, aber man kann ihn besichtigen.

Als er kurz darauf das Nordsee-Hotel betritt, kommt ein Kellner auf ihn zu und fragt, ob er vielleicht frühstücken möchte. Mit einem Gefühl der Niederlage bezahlt er für das Frühstücksbüfett und nimmt an einem Tisch Platz, von dem aus er den Eingang und die Lobby im Blick hat. Da er nun einmal hier ist, holt er sich ein paar Brötchen und bestellt eine Kanne Kaffee.

Eine halbe Stunde vergeht, bis Peter Lattewitz die Treppe herunterkommt. Er gibt seinen Schlüssel an der Rezeption ab, lässt den Frühstückssaal links liegen und geht zur Strandpromenade hinaus. In der Lobby ist eine junge Frau aufgestanden, die einen Laptop in ihrer Tasche verschwinden lässt und Lattewitz im Laufschritt folgt. Die Journalistin, denkt Liewe.

Er steht auf und geht gemächlich nach draußen, wo Lattewitz von Pauline Islander eingeholt und angesprochen wird. Es ist kein freundliches Gespräch, Lattewitz schüttelt den Kopf und setzt seinen Weg fort. Pauline bleibt stehen, dreht sich dann um und stößt fast mit Liewe zusammen, der sich ihr bis auf wenige Meter genähert hat.

»Entschuldigung«, sagt sie.

Liewe schüttelt lächelnd den Kopf. Er schaut Lattewitz nach. »Ist das nicht dieser Wattwanderer?«, fragt er. »Der bei dem Unglück dabei war?«

»Ja, das ist er«, antwortet Pauline. »Kennen Sie ihn?«

»Ich habe heute Morgen in der Zeitung von ihm gelesen.«

»Kennt man ihn also auch in Holland?« Pauline fühlt sich offensichtlich geschmeichelt, weil sogar jemand aus dem Ausland ihren Artikel gelesen hat. »Sie kommen doch aus den Niederlanden, oder habe ich mich verhört?«

»Ich habe ihn mal auf Texel gesehen«, sagt Liewe. »Er hat da einen Vortrag gehalten.«

»Hier auch«, sagt Pauline.

»Habe ich gelesen.« Er schaut Pauline an.

»Ich habe den Artikel geschrieben«, sagt sie.

»Sie zitieren die drei«, erwidert Liewe.

»Ich habe eine Aufnahme«, erklärt Pauline. »Der ganze Abend ist gefilmt worden.«

»Ach, deshalb«, sagt Liewe. Dann schweigt er.

»Ich muss weiter«, sagt Pauline. Sie hält noch einmal Ausschau nach Lattewitz. Er hat sich auf eine Bank gesetzt und blickt aufs Meer hinaus.

»Ich hatte den Eindruck, dass er von den dreien der Besessene ist«, sagt Liewe.

Pauline mustert ihn mit neuem Interesse. »Ich weiß noch, dass ich sie vorher erlebt habe, als der Saal noch leer war. Lattewitz kam mir ein bisschen einsam vor. Smyrna war in Begleitung seiner Frau da, während Reinhard und Lattewitz allein waren. Bei Reinhard war das nichts Besonderes, er war einfach ein Autor, der öfter Vorträge hält, ein bisschen bärbeißig. Bei Lattewitz war es anders, der ... ähm ... der war nicht einfach mal allein, sondern so richtig allein.« Pauline schaut wieder zu Lattewitz hin, der noch auf der Bank in etwa hundert Metern Entfernung sitzt. »Sie haben sich gestritten, ich glaube, es ging darum, wer was wann sagen sollte. Bei der Lesung war davon aber nichts mehr zu merken.«

Liewe nickt. »Ich rede gleich mit ihm. Wenn Sie mich jetzt mit ihm allein lassen, komme ich nachher noch zu Ihnen, versprochen. Ich möchte Sie etwas fragen.«

Pauline runzelt die Stirn und macht einen Schritt zurück. »Sind Sie irgendeine Art Freak, oder was?«

»So ungefähr«, sagt Liewe. Er beobachtet Lattewitz, der aufgestanden ist. »Ich finde Sie schon«, sagt er und geht eilig in Richtung Strandstraße, Lattewitz hinterher.

## 21

»Van de Wal.«

»Rademacher, Leiter Bundespolizei See, guten Morgen, Herr Kollege. Ich darf Sie jetzt doch Kollege nennen?«

»Guten Morgen, Hermann, sind wir uns nicht in Cuxhaven begegnet, bei der gemeinsamen Übung im vergangenen Jahr? Was machen eure Pläne mit dem neuen, großen Schiff? Ist es schon in Dienst gestellt?«

»Ja, solche Übungen könnten wir öfter machen. Nächstes Jahr vielleicht, dann ist auch das neue Schiff fertig. Wie ich gehört habe, sind Sie inzwischen befördert worden? Meinen Glückwunsch nachträglich.«

»Ich habe bei der Marechaussee keinen Rang wie du bei der Bundespolizei, Hermann, noch nicht. Trotzdem herzlichen Dank. Ich muss mich erst noch ein bisschen eingewöhnen, hier wird sich manches ändern. Unsere RV 180 ist gestern Nachmittag zu ihrer letzten Patrouille ausgelaufen. Wir stellen uns um. Schnelle Aktionen, kleine Boote.«

»Das ist eben der Unterschied. Wir vergrößern uns, ihr verkleinert euch. Aber eure Küstenwache patrouilliert doch weiter wie bisher, nehme ich an, unabhängig von euch?«

»Natürlich, aber es bleibt ein einziges Sieb, Hermann. Schlimmer als Italien. Nur muss man das Den Haag erst mal klarmachen.«

»Versuchen Sie das unbedingt ... Aber zur Sache, Kollege van de Wal, ich rufe eigentlich wegen des Ertrunkenen in der Außenems an. Wenn ich recht informiert bin, habt ihr ihn geborgen?«

»Stimmt. Opperwachtmeester Dobbenga hat ihn vorgefunden und mitgenommen. Die Flut kam. Für anderes blieb keine Zeit mehr. Es ging um Minuten.«

»Wir waren eine Stunde nördlich von Borkum, zu weit weg. Allerdings hatten wir einen Hubschrauber in der Luft. Haben Sie versucht, mit ihm Kontakt aufzunehmen?«

»Der hätte dann bei uns landen müssen. Es verstand sich von selbst, dass wir den Toten bergen. Opperwachtmeester Dobbenga hat richtig gehandelt.«

»Wo genau hat der Tote gelegen, Herr Kollege?«

»Auf De Hond, niederländisches Gebiet.«

»Sie haben die Koordinaten?«

»Selbstverständlich.«

»Ich würde die Koordinaten gerne haben.«

»Natürlich kannst du, wenn du Wert darauf legst, den Ermittlungsbericht einsehen, sobald wir alles abgeschlossen haben.«

»Konnten Sie die Identität feststellen? Es ist ein deutscher Staatsbürger, das ist Ihnen klar.«

»Aber sicher, er hatte einen Ausweis bei sich. Es ist eindeutig seiner. Es handelt sich um ... einen Moment, damit ich das richtig durchgebe ... Klaus Smyrna, aus Lübeck.«

»Ich würde gern ein paar Leute von uns rüberschicken, die ihn sich ansehen und ihn abholen.«

»Wir haben Ermittlungen eingeleitet, Hermann. Vielleicht könnt ihr sie weiterführen, wenn wir sie hier abgeschlossen haben, aber der Mann ist auf niederländischem Gebiet gefunden worden, vielleicht auch hier getötet worden, womöglich von einem Niederländer. Ich möchte erst wissen, wie er überhaupt da hinkommen konnte. Die Tide …«

»Herr Kollege, ich glaube, es dient der Sache, wenn wir Folgendes klarstellen: Die Sandbänke vor euren Deichen sind deutsches Territorium. Ich will daraus jetzt keine Affäre machen, aber wir sollten doch Ross und Reiter nennen. Das macht alles gleich viel einfacher.«

»De Hond ist …«

»Sie haben auf deutschem Territorium einen deutschen Staatsbürger gefunden, der auf deutschem Gebiet eines nichtnatürlichen Todes gestorben ist, und ihn auf niederländisches Gebiet mitgenommen. Mir ist klar, warum Sie das getan haben, an Ihrer Stelle hätte ich nicht anders gehandelt, und wenn dabei sorgfältig vorgegangen wurde, bringt es die Ermittlungen vielleicht voran, aber der nächste Schritt ist aus meiner Sicht, dass Sie diesen deutschen Staatsbürger an uns übergeben, zusammen mit allen Unterlagen und dem Beweismaterial, das Sie auf De Hond vorgefunden haben.«

»Kollege …«

»Wir können in einer Stunde in Delfzijl sein, den Toten übernehmen und Sie in aller Kollegialität von diesem Fall erlösen.«

»De Hond ist niederländisches Gebiet.«

»Ach du liebe Güte, van de Wal, tun Sie sich selbst und uns einen Gefallen.«

»Es gibt nun einmal Grenzen, und …«

»Sehen Sie, Sie sind neu hier und bringen sich unnötig in Schwierigkeiten. Sie können natürlich darauf bestehen, dass diese Sandbank niederländisches Gebiet ist, haben aber demnächst nicht einmal mehr ein richtiges Schiff für Patrouillen. Nur mit Booten könnt ihr euren Teil von Schengen kaum kontrollieren, Henk, Sie sind der Chef eines Siebs, das sagen Sie ja selbst. Seien Sie doch froh, dass die Außenems und ihre Ufer unser Territorium sind, so seid ihr wenigstens von dieser Seite her gedeckt. Und wenn Sie möchten, dass wir auch in Zukunft flexibel zusammenarbeiten und wieder einmal eine schöne gemeinsame Übung in Cuxhaven abhalten, wo Sie sich wieder ein bisschen betrinken können wie voriges Jahr, dann würde ich an Ihrer Stelle einfach mitarbeiten, wenn es drauf ankommt, zum Beispiel jetzt. Unser Schiff läuft heute aus und wird so lange in der Außenems liegen, bis Smyrna nach Hause kann.«

»…«

»Habe ich mich klar ausgedrückt, Kommandeur?«

»Ich habe den Fall der Staatsanwaltschaft in Groningen übergeben. Wenn du Smyrna sehen willst, dann … dann musst du dich eben an deine Botschaft wenden.«

»Haben Sie überhaupt jemals ein Schiff von innen gesehen, Henk?«

»Ich stamme aus einer Familie von Fischern, hier am Dollart. Wir haben noch euren Fischern eins aufs Maul gehauen, weil sie unsere Reusen nicht in Ruhe lassen konnten. Wir haben sie samt ihren Kreiern an Land geschleift.«

»Kreiern?«

»Wattschlitten.«

»Wattschlitten?«

»Schlitten, mit denen man übers Watt rutscht, man stößt sich ab wie bei einem Roller.«

»Aha, Schlittenfahren im Schlick, daher kommen Sie also. Einmal Schlickbeißer, immer Schlickbeißer, van de Wal. Schönen Tag noch.«

## 22

Peter Lattewitz hat eine Eintrittskarte für den Leuchtturm gekauft und ist die dreihundertacht Stufen zur Aussichtsplattform hinaufgestiegen. Liewe ist ihm ganz gemächlich gefolgt. Nach dem doppelten Frühstück fällt ihm das Treppensteigen schwer. Offensichtlich hat Lattewitz eine deutlich bessere Kondition als er. Obwohl seine achtzehnstündige, kräftezehrende Wattwanderung noch nicht lange zurückliegt, hat ihm die sechzig Meter hohe Wendeltreppe anscheinend keine Mühe bereitet. Als Liewe oben ankommt, hält Lattewitz angestrengt Ausschau. Er hat ein kleines Fernglas bei sich, mit dem er das Gebiet zwischen Borkum und dem Festland absucht. Liewe bleibt neben ihm stehen, mustert ihn kurz von der Seite und blickt dann ebenfalls über die Sandbänke nach Südosten und Süden. Die Außenems liegt still unter dem grauen Himmel. Eine Fähre ist unterwegs nach Emden, die Windräder bei Eemshaven ragen über den Morgennebel hinaus.

»Bald Hochwasser«, sagt Liewe, als Lattewitz das Fernglas absetzt.

Lattewitz antwortet nicht. Liewe mustert ihn erneut, wendet dann den Blick wieder dem Wattenmeer zu. Lattewitz sieht todmüde aus, er hat Ringe unter den Augen. Offenbar hat er nicht viel geschlafen.

»Darf ich?« Liewe zeigt auf das Fernglas, und Lattewitz hält es ihm unwillkürlich hin, ein langsamer Reflex. Als Liewe das Glas annimmt, sieht er Widerwillen in Lattewitz' Blick, anscheinend bereut er es, die Bitte erfüllt zu haben. Jetzt muss er hier stehen bleiben, dieser Fremde hat sein Fernglas. Liewe schaut hindurch. Das Watt liegt fahl unter der dichten Wolkendecke. Im Osten die Osterems, die hier zum Seegatt zwischen Borkum und Juist mit Memmert und Kachelotplate wird, einer der Tentakel, die die Nordsee zwischen den Inseln hindurch und dann in chaotischen Mustern übers Watt ausrollt. Auf der anderen Seite die gezähmte Westerems, gerade wie ein Lineal zwischen den Fahrwassertonnen. Ein paar kleinere Strömungsrinnen zweigen davon ab in Richtung Wattenhoch, als würden sie versuchen, sich bis zu den Ausläufern der Osterems auszustrecken. Die Flut hat schon fast alle Bänke überspült.

»Niemals gleich, das Watt«, sagt Liewe.

Lattewitz schüttelt den Kopf. »Nein«, sagt er. Er kann seine Ungeduld kaum verbergen.

Liewe setzt das Fernglas ab, zeigt und zählt auf: »Osterems, Evermannsgatt, und ist das da das Blinde Randzelgat?«

»Keine Ahnung«, sagt Lattewitz. »Ich hätte jetzt gern mein Fernglas wieder.«

»Natürlich.« Liewe reicht ihm lächelnd das Glas. »Ich hatte den Eindruck, dass Sie nach irgendetwas im Watt gesucht haben.«

Lattewitz schiebt das Fernglas in seine Jackentasche und antwortet: »Ich suche nichts. Was man da draußen verliert, ist für immer verloren.«

Liewe blickt aufs Wattenmeer und schaut dann wieder Lattewitz an. »Auch was verloren ist, ist ja irgendwo.«

Lattewitz, der sich schon in Bewegung gesetzt hatte, bleibt stehen. Er scheint nach einer Antwort zu suchen, findet aber keine Worte und geht weiter. Bevor er die Treppe betritt, blickt er noch einmal zurück, diesmal jedoch über das Seegatt und in Richtung offenes Meer.

## 23

»Reinhard.«

»Aron, hier ist Peter.«

»Peter, ich hab's auf Twitter gesehen. Mein Gott, nein.«

»Klaus ist weg … Was hast du auf Twitter gesehen?«

»Die *Borkumer Zeitung*, wir waren getaggt, du auch, irgendeine Journalistin auf Borkum, wie ist es passiert?«

»Ich bin gerade so durchgekommen, aber Klaus …«

»Ach, mein Gott, dieser blöde abgebrochene Riese, und wieso hast du es nicht verhindert, du Stümper.«

»Warum bist du nicht gekommen? Warum hast du uns im Stich gelassen?«

»Ich bin in England.«

»Du hättest kommen können, durch den Tunnel, dafür hätte die Zeit gereicht.«

»Sollte ich Maria allein lassen? Es ging ihr nicht gut, und da soll ich wegfahren?«

»Wir hatten eine Abmachung. Es hätte nicht so kommen müssen.«

»Das konnte ich ja nicht ahnen. Maria war mir wichtiger, du bist nicht der Einzige, mit dem ich Abmachungen habe.«

»Aron, diese Abmachung hatten wir schon seit vielen Jahren.«

»Ich weiß, dass es für dich kein Problem war, deine Frau allein zu lassen, Peter. Wir wissen alle, welche Folgen das gehabt hat.«

»Wie meinst du das, du Arschloch, wieso sagst du das?«

»Ich meine, dass Maria mich brauchte und dass ich sie nicht im Stich gelassen habe, wie manche von uns es getan hätten.«

»…«

»Wie du es getan hast.«

»Klaus ist tot, und du fängst jetzt damit an, du Mistkerl?«

»Ich sage ja nur, dass mir meine Frau wichtiger war und ich bei ihr geblieben bin, weil es das einzig Richtige war. Und dass du, gerade du, das verstehen solltest.«

»Hast du denn gar kein, kein ... Dass du das vergleichst, wie kann man nur so unglaublich taktlos sein.«

»Du tust so, als ob es passiert wäre, weil ich nicht mitgekommen bin. Das ist nun auch nicht gerade taktvoll. Du hättest es nicht machen müssen.«

»... Ich hab sie gesehen ...«

»Wen hast du gesehen?«

»Helen.«

»Wie meinst du das?«

»Helen, ich habe Helen gesehen, an dem Priel, beim Randzelgat ...«

»Helen ist tot, Peter.«

»Ja ... Ich hab sie gesehen ... Sie stand auf der anderen Seite, Klaus war schon weg ... Ich weiß ja auch nicht, Aron.«

»...«

»Es war dunkel, sie war da, sie rief etwas ... Vielleicht hab ich nicht richtig gesehen ... Wie geht es Maria?«

»Was meinst du mit ›ich habe Helen gesehen‹?«

»Ach lass, ich hab sie gesehen, aber sicher bin ich mir nicht, verdammt noch mal, Aron ...«

»Was könntest du denn gesehen haben?«

»Ich bin müde ... Wie geht's Maria?«

»Besser, hat sich etwas erholt ... Und was hast du jetzt vor?«

»Ich fasse es einfach nicht, Aron, ich bin auf dieser Insel hier und weiß nichts mit mir anzufangen, ich glaube, ich ...«

»Hast du dein Medikament?«

»Nur noch für heute.«

»Warum fährst du nicht nach Hause?«

»Ich muss mindestens noch bis morgen hier bleiben, glaube ich ... hat die Polizei gesagt ...«

»Du kannst doch dein Medikament zur Not auch ohne Rezept bei irgendeiner Apotheke auf der Insel bekommen. Du hast doch ein Dauerrezept, oder?«

»Ja, das ... woher weißt du das?«

»Hast du mir selbst erzählt, erinnerst du dich nicht?«

»Nein.«

»Soweit ich weiß, kann deine Apotheke in Aurich das Rezept nach Borkum schicken. Ich hab so was auch mal veranlasst, für Maria.«

»Ich kann's versuchen.«

»Mach das, du siehst ja jetzt schon Dinge, die es nicht gibt, du brauchst unbedingt deine Tabletten, Mensch. Sonst hast du bald noch ein Problem.«

»Ja ... Wie konntest du einfach nicht kommen ...«

»Alles für Maria, Peter, alles für Maria. Sei doch froh, dass du mit dem Leben davongekommen bist.«

»Das Wort ›froh‹ kann ich gerade nicht ertragen. Bestell Maria Grüße von mir, das heißt, falls sie es hören will.«

»Du bist immer in ihren Gedanken, Peter, Tag und Nacht.«

## 24

Die Redaktion der *Borkumer Zeitung* ist in einem kompakten Gebäude aus rotem Backstein untergebracht, in der Neuen Straße, mitten im Ort. Die Tür steht offen, Liewe geht hinein, doch im Redaktionsraum sind die Schreibtische verlassen, keine Menschenseele ist zu sehen.

Das Morgenprogramm des Inselradios läuft. Ein Hörer ruft an, die Moderatorin kennt ihn persönlich, es entwickelt sich ein lebhaftes Gespräch, in dem es aber eigentlich um nichts geht.

Liewes Mobiltelefon empfängt eine Nachricht, er geht wieder hinaus, um zu sehen, worum es sich handelt. Eine Mail von Lothar, angehängt zwei Dateien mit persönlichen Angaben, eine zu Lattewitz, die andere zu Smyrna. Er öffnet die Datei zu Lattewitz.

So trifft Pauline ihn an, vertieft in sein Telefon.

»Lassen Sie mich raten«, sagt sie, während sie ihr Fahrrad abschließt. »Journalist im Urlaub.«

Liewe steckt sein Telefon in die Innentasche seiner Jacke und nickt. »Pauline Islander?«

»Und Sie?«

»Liewe Cupido.«

»Welche Zeitung?«

»Bundespolizei.«

»Ups, voll daneben«, sagt Pauline. Sie lacht. »Sind Sie wegen des ertrunkenen Wattwanderers hier?«

»Offiziell laufen noch keine Ermittlungen.«

»Gut«, sagt Pauline. »Wieso eigentlich nicht?«

»Sie haben gesagt, dass Sie eine Aufnahme von der Lesung damals haben.«

»Stimmt.«

»Und dass es vorher gewisse Unstimmigkeiten gegeben hat.«

»Ja, aber das war wirklich nichts Besonderes.«

»Ist davon auch etwas aufgenommen worden?«

Pauline denkt nach. »Das müsste ich nachsehen, ich bin mir nicht sicher. Ellen hat diese Aufnahmen gemacht, ich müsste sie mir ansehen.«

»Ellen …«

»Eine Kollegin vom Inselradio.«

»Wann war das?«

»Vor ziemlich genau drei Jahren«, antwortet Pauline. »Ich weiß es noch, weil es der Tag vor meinem Geburtstag war, der neunte.«

»Oktober?«

»Genau.«

Liewe nickt. »Wo ist Ellen?«

»Nicht mehr auf der Insel, sie hat sich hier in einen Urlauber verliebt und wohnt jetzt in Dresden. Aber ich habe die Bänder zu Hause, ich müsste nur nachsehen, ob die Kamera vorher schon lief. Es sind zwei Bänder.«

»Ich würde sie gerne sehen, wenn das möglich wäre«, sagt Liewe.

Pauline zögert. »Ich habe gleich einen Termin und dann eine Deadline für einen Artikel.«

Liewe nickt.

»Wie kommt ein Holländer zur Bundespolizei?«, fragt Pauline.

»Sie können sie auch auf Vimeo hochladen, mit einem privaten Link«, sagt Liewe. »Das muss nicht sofort sein.«

»Sind Sie wirklich von der Bundespolizei?«

Liewe fischt seinen Dienstausweis aus der Innentasche, zeigt ihn Pauline, steckt ihn wieder ein und fragt: »Gibt es noch etwas, das Sie gesehen haben, das er gesagt oder getan hat und das nicht in Ihrem Artikel stand?«

Sie zuckt mit den Schultern.

»Ich habe den Kutter von Föhrmann gesehen, er fuhr in Richtung der Schleuse von Greetsiel. Sonst nichts.«

»Der malende Fischer.«

Pauline nickt.

»Und Lattewitz selbst?«

»Er kam an, völlig erschöpft, erledigt. Er setzte sich, hielt sich den Kopf. Ich fragte, wie es ihm ging, aber die Polizei hat mich weggedrängt. Er stand auf, er sagte: Er war wie ein Bruder für mich, und dann noch, dass ihm niemand glauben wird.«

»Was meinte er damit?«

»Weiß ich nicht, ich konnte ihn nichts mehr fragen, und er machte einen verwirrten Eindruck.«

»Verstehe«, sagt Liewe. Er holt eine Visitenkarte aus einer Jackentasche und gibt sie Pauline. »Meine Mailadresse. Ich würde mich freuen.«

»Er hat Ellen zu mir gesagt«, fällt Pauline noch ein. »Ich sagte: Ich bin Pauline, Ellen war meine Kollegin.«

»Ellen?«

»Ja, das ist doch erstaunlich, dass er sich noch an den Namen erinnert hat. Er hat sich damals sehr geärgert, dass er schon gefilmt wurde, ohne es zu wissen, jetzt erinnere ich mich. Anscheinend hat er deshalb den Namen Ellen behalten.«

»Er hat Sie mit Ellen angesprochen?«

»Er ging schon hinter den Polizeibeamten her, blieb aber noch mal stehen, ich war hinter ihm. Er sah mich an und sagte: Ellen.«

Liewe denkt nach.

»Ich sagte: Ellen war meine Kollegin, ich bin Pauline.«

»Angenommen, er hätte gar nicht Sie angesehen, wohin hätte er dann geschaut?«

Pauline runzelt die Stirn. »Ich weiß nicht, was Sie meinen.«

»Hat er aufs Watt geschaut?«

Pauline schüttelt den Kopf.

»Standen Sie mit dem Rücken zum Watt?«

»Ja«, sagt Pauline. »Er sagte: Ellen, wie ist das bloß möglich. Und: Niemand wird mir glauben. Ja, so war's.«

Liewe lächelt. »Er hat nicht Ellen gesagt, sondern Helen. Helen war seine Frau.«

## 25

Auch wenn Pauline einen Termin und eine Deadline erwähnt hat – sobald Liewe gegangen ist, macht sie sich auf die Suche nach Berichten über den Unfall, bei dem Peter Lattewitz' Frau Helen Ziegler ums Leben gekommen ist. Dass Lattewitz verwitwet ist, wusste sie, die Geschichte vom tödlichen Unfall seiner Frau kannte sie noch nicht. Liewe hat ihr erzählt, er habe aus Cuxhaven erfahren, dass Helen seit einem Segelunfall bei Baltrum 2005 vermisst ist. Details fehlten, und danach sucht Pauline jetzt. Als Erstes findet sie einen Bericht der *Emder Zeitung* vom 5. Mai 2005.

## Segeljacht sinkt bei Baltrum
Frau vermisst, Katze gerettet

Um etwa 17 Uhr ist in der Wichter Ee, dem Seegatt zwischen Norderney und Baltrum, eine Segeljacht in Seenot geraten und gesunken. Der einzige Mensch an Bord, die fünfunddreißigjährige Helen Ziegler aus Aurich, ist dabei höchstwahrscheinlich ertrunken. Urlauber, die das Drama von der Aussichtsplattform an der Westspitze Baltrums aus beobachteten, alarmierten die Seenotretter, woraufhin das Seenotrettungsboot von Baltrum, die *Elli Hoffmann-Röser*, auslief. Eine Suche nördlich der Inseln, an der auch die Rettungsboote von Norderney und Langeoog teilnahmen, führte nicht zum Erfolg; die *Elli Hoffmann-Röser* konnte lediglich eine Katze mehr tot als lebendig aus der Nordsee retten.

Soweit bekannt, war Helen Ziegler keine erfahrene Seglerin. Die Strömungen im Seegatt in Verbindung mit unberechenbaren Windseen haben sie vermutlich überrascht. Ihre Jacht ist an der Othelloplate, der Sandbank am östlichen Ende Norderneys, leckgeschlagen und schnell gesunken. Ein Hubschrauber der Küstenwache hat bis Einbruch der Nacht vergeblich nach der Seglerin gesucht. Auch eine Suche an der Ostspitze Norderneys blieb erfolglos. Fischer aus Greetsiel und Westaccumersiel haben zugesagt, gemeinsam nach den sterblichen Überresten der Seglerin zu suchen. Helen Ziegler war Gymnasiallehrerin in Aurich. Ihrer Siamkatze geht es den Umständen entsprechend gut.

# 26

Auf dem Rückweg zu seinem Hotel sieht Liewe, dass Peter Lattewitz mit einem Plastikbeutel in der Hand die Insel-Apotheke verlässt. Er folgt ihm zur Grünanlage rings um den Neuen Leuchtturm, wo Lattewitz sich auf eine Bank setzt, ein Fläschchen Mineralwasser und eine Schachtel Tabletten aus dem Beutel holt und mit einigen kräftigen Schlucken eine Tablette hinunterspült. Er schließt die Augen und scheint sich ein wenig zu entspannen. Es ist frisch, Regen liegt in der Luft, am Fuß des Turms treibt eine Windbö ein nicht ganz geleertes Pommesfrites-Schälchen über den Rasen. Ein paar Möwen stürzen sich darauf.

Liewe setzt sich neben Lattewitz und beobachtet die Möwen, die in der Luft miteinander kämpfen. Als Lattewitz die Augen öffnet, lächelt er ihn an.

»Da bin ich wieder«, sagt er.

Lattewitz runzelt die Stirn, einen Moment ratlos.

Liewe deutet mit dem Kopf auf den Leuchtturm. »Das Fernglas«, sagt er.

Lattewitz seufzt. »Was wollen Sie von mir?«, fragt er müde.

»Cupido, Bundespolizei«, sagt Liewe. »Ich habe Ihren Freund gesehen, in Delfzijl.«

»Wen, Aron?«

Liewe schaut ihn an. »Nein, Klaus. Im Krankenhaus, im Sezierraum.«

Lattewitz schließt die Augen, öffnet sie gleich wieder, dreht den Kopf von Liewe weg. »Ich habe gestern schon mit der Polizei geredet«, sagt er. »Heute Nachmittag muss ich wiederkommen.

Ich soll irgendetwas unterschreiben. Dann kann ich hoffentlich bald hier weg.«

»Sie haben Medikamente geholt?«

Lattewitz hat die Schachtel noch in der Hand, jetzt steckt er sie ein. Lithiumcarbonat, liest Liewe.

»Ich hatte angenommen, dass ich heute wieder zu Hause sein würde«, sagt Lattewitz. »Sie sind mir ausgegangen.«

Einen Moment blicken beide schweigend geradeaus.

»Ich muss nicht mit Ihnen reden, oder?«, fragt Lattewitz schließlich.

»Noch nicht«, antwortet Liewe.

Lattewitz beginnt sich mühsam zu erheben. Anscheinend hat er Muskelkater.

»Wenn ich fragen darf, Sie glaubten im Watt Ihre Frau zu sehen?«

Lattewitz erschrickt und lässt sich wieder auf die Bank fallen.

»Was haben Sie gesehen?«

Lattewitz schüttelt den Kopf und antwortet nicht.

Liewe lehnt sich zurück und beobachtet die Leute, die an der Bank vorbeigehen, stehen bleiben, vor dem Leuchtturm posieren, Fotos machen. »Ich habe einmal gedacht, ich würde meinen Vater sehen«, sagt er, »in einem Dorf mitten in Frankreich. Er ging über den Dorfplatz, zwischen zwei jungen Männern. Es war ganz unmöglich, mein Vater war tot. Ich dachte, meiner Mutter wäre vielleicht etwas passiert, und habe zu Hause angerufen. Es war alles in Ordnung.«

»Woher wissen Sie das mit meiner Frau?«

»Sie haben ihren Namen genannt, auf dem Deich.«

»…«

»Die Journalistin …«

»Helen ist tot«, unterbricht ihn Lattewitz. »Warum sprechen

auf einmal alle von ihr? Ist das, was jetzt passiert ist, nicht schon schlimm genug?«

»Alle?«

»Aron hat am Telefon auch von ihr gesprochen.« Lattewitz steht abrupt auf und geht grußlos weg. Liewe folgt ihm und holt ihn ein. »Ich nehme die Fähre um 17:40 Uhr nach Eemshaven«, sagt er. »Von da aus fahre ich nach Cuxhaven. Ich kann Sie mitnehmen und in Aurich absetzen, wenn Sie möchten.«

Lattewitz bleibt stehen und schaut ihn an. »Meinen Sie, man lässt mich gehen?«

»Ich glaube schon«, antwortet Liewe.

Es ist nach fünf Uhr nachmittags, als die *BP 25 Bayreuth*, ein Einsatzschiff der Bundespolizei, langsam an der Hafeneinfahrt von Delfzijl vorbeigleitet und auf der Oterdumer Reede, dem Ankerplatz östlich der Einfahrt, den Anker fallen lässt. Es ist ablaufendes Wasser, der Ebbstrom aus dem Dollart dreht das Schiff mit dem Heck in Richtung der Hafeneinfahrt.

Die *BP 25* meldet der Verkehrszentrale Ems, dass sie vor Delfzijl ankert, um routinemäßig den Grenzverkehr zu kontrollieren. Es ist ein ungewöhnlicher Vorgang, und der Verkehrsleiter erkundigt sich ein wenig verwundert, ob die *Bayreuth* Unterstützung durch niederländische Kollegen erwartet. Das ist jedoch nicht der Fall.

»Wir bleiben so lange wie nötig in diesem Quadranten«, meldet die Besatzung, und dem Verkehrsleiter bleibt nichts anderes übrig, als die Genehmigung zu erteilen, die im Grunde nicht einmal gebraucht wird. Die Oterdumer Reede ist als Ankerplatz ausgewiesen. Theoretisch ist gegen das Vorgehen nichts einzuwenden.

Auf dem Deich beim weiter östlich gelegenen Termunterzijl bleiben Spaziergänger stehen und betrachten das ungewöhnliche Bild, das glänzende, tadellos unterhaltene Patrouillenschiff auf dem Ankerplatz vor der Hafeneinfahrt. Der blaue Rumpf mit der weißen Aufschrift KÜSTENWACHE und dem schrägen Schwarz-Rot-Gold, die strahlend weißen Aufbauten, der rote Streifen um das Dach der Brücke, all das hebt sich so frisch vom schlammigen Wasser der Außenems ab, auf dem das Schiff zum Stillstand gekommen ist. Im Hintergrund fährt die Fähre von Emden nach Borkum vorbei, am Himmel fliegen langsam Möwen vorüber. Sonst ist alles ruhig. Auf der *Bayreuth* ist niemand an Deck.

Bremen Eins, Die Rundschau am Nachmittag.

In der Nacht von Sonntag auf Montag ist im Watt zwischen Krummhörn und Borkum der bekannte Wattführer Klaus Smyrna ums Leben gekommen. Nach Angaben der Borkumer Polizei wurde Smyrna in den frühen Morgenstunden in einem als Blindes Randzelgat bezeichneten

Priel vom Ebbstrom mitgerissen. Seine sterblichen Überreste wurden ein paar Stunden später vom niederländischen Grenzschutz auf einer Sandbank in der Außenems entdeckt und nach Delfzijl verbracht.

Am Sonntagnachmittag war Klaus Smyrna zusammen mit seinem Freund Peter Lattewitz von Manslagt aus zu der gefährlichen Wattdurchquerung aufgebrochen. Diese Route, die nur unter speziellen Bedingungen gegangen werden kann und wegen ihrer Schwierigkeit als der Mount Everest des Wattwanderns gilt, ist bis heute erst von sehr wenigen Wattwanderern bewältigt worden, hauptsächlich Niederländern.

Smyrna, der in Lübeck als Bademeister arbeitete, gehörte mit Aron Reinhard und Peter Lattewitz zu jenen drei Watt-Pionieren, die in Deutschland viele Liebhaber des Wattenmeeres mit der Wunderwelt des Meeresbodens vertraut gemacht haben. Reinhard war diesmal nicht dabei, weil er in England Urlaub macht.

In einem Interview, das *Bremen Zwei* vor fünf Jahren mit dem gebürtigen Bremer Smyrna geführt hat, sprach er ausführlich über die Schönheit und die Gefahren des auf den ersten Blick so friedlichen Wattenmeeres. Hören Sie nun einen Ausschnitt aus dem Interview. Auf die Frage, worin für ihn der besondere Reiz des Watts bestehe, antwortete Smyrna:

*Es ist die Welt jenseits der Deiche, in der alles anders ist als auf dieser Seite, hier auf dem Land, wo wir alles unter Kontrolle zu haben glauben. Im Watt ist die Natur die Herrscherin, und diese Natur ... Als Mensch ist man dort nur zu Gast, und man wird klein, sehr klein, und auch sehr bescheiden. Und das ist etwas, woran sich* ein Stadtmensch, ein Bremer wie ich zum Beispiel, nur sehr schwer gewöhnen kann, auch wenn ich schon von Natur aus nicht gerade groß bin ... hahaha.

*Warum begeben Sie sich trotzdem in diese Welt?*

Eben darum. Das Watt ist eine der wenigen Landschaften in Europa, in denen man noch wirklich erleben kann, wie es ist, Teil einer Wildnis zu sein. Und das ist nicht nur gefährlich, es ist auch ... ähm ... heilsam.

*Wie meinen Sie das?*

Ja ... Wie soll ich das erklären ... Sie wissen vielleicht, dass Helen Ziegler, die Frau meines, ähm ... meines Freundes und Wattführerkollegen Peter Lattewitz, beim Segeln zwischen Norderney und Baltrum verunglückt ist? Das liegt nun schon wieder mehrere Jahre zurück, weshalb ich jetzt ruhig darüber sprechen kann. Sehen Sie: So etwas kann von einem Moment auf den anderen passieren, eine plötzliche Strömung, eine Windbö, eine Grundsee ... Das sind die Launen der Natur, und man kann sich nur beugen und sie akzeptieren, es ist die Urkraft der Wildnis, da gibt es keine Schuld, nur Zufall ... Das Meer macht keinen Unterschied zwischen den Menschen. Aber gleichzeitig, und darum geht es mir ... Aron und ich haben Peter in den Jahren danach immer wieder ins Watt mitgenommen, und da hat er diese Tragödie in gewissem Sinne auch verarbeiten können, gerade dank der Erfahrung, wie klein und nichtig man als Mensch ist und wie *groß* und ... *großmütig* die Natur. Das Watt relativiert die eigene Existenz, man erlebt sich als Sterblicher im Verhältnis zur Ewigkeit. Und das ist überwältigend.

Klaus Smyrna wurde dreiundvierzig Jahre alt. Er hinterlässt eine Frau und zwei Kinder.

## 29

Liewe ist in die Borkumer Kleinbahn eingestiegen, um zum Hafen zu fahren, als Anne-Baukje Visser von der Marechaussee anruft. Ihm gegenüber sitzt Peter Lattewitz, der tatsächlich die Erlaubnis bekommen hat, die Insel zu verlassen. Er hat seinen Rucksack auf dem Schoß, in der Hand den Peilstock, und schaut schweigend aus dem Fenster, während sich der Zug mit einem Ruck in Bewegung setzt und aus dem Ort hinausrollt.

»Der Bericht des Pathologen liegt noch nicht vor«, sagt Anne-Baukje, »aber ich wollte dir doch schon kurz sagen, dass ich mit Derk Wortelboer telefoniert habe.«

»Ja«, sagt Liewe. Er schaut Lattewitz an.

»So heißt der Pathologe.«

»Schieß los«, sagt Liewe auf Deutsch.

»Kannst du ungestört sprechen?«

»Nein, aber egal.«

»Wortelboer sagt, dass er Spuren von Holz in der Wunde am Ohr gefunden hat, winzige Splitter, als hätte Smyrna dort einen Schlag mit einem stumpfen hölzernen Gegenstand erhalten.«

»Ja«, sagt Liewe.

Anne-Baukje schweigt.

»Ich bin auf dem Weg zur Fähre«, sagt Liewe. »Ich fahre dann nachher über Aurich nach Cuxhaven.«

»Ist er jetzt bei dir?«

»Ja.«

»Okay ...«

»Das war schon alles?«

»Da ist noch etwas. Kann er mich hören?«

»Nein, nein.«

»Wortelboer meint, dass Smyrna nicht ertrunken, sondern erstickt ist, obwohl die Lunge ein bisschen Wasser enthielt. Aber zu wenig zum Ertrinken, als ob er schon keine Luft mehr bekommen hätte, als das Wasser ihn mitgerissen hat.«

»Verstehe«, sagt Liewe.

»Nimmst du ihn nachher mit?«

»Richtig«, sagt Liewe.

»Pass auf«, sagt Anne-Baukje.

Während der Fahrt nach Eemshaven steht Lattewitz auf dem oberen Passagierdeck und blickt auf die trockengefallenen Sandbänke, die niedrige Sonne im Rücken. Liewe, der ihm mit einem gewissen Abstand gefolgt ist, ist im Windschatten der Brücke stehen geblieben und hat ihn eine Weile beobachtet. Doch als an Backbord die Stelle kommt, an der das Blinde Randzelgat ins Randzelgat mündet, stellt er sich neben ihn. »So sieht es ja friedlich aus«, sagt er.

Lattewitz schüttelt schweigend den Kopf.

»Ich erinnere mich, dass ihr mal von Vlieland nach Texel gerannt seid«, fährt Liewe fort. »Ihr wolltet es unbedingt innerhalb einer Tide schaffen. Bei dem Vortrag am Tag danach haben Sie gesagt, Sie wären dagegen, die Zeit des Hochwassers auf dem Watt zu verbringen, zu ›überfluten‹, wie ihr das nennt. Sie haben einen Scherz darüber gemacht, das weiß ich noch. Sie wollten nicht in einem Netz über dem Meer hängen wie eine Makrele in der Reuse bei Niedrigwasser.«

»Dann ist man eigentlich kein Wattwanderer mehr«, sagt Lattewitz. Er blickt über seine Schulter, um zu sehen, ob andere Fahrgäste vielleicht mithören. Aber niemand achtet auf ihn. Die vielen Leute an Deck sind Urlauber auf dem Heimweg, das Verbindende des gemeinsamen Aufenthalts auf der Insel verflüchtigt sich, alle sind mit den Gedanken schon auf dem Festland.

»Man verliert den Kontakt mit dem Meeresboden«, fügt Lattewitz hinzu.

»Darüber wart ihr euch einig?«

Lattewitz zuckt mit den Schultern. »Wir waren Brüder.«

Liewe nickt, er schiebt die Hände in die Jackentaschen. Es ist ein feuchtkühler Abend. »Also viel Streit«, sagt er.

Das Blinde Randzelgat ist schon fast außer Sicht, dafür sieht man das Fahrwasser der Osterems. Lattewitz nimmt seinen Peilstock, den er an die Reling gelehnt hat, und dreht sich um. »Ich gehe runter«, sagt er. »Bleiben Sie ruhig noch hier.«

»Nur noch einen Moment«, sagt Liewe. »Wo haben Sie die Zeit um Hochwasser herum verbracht? Da drüben?«

Er deutet mit dem Kopf auf die trockengefallenen Bänke zwischen Osterems und Randzelgat.

»Sie können das von hier aus nicht sehen«, antwortet Lattewitz und entfernt sich zu der Tür, hinter der es zum Salon hinuntergeht. Sein Peilstock klopft aufs Deck.

Wenig später sitzen sie in Liewes Wagen und fahren durch die einsetzende Dämmerung. Während der ersten halben Stunde auf niederländischem Gebiet schweigen sie, aber sobald sie sich der Grenze nähern, der Verkehr zähflüssig wird und Liewe abbremsen muss, fängt Lattewitz an zu sprechen.

»Genau wie früher«, sagt er, »vor der Grenze abbremsen.«

»Nervös?«, fragt Liewe.

»Man hatte immer ein schlechtes Gewissen, als ob man etwas verbrochen hätte, völlig grundlos.«

»Richtig«, sagt Liewe. Er hält an, fährt weiter, hält an. Es wird kontrolliert.

»Ich habe keinen Ausweis dabei«, sagt Lattewitz.

»Sie haben mich dabei«, erwidert Liewe. »Entspannen Sie sich.«

Der Bundespolizist, der den Wagen schließlich anhält, ist noch jung. Er beugt sich zum Seitenfenster hinunter und grüßt höflich.

»Was ist los?«, fragt Liewe.

»Wegen des Staatsbesuchs des amerikanischen Präsidenten nehmen wir Kontrollen vor«, antwortet der Beamte. »Darf ich Ihre Ausweise sehen? Wohin fahren Sie?«

»Mein Mitfahrer hat keinen Ausweis bei sich«, sagt Liewe, als er dem Beamten seinen Dienstausweis reicht.

Eine solche Situation ist neu für den jungen Mann. Er schaut kurz auf den Dienstausweis, unterdrückt den Impuls, Haltung anzunehmen, und denkt darüber nach, was er jetzt zu tun hat. Er schaut Lattewitz an, der seinen Blick finster erwidert.

»Sie können uns einfach durchlassen«, sagt Liewe.

Ein älterer Beamter, der das Zögern seines Kollegen bemerkt, kommt dazu. Nachdem der junge Mann ihm das Problem geschildert hat, zeigt er nach rechts, wo Autos für eine genauere Inspektion abgestellt werden können. Liewe nickt und schert aus der Schlange aus. Lattewitz flucht leise, rutscht auf dem Beifahrersitz herum.

Der junge Bundespolizist schaut währenddessen in den Wagen, sieht den Rucksack auf der Rückbank, runzelt die Stirn, wirft einen Blick aufs Kennzeichen und beugt sich dann zum nächsten Wagen hinunter.

Liewe steigt aus und spricht mit dem älteren Beamten. Die Situation ist schnell geklärt, und zehn Minuten später sind sie in Deutschland unterwegs. Lattewitz entspannt sich, rutscht ein wenig tiefer in seinen Sitz, reibt mit den Händen über seine Hose.

»Was haben Sie ihnen erzählt?«, fragt er.

»Na, einfach die wahre Geschichte«, antwortet Liewe.

»Natürlich«, sagt Lattewitz.

Sie schweigen wieder. Liewe gibt Gas. Zurück im Mutterland. Nach einer Weile holt er sein Telefon aus der Innentasche, wirft einen Blick darauf, legt es mit der Unterseite nach oben zwischen ihm und Lattewitz ab.

»Jetzt haben wir ja einen Moment Zeit zum Reden«, sagt er, »wie geht das eigentlich genau, dieses ›Überfluten‹?«

Lattewitz seufzt, setzt sich ein wenig aufrechter hin und schaut aus dem Seitenfenster. »Wir haben drei lange Bambusstangen, die stellt man auf wie bei einem Tipi, daran wird ein Netz aufgehängt, in das legt man sich rein.«

Liewe nickt, überholt ein Auto, schaut von der Seite her Lattewitz an. Der spürt seinen Blick und sagt: »Der Rucksack kommt an einen Haken, und dann heißt es warten. Auf einem Wattenhoch, einer Art Wasserscheide im Wattenmeer, wo die Wassertiefe am geringsten ist.«

»Aber Sie waren spät dran, wegen dieses Staus. Waren Sie also bestimmt an der richtigen Stelle?«

»Ja, ja«, sagt Lattewitz, »machen Sie sich darüber keine Gedanken. Dieses Wattenhoch ist kilometerlang.«

»Um wie viel Uhr waren Sie da?«

»Kurz nach Mitternacht war Hochwasser, also zwei Stunden davor und zwei Stunden danach, von zehn bis zwei. Das heißt, so hätte es sein sollen, aber es dauerte länger als erwartet, vielleicht wegen der Nipptide, deshalb konnten wir erst gegen drei weiter.«

»Und die ganze Zeit habt ihr in euren Netzen gehangen wie Makrelen.«

Lattewitz wirft Liewe einen empörten Blick zu, sieht dann,

dass er lächelt, und entspannt sich wieder. »Ach so, ja«, sagt er. »Texel.«

»Als Kind fand ich das Meer im Dunkeln bedrohlich«, sagt Liewe.

»Man sah den Halbmond«, sagt Lattewitz, »zumindest in der ersten Stunde. Dann hat sich der Himmel bezogen.«

»Dann war es wohl ziemlich dunkel?«

»Licht von Borkum, Licht von Eemshaven, der Leuchtturm von Campen, Festbeleuchtung.«

»Aber in der näheren Umgebung Dunkelheit«, sagt Liewe.

»In der Ferne sieht man alles, in der Nähe nichts«, sagt Lattewitz. Sie schweigen einen Moment. »Wie immer«, fügt er hinzu. Er reibt sich über die Stirn, lässt die Hand eine Weile auf den Augen liegen.

»Worüber haben Sie gesprochen?«, fragt Liewe.

Lattewitz denkt nach, schaut hinaus. »Wir haben nicht viel gesagt«, antwortet er. »Wir haben gewartet.«

»Vier Stunden Schweigen«, sagt Liewe.

»Klaus saß nicht richtig bequem«, sagt Lattewitz, nachdem er ein paar Minuten stumm durchs Seitenfenster geblickt hat. »Er bekam schlecht Luft, das hat mich genervt.«

»Verstehe«, sagt Liewe.

»Ich hab vor allem zu den Sternen raufgeguckt. Und rüber nach Borkum, das schien so nah zu sein.«

Liewe schweigt.

Lattewitz lächelt, als würde ihm etwas einfallen. »Ich erinnere mich, dass er sagte … Wie war das noch? … Er hätte sich im Leben immer wieder gesagt: Du hast noch nicht alles versucht … und dann den Kampf wieder aufgenommen … Er war Marathonschwimmer, wissen Sie? Er ist von Deutschland nach Dänemark geschwommen und zurück.«

»Durch den Belt«, sagt Liewe.

»Ich sagte zu ihm: Wir sitzen hier im gleichen Boot, Klaus, nichts zu machen.« Lattewitz beugt sich ein bisschen vor, um nach dem Mond Ausschau zu halten. Der ist nicht zu sehen. »Nichts zu machen ... Und in der ersten Stunde waren so viele Sterne am Himmel, vor allem in östlicher Richtung, das Watt war wie ein riesiges schwarzes Loch, ein Tor zur Unterwelt ... Nachts ist man da draußen schon sehr klein, so allein in diesem Netz, und unten kommt das Wasser. Oben die Sterne, dann die Wolken, die sich vor den Mond schieben, wie wenn ein Vorhang zugezogen wird. Und das Wasser kommt immer näher und fließt unter einem her, man denkt, das kann nicht viel Geräusche machen, aber das tut es. Als ob kleine Tiere angekrochen kommen, Tausende von kleinen Tieren.«

»Habt ihr geschlafen?«

»Klaus ja. Er schreckte auf, fragte: Habe ich lange geschlafen? Ich sagte: Ich weiß nicht, Klaus, ich weiß nicht.«

»Redet es sich besser, wenn Reinhard nicht dabei ist?«

Lattewitz stößt zischend Luft aus. »Aron«, sagt er. Er lehnt sich wieder zurück und schaut Liewe von der Seite an. »Es war schon gut für Klaus, dass Aron nicht dabei war, weil ...« Er bricht ab. »Nein, das hab ich nicht gesagt. Vergessen Sie's.«

Liewe bremst hinter einem Lastwagen ab, den er nicht überholen kann, weil auf der linken Fahrspur ein Raser angeschossen kommt. Liewes Auto wird vom Luftdruck kurz zur Seite gedrückt.

»Und Klaus mit pfeifendem Atem in seinem Netz.« Lattewitz denkt nach. »Ich hab mich immer zurückgehalten, weil Aron jedes Mal dabei war. Aber jetzt frage ich mich: warum? Man weiß nie, ob man nicht gerade seinen letzten Abend erlebt, man kann alles vorbereiten, aber letztlich weiß man nichts.«

»Was war denn anders, wenn Reinhard dabei war?«

»Ich musste Klaus immer in Schutz nehmen«, sagt Lattewitz. »Aber Aron sieht das bestimmt anders. Aron glaubt immer, dass er alles besser weiß. Dieselben Ereignisse, unterschiedliche Geschichten. Immer das gleiche Lied. Wem sollen wir glauben? Ich bin Lehrer, Herr Cupido, ich weiß Bescheid. Die Leute sind blöd.«

Liewe runzelt die Stirn. »Wer?«, fragt er.

Lattewitz seufzt und schweigt. Liewe nimmt die Ausfahrt in Richtung Aurich, sie fahren auf einer Landstraße weiter.

»Hatten Sie vor Ihrem Aufbruch noch lange auf Reinhard gewartet?«

Lattewitz schüttelt den Kopf. »Ich hatte mich ja selbst schon verspätet, wir durften keine Zeit mehr verlieren. Wir haben unsere Rucksäcke genommen und den von Aron dagelassen. Als wir schon im Watt waren, hab ich mich noch ein paarmal umgedreht, vielleicht weil ich hoffte, dass er doch noch auf dem Deich auftauchen würde, dass er auch nur in den Stau geraten war.«

»Was war das Letzte, das er gesagt hat?«

»Wer, Aron?«

Liewe schüttelt den Kopf.

»Ach so, Klaus … Er schrie irgendwas, ich weiß es nicht.«

»Da war er schon im Wasser.«

»Ja.« Lattewitz reibt sich wieder über die Stirn. »Ja«, sagt er noch einmal. »Letzte Worte …«

Lattewitz starrt lange schweigend durch die Windschutzscheibe. Dann lächelt er. »Jetzt fällt's mir wieder ein. Wir standen zusammen vor dem Priel, ich befestigte gerade das Seil an meinem Gürtel, ich wollte runter ins Wasser, und er legte mir noch kurz die Hand auf die Schulter und sagte: Was machen wir hier. Und dann lachte er. Und ich auch. Das muss man sich fragen, sagte ich. Dann bin ich ins Wasser gestiegen, und er blieb da.«

»Schöne letzte Worte«, sagt Liewe. »Und auch eine gute Frage.«

»Ja«, sagt Lattewitz zufrieden. »Was machen wir hier. Ich ging mit meiner Stirnlampe in den Priel, er blieb da. Wir waren jetzt zwei kleine Lichtlein in der Nacht.«

## 30

Es ist halb neun, als sie in Aurich ankommen. Lattewitz wohnt in einem freistehenden Backsteinhaus mit Satteldach. Er lädt Liewe nicht ein, mit hereinzukommen.

»Könnte ich vielleicht kurz Ihre Toilette benutzen?«, fragt Liewe.

Lattewitz versucht gar nicht erst zu verbergen, dass ihm das eigentlich nicht recht ist, aber ihm ist klar, dass er dem Bundespolizisten diese Bitte unmöglich abschlagen kann. Deshalb geht er vor ihm her zur Haustür, wo er eine Weile braucht, bis er den richtigen Schlüssel gefunden hat. Als die Tür endlich offen ist, bückt er sich, hebt die Post auf, stellt Peilstock und Rucksack ab und schaltet die Lampen in der Diele an. Er zeigt Liewe die Toilette neben der Treppe und läuft selbst nach oben. Liewe bleibt noch einen Moment stehen, die Klinke der Toilettentür in der Hand. Als er hört, dass Lattewitz oben die Badezimmertür hinter sich abschließt, geht er ins Wohnzimmer und schaltet das Licht ein. Das Zimmer sieht aus, als hätte der Bewohner es Hals über Kopf verlassen. Eine Seekarte des Borkumer Watts liegt auseinandergefaltet auf dem Tisch. Daneben steht ein Kaffeebecher mit Spuren von angetrocknetem Kaffee. Auf dem Kaminsims Muscheln und ein paar fossile Knochen, ein Stapel geöffnete Briefumschläge, eine Eintrittskarte des Thalia Theaters Hamburg und angebrochene Energieriegel, dazwischen ein gerahmtes Foto, auf dem Lattewitz mit Klaus und Aron auf einer Sandbank posiert. Sie haben einander die Arme auf die Schultern gelegt wie griechische Tänzer, im Hintergrund sieht man eine Rettungsbake auf Pfählen. Außerdem steht eine kleine hölzerne Skulptur auf dem Sims, vermutlich afrikanisch, ungefähr zwanzig Zentimeter hoch. Liewe schaut sich um. Nirgends ein Foto von Helen, Lattewitz' vermisster Frau.

Liewe macht Fotos von den Gegenständen auf dem Kaminsims und vom übrigen Zimmer. Dann hört er von oben die Toilettenspülung. Er schaltet das Licht aus, geht in die Diele zurück, schließt die Toilettentür hinter sich und wäscht sich am Waschbecken die Hände.

Lattewitz kommt die Treppe herunter. Er hat sich umgezogen. Liewe reibt sich die Hände trocken und geht zur Haustür.

»Herzlichen Dank«, sagt er, »ich fahre dann mal weiter.«

Kaum ist er hinausgegangen, dreht er sich um, als wäre ihm ein Gedanke gekommen. Er holt eine Visitenkarte aus der Tasche und reicht sie Lattewitz, der noch in der Tür steht.

»Für den Fall, dass Ihnen noch etwas einfällt«, sagt er, »das uns helfen könnte, die Umstände, unter denen Ihr Freund ums Leben gekommen ist, besser zu verstehen. So können Sie mich erreichen.«

Lattewitz nimmt die Karte entgegen, ohne einen Blick darauf zu werfen.

»Sie haben nicht danach gefragt, aber Klaus Smyrna ist auf der Sandbank De Hond gefunden worden, bei Delfzijl. Sie wissen so viel über das Watt, vielleicht können Sie mir oder auch der niederländischen Polizei helfen zu verstehen, wie Ihr Freund bei ablaufendem Wasser vom Randzelgat aus etwa zehn Kilometer gegen den Ebbstrom zu einer Sandbank treiben konnte, auf der er dann auch noch auf Höhe der Hochwasserlinie zu liegen kam, bei Niedrigwasser wohlgemerkt.«

Liewe versucht, Lattewitz anzusehen, wie er diese Information aufnimmt, dreht sich schließlich wortlos um und geht zu seinem Wagen. Er fährt nicht sofort los, sondern beobachtet durch das vorhanglose Fenster, wie Lattewitz das Licht im Wohnzimmer einschaltet, zum Tisch geht und sich über die Seekarte beugt. Dann dreht er sich zum Fenster hin. Liewe lässt den Motor an und fährt gemächlich los.

Es ist stockdunkel, als er Aurich verlässt. Er ruft Lothar an, um zu erfahren, ob es im Fall Klaus Smyrna irgendwelche Fortschritte gibt, doch das ist nicht der Fall.

»Rademacher hat die *Bayreuth* vor Delfzijl ankern lassen«, berichtet Lothar.

»Nein ...«, sagt Liewe.

»Ich hab keine Ahnung, wie die Niederländer darauf reagieren werden«, sagt Lothar. »Wo bist du jetzt?«

»Bei Aurich.«

»Hast du Lattewitz nach Hause gebracht?«

»Ja.«

»Welchen Eindruck hast du?«

»Er ist verwirrt, er verschweigt etwas.« Liewe sieht die Autobahnauffahrt näher kommen. »Kannst du noch einen Tag auf mich verzichten?«

»Klar«, sagt Lothar. »Rademacher wird aber morgen nach dir fragen, was hast du vor?«

»Delfzijl«, sagt Liewe.

»Okay«, sagt Lothar. Anscheinend will er das Gespräch beenden, doch dann fällt ihm noch etwas ein. »Ach ja«, sagt er, »bevor du auflegst ... Da kam ein Anruf für dich, von der Dienststelle Bunde. Ein junger Kollege, der nach dir fragte, er hat keine Nachricht hinterlassen, er wollte dich persönlich sprechen, Moment ... Xander Rimbach heißt er.«

»Rimbach«, wiederholt Liewe.

»Rimbach«, bestätigt Lothar.

Beim Grenzübergang zögert Liewe kurz, fährt aber weiter.

Eine Stunde später steht er am Fenster seines Zimmers im Eemshotel, einem Gebäude mit dem Charme eines Pappkartons, das vor dem Seedeich von Delfzijl auf hohen Pfählen im Watt steht. Liewes Zimmer liegt an einer Schmalseite des Hotels und bietet Aussicht nach Norden, sodass er in der Ferne alle zwölf Sekunden zweimal hintereinander die Lichtbündel des Neuen Leuchtturms von Borkum über den Nachthimmel flitzen sieht. Näher, in der Dunkelheit über der Außenems, gehen auf den Fahrwassertonnen rote und grüne Lichter an und aus. Liewe zieht den Vorhang zu, um es nicht sehen zu müssen. Er hört das Gespräch mit Lattewitz ab, das er heimlich mit seinem Telefon aufgenommen hat, und sieht währenddessen die Fotos aus dem Haus durch.

Bevor er schlafen geht, öffnet er doch noch kurz den Vorhang. Auf der Außenems regnet es. Die Lichtbündel des Leuchtturms von Borkum lassen den Himmel aufblitzen, als wäre ein Gewitter im Anzug.

**Borkumer Zeitung, 30.09.15. 07:00**
Lattewitz mit Ermittler von BPol nach Eemshaven abgereist. Polizei: Smyrnas Ertrinken war Unfall. Leichnam noch in den Niederlanden. Nachruf Smyrna im E-Paper und in OZ.
#Wattwandern #Borkum #Smyrna @Wattewitz @WattAron

Es ist der letzte Septembertag, und die Morgendämmerung lässt immer länger auf sich warten. Bevor Henk van de Wal in Termunterzijl seine Uniform anzieht, um zum Brigadeposten zu fahren, macht er mit seinem Hund den gewohnten Spaziergang durchs Dorf zum Seedeich. Er hat einen jungen, lerneifrigen Rottweiler, einen starken Hund, mit dem er jeden Morgen in aller Frühe zum Deich geht, wo er ihn frei laufen lässt, während er selbst über den Dollart blickt und den markanten, vom Mündungsästuar herüberwehenden Geruch einsaugt.

Van de Wal hat eine unruhige Nacht hinter sich, in der er häufig aufgeschreckt ist, dann eine Weile wach gelegen und in die Dunkelheit gehorcht hat, doch jetzt, während er die Herbstkälte spürt und im Osten die Sonne aufgeht, beruhigt er sich ein wenig. Und als er den Hund am Fuß des Deichs von der Leine lässt und ihn voller Lebensfreude die Böschung hinaufstürmen sieht, hat er das Gefühl, dass sich in seiner Magengegend ein Knoten löst und neue Energie durch seinen Körper fließt. »Ja!«, sagt er. Er steigt die breite Betontreppe zur Deichkrone hinauf, wobei er zwei Stufen auf einmal nimmt. Sobald er oben ankommt und sich das Panorama vor ihm entfaltet, muss er die Augen schließen, weil ihm die aufgehende Sonne ins Gesicht scheint. Er saugt noch einmal tief den Geruch des Watts ein, wendet das Gesicht von der Sonne ab, öffnet die Augen und blickt nach Süden, wo gerade ein dichter Schwarm Knutts vom Deichvorland des Punt van Reide aufsteigt. Van de Wal betrachtet eine Weile die wechselnden Formen des Schwarms vor dem Morgenhimmel. Im suchenden Flattern dieser Vögel, unruhig, weil die Zeit ihres langen Zugs entlang der Küsten nach Südeuropa und Westafrika naht, glaubt er etwas von sich selbst zu erkennen. Der Schwarm steigt hoch auf, geht plötzlich im Sturzflug fast bis zur Wasseroberfläche nieder und schlägt eine neue Richtung ein, als würde einer von ihnen die Entscheidung treffen und alle anderen sie sofort akzeptieren. Van de Wal folgt ihnen mit den Augen, während sie unten am Deich entlang und in Richtung der Sandbänke zwischen Delfzijl und Eemshaven fliegen, wo der tote deutsche Wattwanderer gefunden wurde. Und dann bleibt sein Blick hängen. Denn auf der Oterdumer Reede, keine hundert Meter vom Deich entfernt, liegt unübersehbar die *BP 25*, das Patrouillenschiff der Bundespolizei. Die tiefstehende Morgensonne scheint das Schiff allmählich aufzuwärmen, vom Bug und den Aufbauten steigt ein golden schimmernder Dampf auf wie von einem großen, wartenden Tier im ersten Licht des Tages. Der Ebbstrom hat das Schiff wieder mit dem Bug in Richtung Ems gedreht, sodass es dem Hafeneingang von Delfzijl sein Hinterteil zuwendet.

»Ja, verdammt noch mal«, flüstert van de Wal. »Das kann doch nicht wahr sein. Das kann doch einfach nicht wahr sein!?« Er holt sein Telefon aus der Tasche, weiß aber nicht, wen er anrufen soll, fotografiert stattdessen das Schiff, schüttelt den Kopf und sagt wieder: »Das kann doch nicht ...«

Dann ruft er seinen Hund, der mit aufgestellten Ohren angerannt kommt, leint ihn energisch an und zerrt ihn die Deichtreppe hinunter. Zurück zu seinem Haus, seiner Uniform, seinem Auto, dem Brigadeposten.

## 33

OSTFRIESEN-ZEITUNG
### Klaus Smyrna. Ein Nachruf
Von Pauline Islander

Wer das Leben von Klaus Smyrna in einem einzigen Bild zusammenfassen will, sieht einen asthmakranken, kurzatmigen Menschen im Kampf mit dem Wasser, wie Don Quijote gegen die Windmühlen kämpfte; als Taucher, als Langstreckenschwimmer, aber auch im Alltag als Bademeister an seinem Wohnort Lübeck. In der Nacht vom 27. auf den 28. September hat er diesen Kampf zum ersten Mal – und damit endgültig – verloren. Es geschah im Watt, im Meer, das er zugleich fürchtete und liebte. Dort hat ihn sein großer Gegner besiegt und mitgenommen.

Bekanntschaft mit Wasser schloss Klaus Smyrna erstmals ein paar Tage nach seiner Geburt, 1972, als er im Bremer Dom getauft wurde. Bald stellte sich heraus, dass der kleine Klaus an Asthma und Allergien litt. Zweimal musste er wegen lebensbedrohlicher Atemnot im Krankenhaus behandelt werden, das erste Mal als kleines Kind nach dem

Verzehr einer Haselnuss, das zweite Mal, nachdem er bei einem Kinderfest zwischen Heuballen gelandet war. Regelmäßig musste er den Schulbesuch für Heilkuren zum Beispiel auf der Insel Juist oder in den Schweizer Alpen unterbrechen. Wegen seiner gesundheitlichen Probleme wuchs er ziemlich isoliert auf, resignierte jedoch nicht, sondern fand einen Ausweg im Sport, hauptsächlich als Schwimmer. *Für mich wurde das Wasser zum Symbol für all das, womit ich zu kämpfen hatte*, sagte er einmal in einem Interview mit dem *Weser-Kurier*. *Wasser war gleichbedeutend mit Atemnot, und Schwimmen war meine Art, diesem Feind, der mich jeden Moment bedrängen konnte, die Stirn zu bieten. Es wurde zu einer Obsession, ich dachte nur noch ans Schwimmen, alles andere hatte das Nachsehen, besonders die Schule, die trockenen Unterrichtsstunden in staubigen, stickigen Klassenräumen.* Ein Spitzenschwimmer wurde er nie, da er wegen seines Asthmas nicht mit der Konkurrenz mithalten konnte. Erstaunlicherweise war das Asthma jedoch ein erheblicher Vorteil, als er im frühen Erwachsenenalter das Tauchen mit Drucklufttauchgeräten erlernte. *Ich kam mit sehr wenig Atemgas aus*, berichtete er in dem Interview mit dem *Weser-Kurier*. *Der Tauchlehrer konnte oft kaum fassen, wie wenig ich verbraucht hatte, wenn ich meine Flasche ablieferte. Dass ich tauchen konnte, ohne in Atemnot zu geraten, das war natürlich so, als ob ich meinem Asthma eine lange Nase drehen würde.*

Smyrna wurde ein erfahrener Taucher, der oft Wracktaucher in der Nordsee begleitet hat. Doch sein größter Ehrgeiz war es, die Beltquerung zu schwimmen, ohne Hilfsmittel, allein, aus eigener Kraft. Es wurde zu einem Lebensziel, dem er fast alles andere unterordnete. Während eines seiner Trainingswochenenden bei Puttgarden am Fehmarnbelt, der Wasserstraße zwischen Fehmarn und der dänischen Insel Lolland, lernte er seine spätere Frau Hedda Lutz kennen, Mitarbeiterin der Reederei Scandlines, die Fährrouten zwischen Deutschland und Dänemark unterhält. Dank des Sponsorings durch die Reederei konnte Smyrna seinen Traum schließlich verwirklichen. Er schwamm die Route nicht nur von Puttgarden auf Fehmarn zum dänischen Rødby, sondern einen Tag später auch wieder zurück, eine besondere Leistung. Klaus und Hedda heirateten und bekamen zwei Kinder, Klaus wurde Bademeister in Lübeck. Aron Reinhard und Peter Lattewitz lernte er kennen, weil seine Frau seit ihrer Jugend mit den Ehefrauen dieser beiden Wattführer befreundet war. *Alles am Wattwandern entspricht meiner Art zu leben*, erklärte Smyrna in seinem Vorwort zu dem Buch *Wattwandern. Von Den Helder bis zum Teufelshorn*, das er zusammen mit Reinhard und Lattewitz geschrieben hat. *Die befreiende Abwesenheit von Wasser, wenn auch nur für wenige Stunden, und in dieser kurzen Zeitspanne seinen Weg zu finden, das ist, in wenigen Worten zusammengefasst, mein Leben.*

Mit Klaus Smyrna verliert Deutschland nicht nur einen Wattwander-Pionier, sondern auch einen charakterstarken Optimisten, der bewiesen hat, dass ein Handicap dem Erfolg im Leben nicht unbedingt im Weg steht.

## 34

»Wie weit sind Sie?«

Van de Wal fällt mit der Tür ins Haus, als er Anne-Baukje am Wasserspender begegnet. Seine Hektik ist zu komisch, sie kann sich ein Lachen nicht verkneifen.

»Haben Sie nicht gesehen, was los ist?«, schnauzt er. »Die lassen vor unserem Hafen ein Patrouillenschiff ankern!«

Anne-Baukje schüttelt den Kopf. »Ich weiß nicht, wovon Sie reden, wirklich nicht.«

Van de Wal deutet mit einer gebieterischen Kopfbewegung auf seine Bürotür und geht vor. Er behält den Regenmantel an, wirft die Mütze auf den Schreibtisch und berichtet dann, rastlos auf und ab wandernd, von der *Bayreuth* auf der Oterdumer Reede. Er zeigt Anne-Baukje sogar das Foto, das er von dem Schiff gemacht hat.

»Deshalb meine Frage«, sagt er, »wie weit sind wir?«

»Mit den Ermittlungen zu Smyrna?«

»Ja. Wie ist er auf diese Bank gekommen? War er da vielleicht einfach zu Fuß unterwegs, um nur mal eine Möglichkeit zu nennen? Alle nehmen wie selbstverständlich an, dass er auf De Hond angespült worden ist, nur weil die Deutschen das sagen.«

»Wir haben noch nichts«, sagt Anne-Baukje. »Wortelboer legt eher heute als morgen seinen Bericht vor, dann wird die Polizei wohl ein Ermittlungsteam darauf ansetzen, und die Kollegen müssen dann ganz bestimmt auch nach Deutschland.«

»Ich will, dass Sie an der Sache dranbleiben«, sagt van de Wal. Er verlangsamt seinen Schritt und bleibt schließlich reglos stehen, den Blick aus dem Fenster gerichtet. »Ich sage Ihnen: Bis es eine befriedigende Antwort auf die Frage gibt, wie er auf De Hond gelandet ist, bleibt Herr Smyrna hier.«

Anne-Baukje möchte etwas erwidern, schluckt es aber hinunter. »Smyrnas Frau wird bald im Krankenhaus eintreffen«, sagt sie dann.

»Warum?« Der Brigadekommandeur schaut sie erschrocken an, entspannt sich aber, als ihm klar wird, dass die Frau ihren Mann identifizieren wird. »Ach, natürlich«, sagt er. »Kümmern Sie sich um sie. Sorgen Sie dafür, dass sie einen Kaffee bekommt, eventuell auch eine Mahlzeit. Das kann man ganz normal als Spesen abrechnen.«

Anne-Baukje ist auf dem Weg zum Krankenhaus, als Liewe anruft. Er sagt, dass er wieder in Delfzijl ist und gerne mit Wortelboer sprechen möchte. »Ich bin gerade auf dem Weg zu ihm«, sagt sie. »Smyrnas Frau kommt gleich. Vielleicht kannst du dabei sein, mein Deutsch ist nicht so besonders. Aber sag nicht, dass du von der deutschen Polizei bist.«

Hedda Lutz ist noch nicht eingetroffen, als die beiden sich am Eingang des Krankenhauses begegnen und zusammen nach dem Pathologen suchen. »Wortelboer ist Schauspieler«, sagt Anne-Baukje, »ich will dich nur vorwarnen. Man kann manchmal kaum vernünftig mit ihm reden.«

Doch Wortelboer hat heute nicht viel Text. Er sitzt an seinem PC und tippt die letzten Zeilen seines Berichts.

»Diese Prosa ...«, brummt er.

»Seine Frau muss gleich hier sein«, sagt Anne-Baukje, »können wir vorher ...«

»*Give me some breath, women*«, sagt er, »*some little pause.*« Er tippt wieder etwas und lehnt sich dann zurück. »*Breath*«, sagt er und setzt seine Brille ab. »Du ahnst nicht, wie oft Shakespeare dieses Wort verwendet. *Clarence still breathes ... cannot be quiet scarce a ... cannot be ... a breathing ...*« Er bricht verärgert ab, tippt die letzten Wörter, klickt ein paarmal mit der Maus, steht auf und geht zum Drucker, der zu summen beginnt.

»Könntest du für meinen Kollegen und mich kurz deine Ergebnisse zusammenfassen, wo du sowieso gerade von Atem sprichst?«, fragt Anne-Baukje. »Das ist Liewe, ein Kollege.«

»Liewe ... Anne-Baukje ... haben die Friesen die Marechaussee übernommen, oder was?«, erwidert Wortelboer. Er nimmt seinen Bericht aus dem Drucker, unterschreibt die einzelnen Exemplare und händigt eins davon Anne-Baukje aus.

»Kommt mit«, sagt er und geht zum Sezierraum vor, in dem Smyrna als eine Abfolge kompakter Wölbungen unter dem Tuch liegt. »Wir haben ihn schon ein bisschen vorzeigbar gemacht. Das Problem ist nur ...« Wortelboer schlägt das Tuch bis zu den Schlüsselbeinen hinunter. »Er ist nicht ertrunken. Ich nehme an, dass er schon an akuter Atemnot litt, als er unter Wasser geraten ist. Aber keine Strangulation, keine Male am Hals, Zungenbein und Kehlkopf völlig intakt. Auch keine Fremdkörper in Rachen, Kehlkopf oder Luftröhre. Kein Herzinfarkt.«

»Er war Asthmatiker«, sagt Liewe.

»Richtig.« Der Pathologe nickt. »Aber angenommen, er hatte einen schweren Asthmaanfall, dann muss es ja etwas gegeben haben, das ihn ausgelöst hat.«

Smyrna bietet jetzt einen friedlichen Anblick, das unversehrte Auge geschlossen, das andere mit einer Augenklappe bedeckt.

»Sein Freund sagt, er hat geschrien, bevor er ertrank«, sagt Liewe.

»Das muss er selbst gewesen sein«, erwidert Wortelboer. »Smyrna bekam keine Luft, er konnte nicht mehr schreien. Hier, das Ohr, wir haben es jetzt ein bisschen abgedeckt, aber er hat dort ein ausgeprägtes Hämatom von einem harten Schlag oder Stoß, wir haben noch Holzsplitter gefunden.«

»Diese Extremwattwanderer haben Peilstäbe«, sagt Liewe. »Sie haben die Splitter aufbewahrt?«

Wortelboer schaut Liewe in die Augen. Liewe erwidert den Blick. So stehen sie eine Weile schweigend da.

»Er war hier noch nie, oder?«, sagt Wortelboer, ohne den Blick abzuwenden. »Du schleppst die seltsamsten Leute an, Anne-Baukje. Immer Friesen, erst diese Geeske, jetzt dein Liewe.«

»Alle wollen dich sehen, Derk«, erwidert Anne-Baukje. »Das

ist der Preis des Ruhms. Und Herr Cupido ist kein Friese. Er kommt von einer der Inseln.«

»Selbstverständlich habe ich die Splitter aufbewahrt«, sagt Wortelboer zu Liewe. »Aber ob dieser Schlag oder Stoß tödlich war, nein, das ist unwahrscheinlich.«

»Todeszeitpunkt?«

»Kann ich nicht sagen«, antwortet Wortelboer, während er das Tuch wieder über das Gesicht drapiert. »Irgendwann in der Nacht.«

»Haben Sie nicht mal in *Warten auf Godot* gespielt?«, fragt Liewe.

Überrascht richtet Wortelboer sich auf. »Oh ja«, antwortet er. »Ich war Wladimir. Haben Sie mich denn gesehen?«

Liewe lächelt. »Sie waren großartig.«

Wortelboer, dem bewusst wird, dass er sich eine Blöße gegeben hat, antwortet mit einem gutmütigen Brummen.

»Was möchten Sie wissen?«, fragt er.

»Kommt darin der Satz *Die Leute sind blöd* vor?«

Der Pathologe lacht auf. Er beugt sich zu Liewe hin, bis ihre Nasen sich fast berühren. »*People are bloody ignorant apes*«, flüstert er. Und etwas lauter fügt er hinzu: »So heißt das in der englischen Version.«

»*Nichts zu machen*«, sagt Liewe, der ihn unbewegt anschaut.

»*Nothing to be done*«, bestätigt Wortelboer. »*All my life I've tried to put it from me, saying, Vladimir, be reasonable, you haven't yet tried everything. And I resumed* ... ähm, *I resumed ... the struggle ...?*«

»Verstehe«, sagt Liewe. Er schaut auf das Tuch hinunter. »*Habe ich lange geschlafen?*«, sagt er.

»Ich weiß nicht«, antwortet Wortelboer.

Liewe nickt. Er denkt nach. »*Was machen wir hier*«, sagt er dann.

»*Das muss man sich fragen*«, entgegnet Wortelboer. Er lacht,

Liewe lächelt mit. »Ich müsste eigentlich kurz telefonieren«, sagt er.

Wortelboer schüttelt verwirrt den Kopf.

»Nein, nein«, sagt Liewe, »nicht mehr Beckett, ich muss wirklich telefonieren.«

»Seid ihr so weit?«, fragt Anne-Baukje, die nur Bahnhof verstanden hat. »Ich glaube, ich höre seine Frau.« Sie deutet mit dem Kopf zur Tür, die in diesem Moment aufschwingt. Ein Sanitäter kommt herein und hält die Tür für eine kleine, zarte Frau mit kurzen rötlichen Haaren und grüner Lederjacke offen. Sie bleibt stehen, als hätte sie ein Ufer erreicht, schaut reglos die beiden Ermittler und den Pathologen an und blickt dann auf den Untersuchungstisch, auf dem ihr Mann sich als ein paar Umrisse unter einem weißen Tuch abzeichnet, Umrisse, die sie kennt wie niemand sonst.

»Er ist es«, sagt sie.

## 35

»Lothar, hier Liewe. Sind wir schon etwas weiter?«

»Nein, aber Rademacher hat nach dir gefragt, wir haben da einen größeren Fund auf See gemacht, Genaues weiß ich nicht, eine Jacht, voll mit Haschisch, hat nichts mit diesem Fall zu tun. Soll ich ihm sagen, dass du heute Nachmittag wieder da bist?«

»Morgen Vormittag, frühestens heute Abend.«

»Rademacher wird den Smyrna-Fall wohl an Brock übergeben.«

»Den Staatsanwalt in Aurich?«

»Ja, es ist sein Zuständigkeitsbereich.«

»Dann ist die Sache für uns erledigt.«

»Bleib trotzdem noch am Ball, Liewe. Brock wird erst mal erreichen wollen, dass Smyrna an uns übergeben wird, aber das wird ihm natürlich nicht gelingen. Und dann wird er wohl einen Arzt nach Delfzijl schicken.«

»Das heißt, bis die Sache richtig in Gang kommt, sind wir eine Woche weiter.«

»Wie ist Delfzijl?«

»Die Witwe ist angekommen. Sie will ihn zur Not selbst mit nach Hause nehmen, sie sieht ja auch, dass es hier nicht weitergeht. Sie hat gesagt, sie bleibt in Delfzijl, bis ihr Mann nach Hause kann.«

»Wie war die Identifizierung?«

»Wie solche Dinge so sind.«

»Und jetzt?«

»Sie ist bei Scandlines für die PR zuständig, kennt viele Journalisten. Sie wird nicht ruhen, bis ganz Deutschland von der Sache weiß.«

»Weiß sie, wer du bist?«

»Ein Holländer.«

»Gut. Und Lattewitz?«

»Sagt nicht die Wahrheit. Seine Wiedergabe der Gespräche zwischen ihm und Smyrna im Watt stammt aus einem Theaterstück, das er vor Kurzem gesehen hat.«

»Ich verstehe nicht.«

»Er hat in Hamburg *Warten auf Godot* gesehen, die Eintrittskarte lag noch auf seinem Kaminsims. Was er und Smyrna angeblich gesagt haben – weitgehend wörtlich aus dem Stück. Ich hab's aufgenommen, im Auto auf dem Weg nach Aurich. Ein gutes Gedächtnis hat der Mann, geradezu unheimlich. Er nimmt übrigens Lithiumcarbonat.«

»Was glaubst du? War er es?«

»Ich weiß nicht. In seinem Kopf herrscht ein ziemliches Durcheinander. Ich vermute, er weiß nicht einmal, dass er Sachen erzählt, die nicht stimmen. Die Witwe hat Smyrnas Allergie gegen Nüsse erwähnt, er könnte etwas gegessen haben, das er nicht vertragen hat. Sie hält es allerdings für unwahrscheinlich. Lattewitz hat bei seiner Vernehmung in Borkum aber von einem Energieriegel gesprochen, fällt mir gerade ein.«

»Und?«

»Smyrna hat genau kontrolliert, was er zu sich nahm, es ist wirklich unwahrscheinlich.«

»Und wo ist die Witwe jetzt?«

»Sie wollte nicht wieder gehen, sie wollte bei ihm bleiben. Am Ende ist sie dann doch gegangen, um irgendwen anzurufen. Ich glaube, wir werden noch einiges von ihr hören.«

»Und wer beschäftigt sich dort mit dem Fall?«

»Ich habe Kontakt zu einer Ermittlerin von der Marechaussee, aber ihr Chef ist …«

»Van de Wal.«

»Du kennst ihn?«

»Jaja, ein Hohlkopf, ein Schaumschläger, unfähig. Was hast du als Nächstes vor?«

»Erst zu diesem jungen Mann an der Grenze, dann nach Greetsiel. Die Journalistin hat einen Fischer gesehen, der im Wattenmeer gewesen sein muss, als die Sache passiert ist. Zu dem will ich.«

»Du kannst den Fall auch einfach Aurich überlassen.«

»Ich möchte diesen Lattewitz lieber nicht unbeobachtet lassen, bis Aurich so weit ist.«

»Warum?«

»Irgendwas übersehe ich, etwas stimmt da nicht ... es fehlt etwas.«

»Befürchtest du, dass noch etwas passiert?«

»Wäre durchaus möglich.«

## 36

Gegen Mittag verlässt van de Wal den Brigadeposten, um zum Hafen zu gehen. Das erste der neuen Patrouillenfahrzeuge kann jeden Augenblick einlaufen. Es ist ein bedeutender Moment, doch er wird das Bild der *Bayreuth* auf der Oterdumer Reede nicht los, es verfolgt ihn seit dem Morgen.

»Der Beginn eines neuen Zeitalters, Annelies«, sagt er zu seiner Büroleiterin, die ihn begleitet. Vielleicht kann ihn dieses Thema von der Anwesenheit der deutschen Kollegen vor der Hafeneinfahrt ablenken.

»Ich glaube, alle werden das alte Schiff vermissen«, sagt Annelies. »Jedenfalls höre ich das überall.«

»Wir dürfen uns nicht an die Vergangenheit klammern, Annelies. Das neue Boot fährt dreiundvierzig Knoten, achtzig km/h. Auch das Korps Mariniers hat diese Boote. Demnächst sind wir die Schnellsten im Wattenmeer.«

Das neue Boot ist schon da, als sie das Hafengelände betreten. Wo gestern Vormittag noch die *RV 180* über die Jachten hinausragte, schaukelt nun klein und unscheinbar der Beginn des neuen Zeitalters. Es ist nicht mehr als ein schnelles Festrumpfschlauchboot, nur etwas größer als die meisten, und statt eines offenen Steuerstands hat es ein geschlossenes Ruderhaus mit fünf Sitzen. Darunter gibt es einen weiteren Raum, unter anderem mit einer kleinen Spüle und Kaffeemaschine, und eine Toilette, und achtern ein Gestell mit Rettungsmitteln, an den Seiten sind die Luftschläuche, das ist alles. Der Mann von der Herstellerfirma erwartet den Brigadekommandeur mit strahlender Miene auf dem Kai. Er reicht ihm die Hand.

»Das ist es«, sagt er. »Darf ich Sie beglückwünschen?«

Van de Wal kennt das Boot bisher nur aus Prospekten, für die es sehr vorteilhaft fotografiert wurde, und kann seine Enttäuschung kaum verbergen.

»Ich hatte es mir ein bisschen größer vorgestellt«, sagt er.

»Es ist der Beginn eines neuen Zeitalters«, erklärt der Mann von der Herstellerfirma. »Wir sind damit heute Vormittag von Den Helder gekommen und haben es mal ordentlich Fahrt machen lassen, es ist wirklich ein Monster. Die Mariniers sind auch sehr zufrieden damit. Nur haben deren Boote kein Ruderhaus. Aber die Mariniers schreckt ja gar nichts, auch nicht das übelste Wetter.«

Van de Wal nickt. Er holt tief Luft und streckt den Rücken.

»Fahren wir mal ein Stück«, sagt er. Er steigt an Bord und nimmt neben dem Bootsführer Platz. Der Sitz federt ein bisschen hoch, als wären sie schon auf See. Van de Wals Blick wandert über die Anzeigegeräte, Schalter und Monitore. Dann springen die beiden Motoren an, ein dunkles Brummen lässt das Boot erbeben.

Van de Wal nickt. »Klingt gut«, sagt er.

Gezügelt durch die Geschwindigkeitsbegrenzung, legt das Patrouillenboot die paar Kilometer durch den langen Hafenkanal zurück. Auf den ersten fünfhundert Metern redet der Mensch von der Herstellerfirma ununterbrochen, doch dann geht ihm der Stoff aus, und alle an Bord horchen schweigend auf das Brummen, das aus den Tiefen des Bootes aufsteigt. Jedes Mal, wenn der Bootsführer etwas mehr Gas gibt, werden die Insassen in ihre Sitze gedrückt. Und als das Boot in der Hafeneinfahrt in Richtung Außenems kurvt und die Mole am östlichen Ende des Hafenkanals nicht mehr vor ihnen liegt, sondern an Steuerbord vorbeigleitet, kommt die *Bayreuth* in Sicht. Von der hellen Herbstsonne beschienen, liegt sie jetzt mit dem Bug zur Hafeneinfahrt.

»Die Kollegen«, sagt der Bootsführer. »Keine Ahnung, was sie da machen.«

»Gas!«, sagt van de Wal, und während die Motoren zu röhren anfangen, der Bug sich aus dem Wasser hebt und der Kommandeur tiefer in seinen Sitz gedrückt wird, blickt er nach Steuerbord und sieht das deutsche Schiff immer kleiner werden.

Die Geschwindigkeit ist atemberaubend, und wenn der feste Rumpf aufs Wasser aufschlägt, federn die Sitze heftig. Nicht alle finden das angenehm, aber als nach nur zehn Minuten die Piers von Eemshaven in Sicht kommen, ist es schon fast überstanden.

»Fahren wir zurück«, sagt van de Wal. Und dann, als hätte er einen Entschluss gefasst: »Ich würde gern selbst ein Stück fahren, in Ordnung?«

Der Bootsführer zögert.

»Ich habe einen Sportbootführerschein«, sagt van de Wal, und als er sieht, dass der Bootsführer noch nicht weiß, wie er auf dieses höchst ungewöhnliche, vorschriftswidrige Ansinnen reagieren soll, fügt er hinzu: »Ich stamme aus einer Familie von Fischern. Ich kenne diese Gewässer wie meine Westentasche.«

Kurz darauf hat van de Wal am Steuerrad Platz genommen,

und der Bootsführer sitzt angespannt neben ihm. Der Kommandeur steuert das Boot aus dem Fahrwasser hinaus und am Ufer der Sandbank De Hond entlang, das allmählich vom auflaufenden Wasser überspült wird. Dabei wirft er regelmäßig einen Blick auf die Anzeige des Echolots. Die Tiefe beträgt bald nur noch anderthalb Meter, aber van de Wal, der das Gebiet tatsächlich sehr gut zu kennen scheint, hält ausreichend Abstand zur Bank.

»Machen Sie sich keine Sorgen«, sagt er zum Bootsführer. »Immer eine Handbreit Wasser unterm Kiel. Hier …«, er deutet mit dem Kopf nach Steuerbord, »… hat dieser Wattwanderer gelegen.«

Alle blicken zur Seite auf den grauen Schlick der Bank, die sich fast bis zum Seedeich erstreckt. Nichts erinnert an die Tragödie, die sich vor wenigen Tagen hier abgespielt hat, die Gezeiten haben alle Spuren ausgelöscht. Van de Wal nimmt Gas zurück und späht. Das graue Wasser, das von der offenen See in die Außenems strömt, überflutet mit kurzen, schäumenden Wellen den Schlick, Krähen machen sich zwischen den Muschelbänken zu schaffen. Dann gibt er Gas und steuert weg von der Sandbank und ins Fahrwasser zurück. Der Bug hebt sich aus dem Wasser, die Bugwelle bricht sich als kurzlebige Brandung an De Hond und kommt dann zur Ruhe. Van de Wal sieht es im Rückspiegel, nickt und schaut geradeaus.

»Ich fahre bis zur Reede, wenn Sie einverstanden sind«, sagt er, »dann fahren Sie es in den Hafen.«

Der Bootsführer, der gemerkt hat, dass van de Wal tatsächlich mit der Außenems vertraut ist, entspannt sich ein wenig und nickt. Da sie jetzt mit dem Strom fahren, läuft das Boot ruhiger, es schwebt fast über die Wasseroberfläche. Die Motoren brummen gutmütig, die Sonne lässt das Wasser silbrig schimmern.

Dann kommt die *Bayreuth* wieder in Sicht. Van de Wals Miene verfinstert sich, schweigend starrt er voraus, gibt mehr Gas.

»Verflucht noch mal«, sagt er.

»Warum liegt sie da?«, fragt der Bootsführer. »Eine Übung? Mit uns?«

Van de Wal schüttelt den Kopf.

»Ich übernehme jetzt wieder«, sagt der Bootsführer, »Sie können hier die PS2 ansteuern, die Tonne da drüben, sehen Sie?«

Doch van de Wal verringert die Geschwindigkeit nicht und steuert nicht die Tonne an. Er fährt geradewegs auf das deutsche Schiff zu.

»Henk, Gas weg«, sagt der Bootsführer etwas lauter.

»Sie liegen in niederländischen Gewässern«, sagt van de Wal. »Ich habe das Recht, ich habe die Pflicht …«

»Sofort Gas weg, Henk!« Der Bootsführer packt den Gashebel und zieht ihn zurück. Die Motoren verstummen fast, der Bug senkt sich, aber van de Wal stößt den Hebel wieder nach vorn, und das Boot vollführt einen Sprung, genau auf den Bug der *Bayreuth* zu. Der Brigadekommandeur, überrascht von der Kraft, die er entfesselt hat, gerät in Panik und dreht hektisch am Steuerrad, um der *Bayreuth* noch auszuweichen, doch es ist zu spät. Beängstigend stark nach Backbord krängend, prallt das Boot an Steuerbord in voller Fahrt seitlich gegen den Bug des deutschen Patrouillenschiffs. Die Insassen des Ruderhauses schreien auf, sie werden aus ihren Sitzen geschleudert, und mit einem tiefen, flatternden Seufzen entweicht die Luft aus der zerfetzten Kammer des Luftschlauchs an Steuerbord.

Einen Augenblick bleiben die Insassen, kreuz und quer im Ruderhaus verteilt, still liegen. Sobald aber erkennbar ist, dass das Boot zur Ruhe kommt und kein weiterer Stoß folgt, rappeln sich alle auf. Van de Wal wankt aus dem Ruderhaus nach achtern. Er ist am Kopf verletzt, Blut rinnt ihm über die Wange. Er sucht mit der Hand Halt am Ruderhaus und beugt sich über Bord, weil er das Gefühl hat, sich übergeben zu müssen. Doch ihm wird schwindelig, er hat Angst, über den beschädigten Wulst ins Wasser zu fallen, und richtet sich wieder auf. Erst jetzt wird ihm bewusst, dass sein Boot seitlich die *Bayreuth* berührt. Über ihm erhebt sich der blaue Rumpf des Schiffs steil und unversehrt zu den strahlend weißen Aufbauten hinauf. Van de Wal legt den Kopf in den Nacken und sieht hoch über sich eine Reihe von deutschen Bundespolizisten in Uniform, die von der Reling her schweigend auf ihn hinunterblicken.

Von: Liewe Cupido
An: Jan-Arend Stoet
30.09.15  11:30
Betreff: Dringende Bitte

Sehr geehrter Herr Dr. Stoet, lieber Jan-Arend,

vielleicht können Sie sich an mich erinnern, ich bin der Sohn Ihrer pensionierten Kollegin Dr. Anna Uelsen, wir haben bei ihrem Abschied vom NIOZ miteinander gesprochen. Ich bin der deutsche Polizeibeamte.
Ich erinnere mich, dass Sie als Meeresgeologe unter anderem Sand- und Tonpartikel auf dem Meeresboden erforschen. Sie

erwähnten damals, dass alle Partikel, so klein sie auch sein mögen, je nach ihrem Herkunftsort besondere Merkmale haben, die sie praktisch wie durch eine Unterschrift oder einen Fingerabdruck identifizierbar machen. Wenn ich mich recht erinnere, haben Sie gesagt, dass die geologischen Fingerabdrücke der Kleinteilchen, die von Natur aus im Watt vorkommen, für Sie nach jahrelanger Forschungsarbeit kaum noch Überraschungen bereithalten.

Aus Gründen, die ich Ihnen bei Gelegenheit gern erläutern möchte, bitte ich Sie auf diesem informellen Weg dringend um Informationen zur Herkunft einer kleinen Probe von Ton- und Sandpartikeln. Sie stammen aus dem Ohr eines ums Leben gekommenen Wattwanderers, der auf einer Sandbank in der Außenems gefunden worden ist. Ich habe die Probe bereits zu Ihnen auf den Weg gebracht, und zwar per Kurier, der die Anweisung hat, sie nur Ihnen persönlich auszuhändigen.

Es würde mich sehr freuen, wenn Sie bereit wären, die Probe zeitnah zu untersuchen. Es wäre wichtig zu erfahren, ob es sich ausschließlich um Sedimente aus der Außenems handelt oder ob zumindest ein Teil davon anderer Herkunft ist. Ich darf Ihnen versichern, dass das Ergebnis Ihrer Untersuchung von außerordentlich großer Bedeutung ist.

Mit sehr herzlichen Grüßen, hochachtungsvoll
Liewe Cupido-Uelsen

Von: Jan-Arend Stoet
An: Liewe Cupido
30.09.15  13:04
Betreff: Re: Dringende Bitte

Hallo Liewe,

natürlich erinnere ich mich an dich. Wir haben uns ja damals ziemlich lange über die neuen Methoden meines Fachgebiets und ihren möglichen Nutzen für die Forensik unterhalten.
Deiner Mutter begegne ich manchmal im Supermarkt. Sie ist so schweigsam und liebenswürdig wie immer. In der Zeit der Kirschblüte machen viele Insulaner einen Umweg an ihrem Garten vorbei, wusstest du das? Ganz außergewöhnlich.
Die Probe, die du mir geschickt hast, habe ich noch nicht erhalten, aber bestimmt kommt sie im Lauf des Nachmittags an. Das ist eine etwas makabre, aber gleichzeitig auch faszinierende Sache. Ehrlich gesagt kann ich es kaum erwarten, dir zu helfen. Zufällig ist gerade heute Abend das Labor einige Zeit frei, deshalb werde ich mich noch heute mit der Probe beschäftigen, gleich nach Feierabend.
Sollte sie Sedimente anderer geologischer Provenienz enthalten als die des pleistozänen Eridanus, die im Norden beider Länder anzutreffen sind, werde ich das bestimmt feststellen können (allein schon anhand der Farbe).
Neben mineralogischen Methoden können etwas kompliziertere Messungen zum Beispiel von radiogenen Isotopen (Sr, Nd, Hf) kleinere Unterschiede zwischen den verschiedenen Systemen in Nordwesteuropa sichtbar machen.
Sollte ich auf etwas stoßen, dessen Herkunft ich nicht bestimmen kann, könnte ich immer noch einen Kollegen in England um Hilfe

bitte, der seit einiger Zeit neben seiner Arbeit an der Universität noch eine kleine Firma für forensische Untersuchungen hat. Ich melde mich, sobald ich mehr weiß.

Herzliche Grüße
Jan-Arend

## 38

In gedrückter Stimmung verlässt Liewe Delfzijl. Er hätte sich gern ein bisschen länger mit Hedda Lutz unterhalten, sie nach dem Verhalten ihres Mannes gefragt, bevor er zu diesem Wattabenteuer aufbrach, nach ihrem letzten Gespräch. Aber sie hätte dann schnell gemerkt, dass er nicht der Holländer war, als der er sich ausgab. Das musste also warten – wenn es denn jemals dazu kam.

Unterwegs spielt er nochmals seine Aufnahme des Gesprächs mit Lattewitz ab. Er hört genau hin, wenn Lattewitz zögert, versucht sich auf das zu konzentrieren, was er nicht sagt. Nichts mehr über die angebliche Erscheinung zum Beispiel. Bei der Frage nach Klaus Smyrnas letzten Äußerungen zögert er. Auf einige Fragen antwortet er nicht, genau wie bei seiner Vernehmung auf Borkum, wie auf dem Leuchtturm, wie auf der Fähre.

»Achten Sie auf die Momente des Schweigens«, hat Mathilde Wachter bei den ersten Ermittlungen gesagt, an denen er nach seiner Ausbildung teilnahm. »Da finden Sie die Antworten.«

»Ich weiß alles über Schweigen«, hat er geantwortet, aber erst nach einiger Zeit.

Sie war seine Mentorin; eine kleine, gesprächige Frau aus dem Hunsrück, heiser vom Rauchen, Wachsmantel um die schmalen Schultern, furchtlos, jahrzehntelang Ermittlerin in Trier. Als sie im vergangenen Jahr kurz vor ihrer Pensionierung an Lungenkrebs starb, hat ihn Gott sei Dank niemand gebeten, bei ihrer Beerdigung zu sprechen.

An der Grenze sind die Kontrollen wieder aufgehoben worden. Beim Bundespolizeirevier Bunde parkt er seinen Wagen und fragt nach Xander Rimbach. Der ist anwesend, Liewe kann gleich zu ihm.

Der junge Polizeibeamte sitzt an seinem Schreibtisch und sieht unglücklich aus. Als Liewe näher kommt, blickt er auf wie aus einem Traum erwacht. Er steht auf.

»Ich habe Sie gestern mit diesem Wattwanderer im Wagen gesehen«, sagt er mit gedämpfter Stimme, »und ich habe seinen Rucksack gesehen, und, ähm ... können wir vielleicht kurz rausgehen?« Er schaut auf die Wanduhr über der Tür.

Liewe nickt. »Ich brauche Ihren Kollegen einen Moment«, sagt er zum Dienststellenleiter und legt Xander väterlich die Hand auf die Schulter, während er sich dem Ausgang zuwendet.

Draußen angekommen, lebt Xander Rimbach auf. »Ich möchte Ihnen etwas zeigen«, sagt er und geht schnell in Richtung Parkplatz. »Hier gegenüber, bei der niederländischen Tankstelle, habe ich am Montag in einem Container einen Rucksack gefunden, der genauso aussieht wie der von dem Mann in Ihrem Auto. Ich habe von der Sache gehört und dachte: Vielleicht können Sie hiermit etwas anfangen.« Er zögert. »Aber vielleicht ja auch nicht ...«

Er öffnet die Heckklappe eines kleinen Autos und schiebt ein Paar Stiefel zur Seite. Im Kofferraum liegt der Rucksack, den er vor zwei Tagen während der Mittagspause von der Tankstelle mitgenommen und in seinen Wagen gelegt hat. »Ich habe das meinem Vorgesetzten nicht gemeldet, ich wusste nicht, was er dazu sagen würde, dass ich in der Mittagspause Müllcontainer durchwühle.«

»Haben Sie gesehen, wer ihn in den Container geworfen hat?«

»Ein kleiner weißer Wagen fuhr auf die Autobahn, aber er war schon so weit weg, dass man nicht viel erkennen konnte.«

»Deutsches Kennzeichen?«

Xander Rimbach zuckt mit den Schultern. »Tut mir leid«, sagt er.

»War das Nummernschild gelb oder weiß?«

»Weiß.«

»Automodell?«

Rimbach zieht eine bedauernde Miene. »Ich bin mir nicht sicher«, sagt er. »Ford vielleicht. Polo. Kia. Ich weiß es nicht.«

Liewe betrachtet den Rucksack, dann schaut er Rimbach an.

»Wenn das der Rucksack eines ertrunkenen Wattwanderers ist«, sagt er, »was fällt Ihnen dann auf?«

»Er ist trocken«, antwortet Rimbach ohne Zögern. Offensichtlich hat er schon darüber nachgedacht.

»Haben Sie ihn geöffnet?«

»Nein.«

»Gute Arbeit«, sagt Liewe.

Xander lächelt unsicher. »Ich langweile mich hier«, sagt er.

»Ich werde Ihren Vorgesetzten fragen, ob ich Sie mir kurz ausleihen darf«, sagt Liewe, und als er Rimbachs Zögern bemerkt: »Oder haben Sie etwas Besseres zu tun?«

## 39

Am Morgen hatte der Rektor des Gymnasiums in Aurich eine Stunde vor Unterrichtsbeginn Peter Lattewitz angerufen, um zu fragen, wie es ihm ginge, und ihm wenn nötig zu raten, sich eine Woche freizunehmen.

Und es war nötig. Der Geografielehrer machte einen zerfahrenen Eindruck. Rektor Günther Kluntje hätte zwar nicht sagen können, was genau ihn beunruhigte, aber Lattewitz war jedenfalls nicht er selbst.

»Du kannst dir ruhig eine Woche freinehmen«, sagte Kluntje. »Damit du wieder zu dir kommst.«

»Ich müsste mich tatsächlich erst einmal wieder sortieren, bevor ich den Schülern gegenübertrete«, sagte Lattewitz. »All das macht mir doch sehr zu schaffen.«

»Das kann ich mir vorstellen«, sagte Kluntje.

»Wirklich?«, fragte Lattewitz. Er klang erstaunt.

»Vielleicht auch nicht«, räumte Kluntje ein. »Entschuldige.«

»Es ist ein bisschen so, als ob man nach Jahrzehnten in das Haus zurückkehrt, in dem man aufgewachsen ist«, sagte Lattewitz, »oder in seine alte Grundschule. Manchmal reicht auch ein bestimmter Geruch, der einen weit zurückversetzt, ins Haus der Großeltern zum Beispiel. Dann taucht plötzlich Vergangenes auf, als läge gar keine Zeit dazwischen.«

Günther Kluntje wusste erst einmal nicht, wie er auf dieses Bekenntnis reagieren sollte. »Natürlich lässt einen so etwas nicht kalt, Peter«, sagte er schließlich. »Konntest du denn ein bisschen schlafen?«

»Das Gedächtnis ist eher thematisch als chronologisch geordnet«, fuhr Lattewitz fort. »Zeitskalen können sich verschieben, ungefähr so wie bei den Rechenschiebern früher, erinnerst du dich? Natürlich wusste ich das schon, aber dass es so heftig sein könnte, dass plötzlich Helen kam, als Klaus Smyrna ging … Verstehst du? Vielleicht muss ich mein Unterrichtsprogramm ändern, aber darüber sprechen wir dann noch.«

»Ist jemand bei dir?«, fragte der Rektor, doch Lattewitz hatte schon aufgelegt.

Gut zwei Stunden hat er im Bus von Aurich nach Manslagt gesessen, am Fenster, schweigend, den Blick auf den Horizont gerichtet. Erst Emden, von dort nach Manslagt, wo er ausgestiegen ist. Die letzten Kilometer vom Dorf zum Nienhof musste er zu Fuß gehen, ringsum kahle Herbstäcker, verlassene Viehweiden. Links in der Ferne der Leuchtturm von Campen hoch über dem flachen Land. Er klappte den Kragen seiner Jacke hoch und schritt kräftig aus.

Beim Nienhof angekommen, sah er Gundula mit einem Eimer aus dem Stall kommen. Sie blieb stehen, als sie ihn bemerkte. Er wich ihrem Blick aus, schüttelte den Kopf, entriegelte seinen Wagen und stieg ein. Beim Wegfahren bog er etwas zu schnell auf die Straße ein und rutschte mit einem Hinterrad ins Gras.

Und jetzt fährt Peter Lattewitz nach Neßmersiel, zu dem kleinen Hafen vor dem Deich, in dem früher Helens und seine Segeljacht lag.

»Bitte lass es«, hatte er an jenem Morgen zu ihr gesagt. Sie standen in der Küche. »Es wird stürmisch, und dieses Seegatt ist gefährlich, du strandest an einer Sandbank oder einem der Leitdämme, du schaffst das nicht allein.«

»Dann komm mit«, sagte sie.

»Ich gehe ins Watt«, sagte er. »Du weißt, das war lange verabredet.«

Klaus Smyrna saß in seinem Wagen vor der Haustür. Er hupte. Die Tide wartete nicht.

»Peter, wir müssen jetzt etwas zusammen unternehmen. Ich muss wissen, dass wir auch wieder gemeinsam Dinge tun können, du darfst mich jetzt nicht allein lassen. Du verlangst ziemlich viel von mir, und jetzt verlange ich einmal etwas von dir.«

Smyrna hupte wieder.

»Nicht bei diesem Wetter, ein anderes Mal, bald, das verspreche ich dir.«

»Wenn du jetzt ins Watt gehst, wenn er dich jetzt wieder mitnimmt, dann …«

»Was, was dann, Helen?«

»Dann hat er alles zerstört.«

Sie lehnte sich an die Arbeitsplatte. Die Katze strich mit erhobenem Schwanz an ihren Beinen entlang. Helen hatte Tränen in den Augen. Plötzlich fegte sie eine Milchflasche vom Frühstückstisch, sie zersprang auf den Fliesen.

»Nun stell dich doch nicht so an«, sagte Lattewitz. »Ich habe etwas vor, mit Klaus, ja, mit Klaus. Ausnahmsweise einmal nicht mit dir.«

»Was mache ich hier eigentlich?«, rief sie ihm nach, als er zur Haustür ging. »Was mache ich in diesem grässlichen Haus?!«

Das war das Letzte.

Peter Lattewitz fährt auf der schmalen Straße am Fuß des Seedeichs nach Osten. Er schaut auf die Straße, die vor lauter Schlamm und Schafskot holprig ist. Links die Böschung des Deichs, rechts in regelmäßigen Abständen Bauernhöfe und Ferienhäuser. Vor ihm in der Ferne ein dichter Wald von Windrädern.

Bei Neßmersiel überquert er den Deich in Richtung des Anlegers der Fähre nach Baltrum. In der künstlichen Fahrrinne, die von der Tidenschleuse zum Watt führt, liegen Seite an Seite Boote und Jachten. An der Stelle, an der früher ihre Plattbodenjacht lag, liegt jetzt die *Argo*, ein schäbiges Kajütboot, schlampig aufgehängte Vorhänge, ein Bart aus Algen an der Wasserlinie. Lattewitz fährt im Schritttempo daran vorbei, späht in die anderen Boote, lenkt den Wagen dann auf den Parkplatz. Der ist fast leer, die Saison ist vorbei, die Fähre nach Baltrum abgefahren, niemand zu sehen. Er steigt aus und geht zum Ende der Pier, den Blick auf das Seegatt zwischen Baltrum und Norderney gerichtet, wo Helen verunglückt ist. Es ist Hochwasser, der Leitdamm ist überflutet, nur die Dalben ragen aus dem Wasser, eine schnurgerade Reihe neben dem Fahrwasser.

»Ich war verabredet«, sagt er zum Horizont, »wir wollten ins Watt, Klaus und ich. Das wusstest du doch. Und ich habe gesagt, du sollst es nicht tun, du kannst es nicht allein. Warum hast du es trotzdem getan, was war denn so schlimm an dem Leben mit mir?«

Er fasst mit einer Hand an eine Dalbe und legt die andere auf seinen Kopf. So steht er eine Weile da. »Klaus lebt nicht mehr«, sagt er dann, »und ich hatte Angst wie ein Kind da draußen im Dunkeln, bist du jetzt zufrieden?« Er schüttelt den Kopf. Eine Windbö kräuselt das Wasser. »Du darfst nicht denken, dass du mir nicht fehlst«, sagt er, »denn … Was soll ich denn jetzt machen?«

Sein Telefon klingelt, es ist Aron. Er zögert, nimmt dann aber doch ab. »Jetzt nicht, Aron«, sagt er, »ich bin gerade in einem Gespräch.«

»Mit wem?«, fragt Aron, und als Peter nicht antwortet, wiederholt er seine Frage.

»Mit Helen«, sagt Peter.

Aron schweigt einen Moment, dann fragt er: »Bist du wieder in Neßmersiel?«

»Ja.« Peter glaubt eine Frauenstimme zu hören. »Maria?«, sagt er. Die Stimme verstummt.

»Wir sind auf dem Weg nach Hause«, sagt Aron. »Wir wollten wissen, wie es dir geht.«

»Beschissen«, sagt Peter. »Unruhig, ängstlich, die übliche Scheiße. Aber immerhin klar, wenigstens das.«

»Hast du auf Borkum dein Medikament bekommen?«

»Ja ... ja«, sagt Peter. »Immer wieder bin ich im Watt ... sobald ich die Augen zumache ... heute Nacht ...«

»Hallo?«, ruft Aron. »Peter?«

Wieder die Frauenstimme. »Ich bin noch da«, sagt Peter, und dann: »Ist Helen bei dir? Ist Helen etwa bei *dir*?«

»Sei doch nicht so misstrauisch, Peter, ich höre schon, du bist wieder völlig durch den Wind. Die Stimme ist die von Maria, ich telefoniere per Freisprechanlage. Was war heute Nacht?«

Peter blickt zum Horizont. »Weißt du, wie beängstigend das ist, wenn man im Dunkeln in diesem Netz hängt und hört, wie das Meer sich anschleicht?«

»Ja klar«, sagt Aron.

»Man hält sich an das Rauschen der Brandung weit weg im Hintergrund«, fährt Peter fort, »aber dann kommt das Wasser, und man sieht nichts, und man hat kein Gefühl für Entfernungen, und plötzlich kommt das Wasser aus dem Nichts auf die Sandbank gekrochen, und es flüstert, es ist eine gewaltige Masse von kleinen Tieren, die sich in der Nacht auf dem Boden anschleichen, Tausende, Aron, Tausende, Abertausende kriechende, flüsternde kleine Tierchen, es ist ein Albtraum, und außerdem, egal in welche Richtung man guckt, überall diese Leuchttürme, Schiermonnikoog, Borkum, Norderney, Campen, aber weißt du, was für ein Gedanke einem dann kommt? Dass es keine Leuchttürme sind, sondern Männer, die im Watt nach etwas suchen, mit hin und her schwingenden Laternen in den Händen, das stellt man sich jedenfalls vor, und neben mir Klaus mit seiner ewigen Angst vor dem verdammten Wasser … und alles schien sich mit allem zu vermischen, und dann war Helen da … und …« Lattewitz bricht seinen Monolog ab, als würde ihm etwas einfallen.

»Ist Helen bei euch?«, fragt er.

# 40

Auf halbem Weg nach Manslagt tut es Liewe schon leid, dass er den jungen Kollegen mitgenommen hat. Geradezu überdreht vor Begeisterung, redet Xander Rimbach wie ein Wasserfall. Der Rucksack liegt in einem versiegelten Kunststoffbeutel auf der Rückbank.

Auf der Ortsumgehung Emden macht Liewe dem jungen Mann wortlos deutlich, dass es ihm reicht. Er bremst ab, lenkt den Wagen auf den Standstreifen und hält an. Er dreht sich zu seinem Beifahrer hin, schaut ihn an, bis er aufhört zu reden, und sagt dann: »Wenn du als Ermittler arbeiten willst, musst du lernen, den Mund zu halten. Sehen kannst du schon, das hast du bewiesen, jetzt noch zuhören.«

»Ich …«

»Psst«, unterbricht ihn Liewe. Er zieht die Augenbrauen hoch und sagt: »Hör mal …«

Xander schaut zur Straße hin, doch da ist nichts Besonderes zu sehen. Autos rasen vorbei. »So ist gut«, sagt Liewe und fährt wieder an.

»Entschuldigung«, sagt Xander und holt Luft, um weiterzureden, überlegt es sich aber anders und schweigt.

»Je weniger man sagt, desto mehr erzählt der andere«, erklärt Liewe. »Unbehagen löst die Zunge.«

Sie nähern sich der Ausfahrt in Richtung Krummhörn, verlassen die Autobahn und sind bald darauf zwischen Äckern und Wiesen unterwegs.

»Pass auf«, sagt Liewe. »Es geht um Folgendes: Ein toter Wattwanderer liegt auf einer Sandbank am Rand der Außenems, ziemlich genau westlich des Leuchtturms von Campen. Es ist früh am Morgen. Er liegt nah an der Wasserlinie, das Wasser braucht nur noch ein bisschen höher zu steigen, dann würde es ihn mitnehmen. Es ist Nipptide … Kennst du dich aus mit dem Meer?«

»Ich bin am Neckar aufgewachsen, ich …«

Liewe lässt ihn nicht ausreden. »Der Unterschied zwischen Hoch- und Niedrigwasser ist dann weniger groß«, erklärt er. »Wenn der Mann bei auflaufendem Wasser durch die Außenems getrieben ist, kann er bei ablaufendem Wasser auf der Bank zu liegen gekommen sein, wie ein Plattbodenschiff, das das Fahrwasser verlassen hat. So wie er da gelegen hat, sieht es auf den ersten Blick auch danach aus, ein am Gürtel befestigtes Seil um ein Bein geschlungen, Kopf in Richtung Norden … Kopf in Richtung Norden …« Liewe denkt einen Moment nach, bevor er weiterspricht. »Aber dann erreicht der Freund, mit dem er im

Watt unterwegs war, Borkum und sagt bei der Polizei aus, dass der Mann viel weiter nördlich, schon in der Nähe von Borkum, in einem Priel vom Ebbstrom mitgerissen und in die Ems abgetrieben wurde. Das würde bedeuten, dass Smyrna – er heißt Klaus Smyrna – gegen den Tidenstrom durch die Außenems getrieben und aus eigener Kraft auf die Sandbank gekrochen wäre.«

Liewe schaut Xander kurz an. »Als ob jemand in den Neckar geschmissen, einen halben Tag später aber irgendwo stromaufwärts am Ufer gefunden wird.«

»Das ist natürlich ausgeschlossen«, stellt Xander fest.

»Der Arzt, der ihn untersucht hat, meint, dass er wahrscheinlich nicht ertrunken ist, weil nur wenig Wasser in der Lunge war. So, als hätte er schon vorher kaum noch Luft bekommen. Das könnte bedeuten, dass er unter akuter Atemnot litt. Er war ein erfahrener Schwimmer. Hat er vielleicht noch gelebt, als er vom Wasser mitgerissen wurde, ist er geschwommen, hat De Hond erreicht, ist auf die Sandbank gekrochen und da gestorben?«

»Ich weiß nicht …«, sagt Xander. »Ist das denkbar?«

»Es gab keine Kriechspuren im Sand, und er lag mit dem Kopf in Richtung Norden … Die Niederländer haben Fotos gemacht. Aber wie dem auch sei, wir haben die Aussage von Peter Lattewitz. Er sagt, dass es in der Nacht passiert ist, kurz vor Niedrigwasser, zwischen sechs und halb sieben, also noch im Dunkeln, dass Smyrna versucht hat, einen Priel zu durchwaten, dass er in Panik geriet, schrie, von der Strömung mitgerissen wurde. Dass er selbst, Lattewitz, das Seil, mit dem er Smyrna sicherte, nicht festhalten konnte. Außerdem hat er angedeutet, dass er seine Frau auf der anderen Seite des Priels gesehen hat, als das Unglück geschah. Aber Lattewitz' Frau ist vor zehn Jahren ertrunken. Sie wurde allerdings nie gefunden. Hat er sie wirklich gesehen?«

»Ich weiß nicht ...«

»Natürlich nicht. Es war dunkel. Menschen, die nachts im Watt sind, sehen manchmal Dinge, die gar nicht zu sehen sind. Das haben Lattewitz und seine beiden Freunde in ihrem Buch selbst eingehend beschrieben, einem Buch übers Wattwandern.«

»Vielleicht war es jemand anders.«

»Das ist eine kluge Überlegung. Das wäre natürlich möglich. Vielleicht aber auch nicht. Sie waren sonst immer zu dritt unterwegs, nur war der Dritte im Bunde diesmal in England. Was übrigens wirklich stimmt.«

»Woher wissen Sie das?«

»Ich habe ihn angerufen.«

»Darf ich etwas sagen?«

»Nein«, antwortet Liewe, »gerade dann, wenn es schwerfällt, den Mund zu halten, muss man genau zuhören.«

»Gut, äh ...«

»Lattewitz sagt nicht die Wahrheit, aber es kann sein, dass er nicht bewusst lügt. Er bringt Wirklichkeit und Fiktion durcheinander, er, ähm ... Wir fahren jetzt nach ...« Liewe starrt auf den Wegweiser, dem sie sich nähern. Er zögert.

»Nach Manslagt geht es hier rechts«, sagt Xander. »Am Wochenende fahre ich manchmal ein bisschen durch die Gegend, ich ...«

»Wir fahren zu dem Café, in dem sich die beiden nach Lattewitz' Angaben getroffen haben, bevor sie losgezogen sind«, unterbricht ihn Liewe.

»Also Nienhof«, sagt Xander. »Ich frühstücke da manchmal.«

»Ach so?« Liewe ist einen Moment mit den Gedanken anderswo.

Der Nienhof mit Hofladen und Café liegt ein Stück außerhalb des Warftdorfes Manslagt, nicht mehr weit vom Seedeich. Im Café ist nicht viel los. Ein paar Radfahrer, den Helm noch auf dem Kopf, essen Apfelkuchen, die Wirtin füllt hinter der Theke irgendwelche Formulare aus. Als Liewe sie anspricht und sich als Beamter der Bundespolizei vorstellt und ausweist, nickt sie ebenso freundlich wie bestimmt in Richtung eines der freien Tische.

»Ich komme gleich zu Ihnen«, verspricht sie.

»Der Apfelkuchen hier ist sehr lecker«, sagt Xander. Er starrt in die Vitrine neben der Theke.

Doch Liewe bestellt weder etwas, noch setzt er sich. Er bleibt reglos stehen, bis die Wirtin wieder aufblickt.

»Kommen Sie nicht zurecht?«, fragt sie.

»Ich würde Ihnen gern ein paar Fragen stellen«, erklärt er. »Zu den Wattwanderern.«

»Peter und Klaus«, sagt sie. Sie legt den Kugelschreiber hin, seufzt und schaut einen Moment durch die kleinen Fenster nach draußen. »Das Auto von Klaus steht noch hier«, sagt sie. »Peter hat seins heute Morgen abgeholt. Er hat keinen Ton gesagt.«

»Lattewitz?«

»Er kam zu Fuß hier an. Ich war gerade auf dem Rückweg vom Pferdestall zum Hauswirtschaftsraum, ich blieb stehen, als er angestampft kam, aber er hat mich nicht mal angesehen, er ging gleich zu seinem Wagen, stieg ein und fuhr weg. Als ob der Teufel hinter ihm her wäre. Meistens kommt er doch kurz rein, um ein bisschen zu schnacken. Deshalb war das schon etwas komisch heute, anders als sonst. Ich dachte: Der hat ja auch was mitgemacht, erst seine Frau und jetzt das.«

»Bevor sie aufgebrochen sind, haben Lattewitz und Smyrna noch hier gesessen?«

Die Wirtin blickt sich im Café um. »Nur ganz kurz«, antwortet sie. »Sie mussten natürlich ihre Rucksäcke holen und diese Stangen, an denen sie bei Hochwasser hängen, die standen hier in der Scheune. Eigentlich schon seit Jahren. Hin und wieder sind Aron und Maria vorbeigekommen und haben nachgesehen, ob noch alles da war und ob vielleicht was ersetzt werden musste. Alles muss jederzeit bereit sein, hat Aron dann gesagt.«

»Maria?«

»Die Frau von Aron Reinhard. Arons Rucksack steht hier noch, glaube ich jedenfalls. Erst vorige Woche waren die beiden hier.«

»Wie wär's, wenn wir uns kurz setzen«, schlägt Liewe vor. Die Wirtin nickt und geht zu einem Tisch neben der Theke.

»Gundula«, sagt sie. »Ich hatte mich noch nicht vorgestellt. Ich musste da etwas ausfüllen, dann bin ich nicht ganz da, Entschuldigung.«

Liewe lächelt sie an und nimmt ihr gegenüber Platz. Xander setzt sich neben ihn.

»Sie kennen die drei also gut«, sagt Liewe zur Wirtin.

»Na ja, gut … Zusammen sind sie nicht oft hier gewesen. Sie kamen einzeln, haben kurz die Rucksäcke kontrolliert und sind dann ein Stück ins Watt raus gegangen. Vor allem Aron … Mit diesem Stab, diesem Gürtel, diesem Hemd … Das war schon ein besonderes Schauspiel. Irgendwie doch ein Angeber, dieser Aron.«

»Und Maria?«

»Ach Gott, nein, Maria nicht. Sie hasst das Watt, das Meer überhaupt, seit, ähm …« Gundula schüttelt den Kopf. »Aron hat ja richtig gefährliche Sachen gemacht«, fährt sie fort, »und sie hat zu mir gesagt: ›Ich will einfach nicht wissen, was er jetzt wieder vorhat. Aber wenn er nach Manslagt fährt, komme ich mit, esse euren leckeren Apfelkuchen und sehe nach, ob die Rucksäcke in Ordnung sind. Damit es nicht meine Schuld ist, wenn ihnen was passiert.‹ Viele kommen wegen des Apfelkuchens her.«

»Wenn ihnen was passiert ... hat sie das so gesagt?«

»Ja, das hat sie mehr als einmal so gesagt, wenn ihnen was passiert, ist es wenigstens nicht meine Schuld.«

»Das war also ein Gedanke, der sie beschäftigt hat.«

»Offensichtlich, ja«, sagt Gundula. »Aber sie selbst hielt sich fern vom Meer. Wenn Aron raus ins Watt ging, hat sie hier noch eine Weile gesessen und gelesen, oder wir haben ein bisschen geplaudert, oder sie ist zu den Pferden gegangen. Und dann fuhr sie weg, ich glaube, nach Greetsiel. Da kommt sie her, oder besser gesagt, da ist sie aufgewachsen. Ganz genau weiß ich es nicht, ich bin auch nur Import, wie sie selbst. Sie ist als Teenager nach Greetsiel gekommen, als ihr Vater da eine Praxis eröffnet hat.«

»Wo haben sie gesessen?« Liewe blickt sich um.

»Aron und Maria? Da.« Sie deutet mit dem Kopf auf den Tisch, an dem eben noch die Radfahrer gesessen haben, unter einem Stallfenster.

»Smyrna und Lattewitz, meine ich.«

»Ach so«, sagt Gundula. Sie denkt nach. »An dem Tag war mehr los«, erklärt sie. »Aber ich würde sagen, sie haben auch an dem Tisch gesessen ... glaube ich ... aber sicher bin ich mir nicht. Es war viel zu tun.«

»Sind sie zusammen reingekommen?«

»Nein«, sagt Gundula. »Klaus war schon eine Weile hier, das weiß ich noch. Er hat mich gefragt, ob ich Peter oder Aron schon gesehen hätte. Ob sie vielleicht in der Scheune wären. Er ging kurz raus und kam dann wieder zurück. Er war ein bisschen aufgeregt. Vielleicht weiß ich deshalb nicht mehr, wo sie gesessen haben. Er ging dauernd raus und rein.«

»Aufgeregt …«

»Vor Freude, meine ich, er freute sich auf das, was sie vorhatten. Er sagte: Es ist so weit, jetzt packen wir's an.«

»Und dann kam Lattewitz.«

»Ja, aber Aron nicht, und ich glaube, darüber haben sie gesprochen. Ich hatte sogar den Eindruck, dass sie sich nicht einig waren, ob sie trotzdem lossollten.«

»Haben sie sich gestritten, als sie dann aufgebrochen sind?«

»Na ja, richtig gute Stimmung herrschte nicht zwischen den beiden. Aber das war ja bei den drei Männern nie anders.«

»Wieso?«

»Ich weiß nicht, sie waren natürlich aufeinander angewiesen, aber sie waren auch Konkurrenten. Als die beiden loszogen, mit den Rucksäcken und Stöcken und langen Stangen, da war es dann anscheinend wieder gut.«

»Wie viel Uhr war es da?«

Gundula zieht die Schultern hoch. »Irgendwann am späteren Nachmittag«, sagt sie.

Liewe lächelt und schaut Xander an, der die ganze Zeit geschwiegen hat. »Möchtest du noch etwas fragen?«

Xander räuspert sich und rutscht nervös auf seinem Stuhl herum. »Ja, ich würde gern noch etwas fragen«, antwortet er. »Sie haben gesagt, dass Maria nie mit ins Watt wollte, und dann haben Sie so ungefähr gesagt, sie hasst das Meer, seit … aber Sie haben den Satz nicht vollendet, und nun frage ich mich: seit wann oder was?«

»Seit Lattewitz' Frau ertrunken ist, natürlich.«

»Maria hat sie gekannt?«

»Ja, aber sicher, sie war doch ihre Schwester!«

»Die Frau von Peter Lattewitz war die Schwester von ...«

»... von Aron Reinhards Frau, ja«, sagt Gundula. »Ich dachte, die Polizei wüsste das.«

Xander schaut Liewe an, der ihm anerkennend zunickt und sich dann wieder an Gundula wendet.

»Waren die beiden sich ähnlich?«, fragt er.

»Helen und Maria?« Gundula denkt nach. »Ich habe Helen nicht oft gesehen, ich war noch nicht lange hier, als der Unfall geschah. Aber hin und wieder haben die beiden hier zusammen draußen an einem Tisch gesessen ... Sie wissen ja, wenn jemand gestorben ist, dann verschwimmt die Erinnerung an diese Person doch ein bisschen, als ob sie wirklich in eine andere Welt verschwunden wäre. Nein, ich würde nicht sagen, dass sie sich besonders ähnlich waren, das nicht. Maria hat ihr Haar ganz anders als Helen, Helen hatte so schöne Locken, und Maria ist auch ein ganzes Stück größer. Sogar größer als Aron. Aber man konnte schon sehen, dass sie Schwestern waren. Ich glaube, sie waren sogar Zwillinge, aber dann ganz sicher zweieiige.«

## 41

Die RV 180 läuft auf dem Wattenhoch südlich von Schiermonnikoog fest und kommt nicht mehr von der Stelle. Geeske, die in ihrer Kajüte zum letzten Mal Evaluierungsgespräche mit den ihr unterstellten Unteroffizieren vorbereitet, erschrickt und steigt zur Brücke hinauf, um nachzusehen, was los ist. Es ist noch nicht Niedrigwasser, die Bänke sind noch überflutet, aber das Wasser läuft ab. Ein Blick auf den GPS-Monitor sagt Geeske, dass das Schiff beinahe rechtwinklig aus dem schmalen Fahrwasser auf die Untiefe gelaufen ist.

»Du sitzt fest, Meeuwis?«

»Einen Moment nicht aufgepasst«, antwortet der Steuermann. »Wir waren offenbar mit den Gedanken woanders.«

»Passt gar nicht zu dir«, sagt Geeske. »Wo ist Jan?«

»Der Käptn ist achtern«, sagt Meeuwis.

»Was machen wir jetzt?«

»Werden auf Hochwasser warten müssen«, antwortet Meeuwis.

»Ich geh nach achtern«, sagt Geeske.

»Ja«, sagt Meeuwis, während er die Motoren ausschaltet. »Tu das.«

»Ich geh mit«, sagt Rob.

»Ich auch«, sagt Meeuwis.

Hinter sich hört Geeske die schweren Stiefel der Männer auf dem Niedergang. Irgendetwas kommt ihr seltsam vor, unten angekommen, dreht sie sich um. »Führt ihr was im Schilde?«, fragt sie.

»Im Schilde?« Rob schaut sie fragend an. Dann deutet er mit dem Kopf an ihr vorbei nach achtern. »Da ist Jan«, sagt er.

Geeske dreht sich wieder um, und tatsächlich, da steht Jan Toxopeus, der Kapitän. Auch er schaut sie merkwürdig an, als ob er auf irgendein Geräusch wartet, dann zeigt er aufs Achterschiff und tritt einen Schritt zur Seite, um ihr Platz zu machen.

»Besuch für dich«, sagt er.

»Oh nein«, sagt Geeske, »bitte, Jungs.«

Aber ihr ist klar, dass ihr nichts anderes übrig bleibt, als weiter nach achtern zu gehen, wo Matrose Gus mit falschem Bart und triefendem Seetang im Haar gerade auf einer außenbords niedergelassenen Leiter dem Wasser entsteigt.

»Mächtiger Neptun, hier ist sie«, sagt der Kapitän. Und alle Anwesenden fangen an zu brüllen und in die Hände zu klatschen.

»Wir sind doch nicht am Äquator«, protestiert Geeske schwach.

»Wenn ich darauf hätte warten müssen«, sagt Neptun, der das Bein über die Reling schwingt, »hätte ich dich nie zu fassen gekriegt.« An Deck angekommen, richtet er sich zu voller Größe auf, einen Stab in der einen und eine Pütz in der anderen Hand.

»Vielleicht mache ich ja eine Kreuzfahrt in die Karibik, wenn man mich jetzt in Pension schickt«, sagt Geeske. »Dann begegnen wir uns doch noch, und das am richtigen Ort.«

»Die Karibik liegt auf der nördlichen Halbkugel, nicht am Äquator«, ruft der Steuermann.

»Dann fahr ich eben nach Australien, du Naseweis.«

»Du und eine Kreuzfahrt?«, fragt Neptun.

Lautes Gelächter ringsum.

»Halte den Meeresgott nicht zum Narren«, sagt Neptun.

»Entschuldige bitte, Neptun«, sagt Geeske. Mittlerweile doch ein bisschen angespannt, stemmt sie die Hände ins Kreuz und blickt sich um.

»Schweig!«, ruft Neptun und stampft mit seinem Stab aufs Deck. »M&M, hör jetzt gut zu. Mir ist zu Ohren gekommen, dass du der Opperwachtmeester der Menschlichkeit und der Möglichkeiten bist. Aber es war dir wohl nicht *möglich*, zu mir zu kommen, und bevor du nun für immer aufs Land verschwindest, will ich doch wissen, ob es *möglich* ist, dir nicht auf *menschliche*, sondern auf *göttliche* Weise Respekt vor dem Meer einzuflößen. Hier im Wattenmeer.«

Die Besatzung johlt.

»Gut, Neptun«, sagt Geeske, »ich will brav sein ... Aber dieses Göttliche, ist das was mit Schlamm?«

Triumphierend hebt Neptun seine Pütz. »Göttlicher Schlamm!«, brüllt er.

»Auf die Knie!«, skandiert die Besatzung.

»Och kommt, Jungs, so schlimm war ich doch gar nicht«, wendet Geeske ein. Sie schaut ihre Kollegen an, dann Neptun, schließlich kniet sie sich langsam hin.

Neptun greift in die Pütz, holt einen Seestern heraus, hält ihn hoch, wirft ihn ins Wasser zurück, nimmt dann eine Handvoll Schlick und bedeckt damit, unerwartet vorsichtig, Geeskes Kopf. Hinter sich hört sie einen Knall. Ein Sektkorken.

Eine Sekunde später summt in einer Innentasche ihrer Uniform ihr Telefon. »Einen Moment, Jungs«, sagt sie, holt das Telefon heraus und blickt sich um. »Hier, Rob, nimmst du ab? Sag einfach, ich unterhalte mich gerade mit Neptun.«

Rob lässt sich das Telefon geben, nimmt den Anruf an und entfernt sich, weil er bei dem Gebrüll und Gelächter nicht hören kann, wer anruft.

Geeske spürt, dass unter dem ohrenbetäubenden Gelächter und Gejohle die Flasche Sekt über ihrem Kopf ausgeleert wird. Schlick und Sekt vermischen sich zu einem bittersüßen Modderstrom, der über Wangen und Nase ihren Mund erreicht. Sie schüttelt wild den Kopf, schützt mit den Händen ihre Augen, und als sie merkt, dass das Gemisch nur noch tröpfelt, steht sie auf und wischt sich die Pampe aus dem Gesicht. Neptun, der nun auch nicht mehr weiß, was er noch sagen soll, schaut sie treudoof an.

»Ist schon okay, Gus«, sagt Geeske beruhigend.

Rob kommt zurück und hält ihr das Telefon hin.

»Der Distriktkommandeur«, sagt er in gedämpftem Ton.

»Für mich?«, fragt sie erstaunt. Sie nimmt das Telefon und zieht sich, noch tropfend, auf die andere Seite des Achterschiffs zurück, um in Ruhe sprechen zu können.

Rob schaut die anderen an, zuckt mit den Schultern und geht zu Gus, der fröstelnd mit nackten Füßen an Deck steht.

»Ich würd mich umziehen«, sagt er und nimmt ihm den Stab ab. Es ist ein mannshoher hölzerner Stock. An einem Ende hat er eine Bohrung mit einem verknoteten Seil als Handschlaufe darin, am anderen einen Metallring, wahrscheinlich aus Messing.

»Das ist aber kein Dreizack, Neptun«, sagt Rob.

»Hatten wir nicht«, erwidert Gus. »Ich hatte erst nur einen Besen. Aber Neptun mit Besen, das sah bescheuert aus, und der Stock hier trieb gerade im Wasser, da hab ich den rausgefischt. Fand ich passender.«

»Im Wasser …«, sagt Rob. Er dreht den Stock in der Hand, betrachtet ihn genau. »Weißt du, was das ist?«, sagt er dann. »Das ist ein Peilstock, von einem Wattwanderer.«

»Tja, Neptun, jetzt warst du doch noch zu früh dran«, sagt Geeske, die das Telefongespräch beendet hat und zu den anderen zurückkehrt. »Van de Wal ist beurlaubt worden, und ich muss als seine Vertreterin nach Delfzijl, bis entschieden ist, ob und wann er zurückkommt.«

## 42

Lode Föhrmann ist an Bord, als Liewe und Xander bei der *GRE 42* ankommen. Liewe hat den Hafenmeister angerufen und nach dem Namen und Liegeplatz des Kutters gefragt, der dem Malerfischer gehört.

»Ist er heute ausgelaufen?«, fragte Liewe.

»Nein, er ist hier«, sagte der Hafenmeister. »Geht es darum, dass er jemanden an Bord genommen haben soll?«

»Jemanden an Bord genommen ...«, sagte Liewe und warf Xander einen Blick zu.

»Außer ihm war niemand an Bord«, erklärte der Hafenmeister. »Ich war doch dabei, als er angelegt hat. Lode war allein.«

»Verstehe«, sagte Liewe und schwieg.

»Wahrscheinlich hat die Schleuse euch angerufen?«, fuhr der Hafenmeister fort.

»Leysiel«, sagte Liewe.

»Hab ich mir gedacht«, sagte der Hafenmeister. »Die Schleuse redet viel.«

»Wir sind da«, sagte Liewe. »Vielen Dank.«

Und nun stehen sie vor der *GRE 42*. Lode Föhrmann schaut auf und tunkt den Wischer, mit dem er das Deck schrubbt, langsam in den Eimer.

»Föhrmann?« Liewe lässt den Blick langsam über den ganzen Kutter wandern, er kann der Versuchung nicht widerstehen.

Lode Föhrmann sieht Xanders Uniform und dann, wie Liewe sein Schiff mustert.

»Sie war letztes Jahr erst im Dock.«

»Ist also weiterhin versichert«, sagt Liewe.

»Ich fische nicht mehr«, antwortet Föhrmann.

»Wir kommen kurz an Bord«, sagt Liewe. »Es geht um etwas anderes.«

Föhrmann zuckt mit den Schultern. »Kann Sie wohl nicht dran hindern«, sagt er.

Liewe und Xander steigen vom Kai an Deck, der Fischer geht vor ihnen her ins Ruderhaus und von dort einen steilen Niedergang hinunter in eine enge Kajüte mit einem kleinen Tisch. Darauf liegen Aquarelle von Memmert. Neben dem Tisch steht die Staffelei.

Xander betrachtet mit glänzenden Augen die Bilder. »Haben Sie die gemalt?«

»Ich leg sie mal weg«, sagt Föhrmann.

»Darf ich sie mir ansehen?«

»Sie können sie alle haben«, sagt Föhrmann. Er lädt Liewe mit einer Geste ein, sich hinzusetzen, und nimmt selbst am Tisch Platz.

»Aquarelle«, sagt Liewe.

»Man muss schnell sein, nicht wahr? Man sieht einen Moment nicht richtig hin, und schon ist es weg.«

»Verstehe«, sagt Liewe.

»Hab noch genug Leben in mir.« Föhrmann klopft sich mit der Faust auf die Brust. »Noch bin ich nicht tot.«

»Sie waren in der Nacht von Sonntag auf Montag im Watt.«

Der Fischer schaut Liewe an, ohne zu antworten. Liewe sieht sich um.

»Der Hafenmeister sagt, Sie waren allein.«

»Sie sind alle gleich«, sagt Xander verwundert. Er hält den Stapel Bilder in der Hand. Liewe und Föhrmann blicken zu ihm hin. Xander zieht den Kopf ein wenig zwischen die Schultern und blättert weiter.

»Sie wissen offenbar schon alles«, sagt Föhrmann zu Liewe, »ich muss gar nichts mehr sagen.«

Liewe lächelt. »In der fraglichen Nacht ist ein Wattwanderer ertrunken.«

»Sind Sie von der niederländischen Polizei?«

»Ich bin Deutscher, aufgewachsen auf Texel«, antwortet Liewe. »Mein Vater hatte die *TX 9*.«

»So?« Föhrmann richtet sich ein wenig auf. »Wir haben mal eine Weile die *TX 6* gechartert«, sagt er.

»Die ist später nach Yerseke gekommen«, erwidert Liewe.

»Soso, die *TX 9*, ja?«

»Jan Cupido.«

Föhrmann schüttelt den Kopf. »Cupido«, sagt er. »Das Unglück damals.«

Liewe kratzt sich einen Moment den Kopf. »Wo malen Sie normalerweise?«

»Auf dem Kopersand.« Föhrmann zeigt nach Norden.

»Östlich der Osterems, stimmt's? Sie lassen ihr Schiff trockenfallen?«

Föhrmann nickt.

»Haben Sie die Wattwanderer gesehen?«

»Wie, vom Kopersand aus? Ich brauch doch dem Sohn eines Fischers nicht erklären, dass der zu weit weg ist, um von da aus was zu sehen.«

»Das hab ich nicht gefragt, Lode.«

»Als ich auslief, hab ich sie noch gesehen. Eine knappe Stunde vor Sonnenuntergang, sehr weit weg. Die beiden stapften auf dem Wattenhoch rum. Es war auflaufendes Wasser, es reichte gerade eben, um an Memmert ranzukommen. Ostwind, verstehen Sie?«

»Waren Sie allein?«

Föhrmann schüttelt den Kopf. »Sie haben wohl mit der Schleuse gesprochen?«

Liewe antwortet nicht.

»Der Hafenmeister war dabei, als ich angelegt habe, er kann bezeugen, dass ich allein war.«

»Sind Sie ein gläubiger Mann, Lode?«

Föhrmann lacht auf. »Ich glaube an Diesel und Krabben«, sagt er. »Und wenn es stürmt, kann es vorkommen, dass ich bete.«

»Welches haben Sie in der fraglichen Nacht gemalt?« Xander hält eins der Aquarelle hoch. Föhrmann betrachtet es kurz. »Nein, das hier«, sagt er und zeigt auf das Aquarell, das auf Xanders Schoß liegt. »Nehmen Sie den ganzen Mist einfach mit.«

Als sie kurz darauf wieder beim Auto ankommen, legt Xander den Stapel Bilder auf die Motorhaube. »Ich möchte Ihnen was zeigen.« Langsam geht er die Aquarelle durch, legt eins nach dem anderen neben dem Stapel ab. Immer die Insel Memmert, immer gleich. »Das hier …«, sagt Xander, »das hat er in der Nacht von Sonntag auf Montag gemalt. Fällt Ihnen was auf?«

»Auch Memmert«, sagt Liewe.

»Aber aus einer etwas anderen Richtung, sehen Sie?«

»Ach …« Liewe schaut genauer hin.

»Ich hab das falsche Bild hochgehalten, als ich ihn fragte, welches er in der betreffenden Nacht gemalt hat, und er hat auf dieses gezeigt. Sie waren ja dabei.«

Liewe und Xander beugen sich über die Abbildung und vergleichen sie mit den anderen.

»Diese Düne«, sagt Liewe, »das ist dieselbe wie auf dem Bild hier. Als ob er in dieser Nacht ein Stück weiter nach Westen gefahren wäre.«

»Die Düne ist nach rechts verschoben«, sagt Xander.

»Stimmt, und das bedeutet, dass er weiter westlich gelegen hat als sonst«, sagt Liewe. »Moment ...« Er geht zum Heck des Wagens, öffnet den Kofferraum, holt eine Seekarte heraus, faltet sie im Gehen auseinander und breitet sie auf der Motorhaube aus.

»Hier, das ist der Kopersand, von dem er gesprochen hat. Vermutlich lässt er den Kutter normalerweise hier trockenfallen, oder hier ungefähr ... Diesmal war er weiter westlich, aber anscheinend etwa so weit von Memmert entfernt wie sonst. Wenn man um einen Punkt ungefähr in der Mitte von Memmert einen Kreis zieht, von hier in Richtung Westen, dann ist die erste Stelle, die sich zum Trockenfallen anbietet ... hier landet man erst mitten im Fahrwasser, da kann man nicht ankern, er musste das Fahrwasser queren, und dann war er ...« Liewes Finger gleitet über die Seekarte von der Osterems zum Randzelwatt östlich von Borkum, »... Dann muss er irgendwo hier gelegen haben, vielleicht bei Lütje Hörn, der kleinen Insel, siehst du? Nicht viel mehr als eine sichelförmige, bewachsene Sandbank, aber sie könnte den Kutter doch verdeckt haben.«

»Dann war er im selben Teil des Watts wie die Wattwanderer.«

»Ein paar Kilometer entfernt, aber auf derselben Untiefe, ja.«

»Also hat er gelogen«, sagt Xander.

»Er hat nicht gelogen«, korrigiert Liewe, »er hat nur nicht die Wahrheit gesagt. Im Grunde hat er nichts gesagt.«

»Aber Sie nehmen doch nicht an, dass er irgendwas mit den Wattwanderern zu tun hat?«

Liewe schüttelt den Kopf. »Föhrmann selbst nicht. Aber die zweite Person an Bord.«

»Also doch? Wer denn?«

»Helen«, sagt Liewe.

»Und wer ist Helen in Wirklichkeit?«, fragt Xander.

»Genau das müssen wir herausfinden«, antwortet Liewe.

## 43

Der Tod von Klaus Smyrna ist das dritte Thema in der NDR-Sendung *Niedersachsen 18:00*. Zuerst sieht man Luftaufnahmen des Watts, von einem tief fliegenden Hubschrauber aus aufgenommen. Die dünne Schicht Wasser, von der die Bänke noch bedeckt sind, bricht das frühe Sonnenlicht in unzählige Farben. Ein Priel schlängelt sich zum Horizont. In dieser atemberaubenden Szenerie ist eine kleine Gruppe von Wattwanderern unterwegs. Im Wasser unter ihren Füßen spiegelt sich der Himmel, weshalb es so aussieht, als würden sie auf Wolken gehen.

Während die Kommentarstimme daran erinnert, dass das Watt, das auf diesen Bildern so wunderschön und friedlich aussieht, nicht nur ein einzigartiger Naturraum ist, der zahllose Urlauber und Erholungssuchende anlockt, sondern auch tückisch sein kann, erscheint ein Foto der drei Wattführer Klaus Smyrna, Peter Lattewitz und Aron Reinhard, die einen Priel durchwaten. Das Wasser reicht ihnen bis zur Taille. Es folgt ein Zoom auf das Gesicht von Klaus Smyrna, der ernst auf die Wasseroberfläche blickt.

*Klaus Smyrna kannte die Gefahren des Watts wie kein anderer. Den Wattdurchquerungen, die er zusammen mit seinen Freunden unternahm, ging jedes Mal eine Phase sorgfältiger Vorbereitungen voraus. Trotzdem ist ihm das Watt in der Nacht von Sonntag auf Montag zum Verhängnis geworden.*

In der nächsten Einstellung steht der Revierleiter der Inselpolizei Borkum auf dem Tüskendör-Deich. Hinter ihm erstreckt sich das Watt bis zum Horizont. Der Blick seiner hellblauen Augen ist ernst und ein wenig traurig.

*Wir waren hier, als Herr Lattewitz an Land kam. Er hat erklärt, dass Klaus Smyrna in den frühen Morgenstunden, als es noch dunkel war, vom Tidenstrom mitgerissen und davongetragen worden ist.*

Auf die Frage des Reporters, ob es oft vorkomme, dass Menschen im Watt in Notsituationen geraten, antwortet der Polizeibeamte, jeder Unfall sei einer zu viel, er rate Unerfahrenen dringend von unbegleiteten Ausflügen ins Watt ab, sogar diese erfahrenen Wattführer hätten offensichtlich die Risiken unterschätzt. *Das Watt ist eine Wildnis, Urlaubern ist das oft nicht bewusst. Bis es zu spät ist. Und dann ist es fraglich, ob wir ihnen noch helfen können.*

Es folgt eine Aufnahme aus dem Hafen von Delfzijl. Die Reporterin, eine junge Frau in einer Windjacke, steht auf dem Steg, an dem das neue kleine Patrouillenboot der niederländischen Marechaussee festgemacht ist.

*Niederländische Grenzschützer, die Delfzijl gerade zu einer Patrouille im Wattenmeer verlassen hatten, fanden den Leichnam des Opfers auf einer Sandbank in der Außenems vor. Wegen des auflaufenden Wassers waren sie gezwungen, die sterblichen Überreste nach Delfzijl mitzunehmen.*

Während die Reporterin das sagt, zoomt die Kamera auf den Wulst mit der zerfetzten Luftkammer.

*Die Sandbank, auf der Klaus Smyrna angespült wurde, heißt De Hond. Sie liegt in einem umstrittenen Gebiet. Die Niederlande zählen sie zu ihrem Territorium, während die Staatsanwaltschaft in Aurich die Ansicht vertritt, dass der Tote auf deutschem Hoheitsgebiet gefunden wurde, und die niederländischen Behörden deshalb um die Herausgabe des Leichnams ersucht hat.*

In der nächsten Einstellung spricht die Reporterin auf dem Rasen vor dem Eingang des Delfzicht-Krankenhauses in die Kamera. Im Hintergrund steigt eine uniformierte Frau in einen Polizeiwagen und fährt weg. *Dass es dazu möglicherweise nicht ohne*

*Weiteres kommen wird, hängt damit zusammen, dass die niederländische Staatsanwaltschaft bereits Ermittlungen zum Hergang des Unglücks eingeleitet hat. Hier, im Krankenhaus von Delfzijl, befinden sich die sterblichen Überreste von Klaus Smyrna. Neben mir steht die Ehefrau des verunglückten Wattführers.* Die Kamera zoomt zurück, die Reporterin dreht sich halb zur nun ins Bild kommenden Hedda Lutz hin, die sie zornig und unglücklich anschaut. Auf die Frage, was sie dazu sage, dass ihr verstorbener Mann in den Niederlanden festgehalten werde, antwortet sie mühsam beherrscht, die niederländischen Behörden hätten kein Recht, ihren Klaus in Delfzijl zu behalten. *Ich verstehe nicht, was die Niederländer damit beweisen wollen. Oder wollen sie einen alten Grenzkonflikt wiederaufleben lassen, von dem nie jemand gehört hat und der niemanden auch nur im Geringsten interessiert? Ich bleibe hier, bis ich meinen Mann mit nach Hause nehmen kann. Wenn es sein muss, werde ich die deutsche Botschaft einschalten. Klaus muss endlich nach Hause.*

Die Reporterin wendet sich wieder der Kamera zu, die sie heranzoomt, sodass Hedda Lutz, die nun Tränen in den Augen hat, langsam aus dem Bild verschwindet. *Morgen wird ein Rechtsmediziner aus Aurich hier im Krankenhaus von Delfzijl den Leichnam Klaus Smyrnas untersuchen. Auf der Grundlage der Ergebnisse der Autopsie wird die Staatsanwaltschaft in Aurich beurteilen, ob Gründe für die Einleitung strafrechtlicher Ermittlungen vorliegen.*

## 44

Um zum Parkplatz am Bundespolizeirevier Bunde zu kommen, muss Liewe ein kleines Stück durch niederländisches Gebiet fahren, dann bei Bad Nieuweschans umdrehen und nach Deutschland zurückkehren. Aber zuerst fährt er kurz hinter der Grenze bei der Tankstelle Poort van Groningen von der Autobahn ab, um mit eigenen Augen zu sehen, wo der Container steht, in dem Xander den Rucksack gefunden hat.

Der Container ist inzwischen geleert worden. Auch die Umgebung sieht aufgeräumt und sauber aus.

An einem Laternenmast hängt eine Überwachungskamera, die zwar nicht auf den Container gerichtet ist, aber auf die Straße, auf der die Autos wieder zur Autobahn fahren.

Auch bei den Zapfsäulen hängen Kameras, doch Xander erinnert sich, dass der Wagen, den er gesehen hat, nicht dort entlang, sondern an den Parkplätzen vorbeigefahren ist.

»Um wie viel Uhr war das?«, fragt Liewe.

»Um die Mittagszeit«, antwortet Xander.

»Genauer«, sagt Liewe.

»Ich musste mich beeilen, damit ich rechtzeitig zurück war«, sagt Xander. »Zwischen zwanzig nach zwölf und halb eins.«

Liewe und Xander gehen vom Container zu den Zapfsäulen und in den Tankstellenshop. Liewe kauft ein Käsebrötchen und bezahlt auch Xanders Krokettenbrötchen. Über der Kasse hängen die Monitore, die zu den Überwachungskameras gehören. Eine ist auf die Zufahrt zur Tankstelle gerichtet, aber im Hintergrund sind auch die Autos zu sehen, die gleich zu den Parkplätzen fahren. Leider nicht sehr scharf.

»Ich werde die Kollegin von der Marechaussee in Delfzijl fragen, ob wir die Aufnahmen haben können«, sagt Liewe, als sie zum Wagen zurückgehen. Sie fahren wieder auf die Autobahn, kehren bei der Ausfahrt Nieuweschans um und nehmen gleich danach die Ausfahrt zum Bundespolizeirevier. Liewe parkt seinen Wagen neben dem von Xander. Auf Liewes Rückbank liegen in Kunststoffbeuteln die beiden Rucksäcke: Arons Rucksack, den sie aus der Scheune des Nienhofs mitgenommen haben, und der Rucksack aus dem Container der Tankstelle.

»Wir werden sie vergleichen«, sagt Liewe. Er schaut sich um.

»Wir können in den Kontrollraum.« Xander zeigt auf ein niedriges Gebäude. »Es ist ja nicht viel los jetzt.« Kurz danach haben sie die Rucksäcke auf zwei nebeneinanderstehende Tische gelegt. Auf das aufgenähte Label von Arons Rucksack ist mit einem Stift ein A gemalt, auf dem des anderen steht, allerdings ein wenig verlaufen, ein K, das ohne Zweifel für »Klaus« steht.

Sie ziehen Handschuhe an, öffnen die Rucksäcke und verteilen den Inhalt auf den Tischen. Die Kleidung, die Xander aus Arons Rucksack holt, entspricht zum Teil der, die Klaus anhatte, als er gefunden wurde. Es sind Surfstiefel, Neopren-Socken, eine lange elastische Laufhose, mehrere Thermohemden, eine Windstopper-Jacke, Handschuhe, eine Mütze. Im Rucksack aus dem Container entsprechen nur ein Paar Handschuhe, eine Mütze und ein Thermohemd der Ausrüstung von Aron. Außerdem findet Liewe die Sachen, die Klaus in der Scheune des Nienhofs ausgezogen, zusammengefaltet und in den Rucksack gesteckt hat: einen Jogginganzug, dicke, weiche Socken, eine Fleece-Weste mit Kapuze. Liewe schichtet die Kleidung zu einem kleinen Stapel auf, findet ein weiches Handtuch, legt es auf die anderen Sachen und muss dann erst einmal seinen ganzen Mut zusammennehmen, bevor er weitermacht.

Dieser Moment kommt früher oder später bei jedem Fall: Plötzlich überwältigt ihn eine tiefe Traurigkeit, die einen Ausweg sucht. Obwohl er sich einigermaßen zu kennen glaubt, kann er es nie vorhersehen, wahrscheinlich, weil es immer im Zusammenhang mit scheinbar Nebensächlichem geschieht. Das erste Mal wurde er von diesem Gefühl überfallen, als er bei Ermittlungen zum Verschwinden einer Studentin eine Brotdose mit einer Mandarine fand, in einem Wald bei Trier. Vor allem die Mandarine war schlimm. Jahrzehnte liegt das nun zurück, doch jetzt, hier unter den Leuchtstoffröhren in einem Kontrollraum an der Autobahn bei Bunde, empfindet er beim Anblick eines sorgfältig zusammengefalteten Handtuchs genau das Gleiche. Nie verwirklichte Pläne, zerstörte Normalität, Vergeblichkeit.

Er dreht den Kopf von Xander weg und denkt an Mathilde Wachter, die Grande Dame aus Trier, und wie sie ihm klarmachen wollte, dass dieses Gefühl etwas Positives sei.

»Du meinst, du müsstest dich am Riemen reißen, wie richtige Männer das nun mal tun«, sagte sie, »aber das ist nicht nur unnötig, es ist auch unklug. Alles ist von Bedeutung, auch diese Mandarine. Stell dir die Frage: Warum passiert das jetzt, bei wem siehst du diese Traurigkeit auch, und, noch wichtiger, bei wem nicht.«

Liewe betrachtet noch einmal den Stapel Kleidung, dieses stille Zeugnis von Plänen und Zukunftserwartungen: weiterzuleben, Erfolge zu feiern, zu triumphieren, aber auch, ganz banal, sich in weiche, warme Kleidung zu hüllen. Er nimmt das Handtuch vom Stapel und faltet es auseinander. Eine Ansichtskarte fällt heraus. Auf der Bildseite das Foto eines jungen Seehunds, der in klarem Wasser auftaucht und den Fotografen ansieht. Auf der anderen Seite steht in eiliger Handschrift: *Trockne dich gut ab, lieber kleiner Seehund, und komm zurück zu deinen Fischen, xxx.*

Liewe zeigt Xander die Karte. »Hedda«, sagt er.
Xander schaut auf die Karte, dann in Liewes Augen.

Der übrige Inhalt der beiden Rucksäcke ist zum großen Teil gleich: eine Rettungsdecke, eine Trillerpfeife, ein kleiner Verbandskasten, Seenotfackeln, ein Netz – bei Aron neu, bei Klaus gebraucht, noch feucht, mit Schlickspuren auf einer Seite – und zwei kleine Wasserflaschen. Arons Rucksack enthält außerdem einen Gürtel, ein Messer in einer Scheide, eine Kopflampe und ein Seil. In beiden Rucksäcken finden sie Energieriegel, bei Aron zwei Stück in graugrüner, bei Klaus ebenfalls zwei in silberfarbener Folie, einer davon angebrochen.

»Sieh mal nach den Zutaten«, sagt Liewe. »Kannst du das entziffern?«

Xander nimmt einen von Arons Riegeln und liest vor: »Weizenmehl, pflanzliche Fette, Rosinen, Haselnüsse, Erdnüsse, Tapiokamehl, Gewürzmischung, Salz, Ammoniumbicarbonat. Enthält Gluten!«

Liewe nimmt den Riegel in die Hand, legt ihn auf Arons Tisch zurück und reicht Xander einen von Klaus' Riegeln. Die silberne Folie reflektiert das Lampenlicht. Xander entfernt sich vom Tisch, bis der Lichteinfall günstiger ist, und liest: »Weizenmehl, Zucker, Palmfett, Glukosesirup, Salz, Backpulver, Aromen, Emulgator, Sojalecithin. Kann Spuren von Milch, Haselnüssen, Mandeln, Pistazien und Ei enthalten.«

»Spuren«, sagt Liewe.

»Ist der jetzt angebrochen?«, fragt sich Xander. Er dreht den Riegel im Licht. »Nein«, sagt er, »ich glaube, doch nicht.«

»Von dem hier hat er gegessen«, sagt Liewe. Er zeigt auf den angebrochenen Riegel, der noch auf dem Tisch liegt.

»An diesem hat er aber auch herumgepult«, sagt Xander.

»Vielleicht hat er ihn nicht aufgekriegt und deshalb den anderen genommen. Manchmal braucht man ein Messer, um die Dinger aufzumachen.«

»Er hatte ein Messer bei sich«, sagt Liewe.

»Aber so im Dunkeln, mitten in der Nacht, mit kalten Fingern vielleicht …« Xander betrachtet den Riegel noch einmal von allen Seiten und gibt ihn dann Liewe, der sich die Schweißnähte ansieht.

»Hast du ein Taschenmesser? Oder etwas anderes Spitzes?«

Xander blickt sich um, verlässt den Raum, kommt kurz darauf mit einer Kuchengabel zurück. Liewe versucht vorsichtig, die Schweißnähte mit einer der spitzen Zinken zu öffnen, doch ohne Erfolg. Sie sind noch fest geschlossen.

»Was würdest du sagen«, fragt er, während er den Riegel zurücklegt, »hat Föhrmann einen betroffenen Eindruck gemacht?«

»Betroffen?«, fragt Xander.

»Ich meine, hat ihn die Sache irgendwie bewegt?«

»Ich hab mir eigentlich nur die Aquarelle angesehen.«

Liewe nickt und zeigt auf die Rucksäcke.

»Ich nehme sie mit«, sagt er. »Dann kannst du nach Hause.«

Liewe wäre nur sehr ungern nachts von Bunde nach Cuxhaven zu seiner Wohnung gefahren, und er hat noch ein Zimmer im Hotel Goldener Adler in Emden gefunden. Die Fahrt dahin dauert eine gute halbe Stunde. Unterwegs ruft Lothar an.

»Brock hat den Fall übernommen«, sagt Lothar. »Morgen schickt er einen Rechtsmediziner nach Delfzijl.«

»Ich weiß«, sagt Liewe.

»Rademacher hat nicht mehr nach dir gefragt. Dafür hat er mir zweimal erzählt, wie der Brigadekommandeur aus Delfzijl mit seinem Boot gegen die *Bayreuth* geknallt ist.«

»Ach?«, sagt Liewe.

Lothar erzählt die ganze Geschichte, und Liewe hört schweigend zu. Als Lothar seinen Bericht beendet hat und Liewe nur »verstehe« sagt, weiß er auch nicht mehr, was er noch sagen soll.

»Ich bleibe in Emden«, sagt Liewe schließlich.

»Warum fährst du nicht nach Hause und überlässt den Fall Aurich?«, fragt Lothar.

»Es gibt einen Dritten«, antwortet Liewe.

»Doch Aron Reinhard?«

»Nein«, sagt Liewe.

»Vergiss es. Du kannst es doch nicht selbst abschließen.«

»Ja«, sagt Liewe. Und dann: »Nein.«

»Wir haben hier eine Drogenjacht aufgebracht, eigentlich musst du dich damit befassen.«

»Der junge Mann von der Grenze«, sagt Liewe, »Xander ...«

»... Der nach dir gefragt hat, ja, was ist mit ihm?«

»Ich könnte ihn gut gebrauchen, ein paar Tage.«

»Du ermittelst in einem Fall, in dem du offiziell gar nicht ermittelst, und dann willst du auch noch Unterstützung haben?« Lothar lacht. »Du und Unterstützung?«

»Er *sieht* Dinge«, sagt Liewe.

»Und das ist eine Empfehlung?«, fragt Lothar.

»... Ja ...«

»Ich werde sehen, was ich machen kann.«

Eine halbe Stunde später steht Liewe am Fenster seines Hotelzimmers, schiebt die Gardine zur Seite und blickt auf den Ratsdelft, den Teil des Emder Hafens, in dem die *Georg Breusing*, der außer Dienst gestellte Seenotkreuzer von Borkum, als Museumsschiff liegt. 1672 Menschen haben seine Besatzungen aus Seenot gerettet.

Warum habe ich gerade das behalten, fragt sich Liewe.

Er betrachtet das Schiff, das im Natriumlicht der Straßenlampe nur grau und schwarz aussieht. Es scheint völlig reglos dazuliegen, aber ein Schiff liegt niemals ganz still. Liewe starrt auf die beiden Leinen, mit denen die *Georg Breusing* von mittschiffs und vom Vorschiff an einer Dalbe festgemacht ist. Sie straffen sich fast unmerklich und werden dann wieder ein winziges bisschen schlaffer. Diese Dunkelheit, die verdammte Nacht.

Sein Telefon vibriert. Er lässt die Gardine los und zieht den Vorhang zu.

Es ist eine Mail.

Von: Jan-Arend Stoet
An: Liewe Cupido
01.10.15  00:37
Betreff: Re: Re: Dringende Bitte

Hallo Liewe,

heute Abend habe ich deine (kleine) Probe untersucht und schreibe dir jetzt aus dem nächtlich leeren Labor. Ich habe Neuigkeiten, aber auch wieder nicht. Zwischen den kleinen Tonpartikeln, die alle typisch für unser Watt sind, habe ich fünfzehn Sandkörner gefunden, die von Natur aus nicht dort hingehören. Über die geografische Herkunft dieser Körner kann ich dir (vorläufig) nichts sagen.

Es kann natürlich sein, dass ihre Anwesenheit in der Außenems durch den intensiven Schiffsverkehr zu erklären ist, dass sie von Schiffen stammen, die Partikel aus anderen Regionen mitbringen, von einem Freizeitkapitän, der seine Stiefel ins Wasser ausgeklopft hat, man könnte sich noch mehr dergleichen ausdenken. Gegen diese Möglichkeit spricht allerdings, dass die Körner in deiner Probe miteinander verwandt zu sein scheinen, was darauf hindeuten würde, dass ein Cluster von Sandkörnern gleicher Herkunft in die Außenems oder jedenfalls ins Ohr des Opfers gelangt ist. Sandkörner, die von vorbeifahrenden Schiffen stammen, verteilen sich aber viel stärker, sie bilden keine Cluster. Ich sehe vorerst folgende Möglichkeiten:

- Es ist importierter Sand fremder Herkunft (z. B. Bausand), der vom Land ins Meer geweht worden ist (Saharasand ist es nicht, den erkenne ich unter Tausenden, dafür ist er auch zu grobkörnig, obwohl Sand dieser Körnung oft von erstaunlich weit her kommt).
- Das Opfer hat vor Kurzem außerhalb des Gebiets Urlaub gemacht und sich dort im Sand gewälzt.

Ich werde die Körner noch genauer analysieren und meinen englischen Kollegen um Unterstützung bitten, er hat eine umfangreiche Datenbank angelegt, auf die ich von hier aus keinen Zugriff habe.

Viele Grüße!
Jan-Arend

## 46

In der Polizeistation Dornum geht um zwei Uhr nachts ein Anruf ein, der nach mehrmaligem Klingeln automatisch ans Polizeikommissariat Norden weitergeleitet wird. Er kommt von einer Urlauberin, die bei Neßmersiel ein Ferienhäuschen gemietet hat. Die Polizeibeamtin, die den Anruf entgegennimmt, kann sie kaum verstehen, weil im Hintergrund ein Hund wütend bellt.

»Könnten Sie den Hund in ein anderes Zimmer bringen? Ich kann Sie kaum verstehen.«

Die Anruferin zischt dem Hund etwas zu, doch er lässt sich dadurch nicht beruhigen. Dann scheint sich das Bellen zu entfernen. Am Hall der Stimme ist zu hören, dass sich die Anruferin ins Bad zurückgezogen hat.

»Ein Mann rüttelt an der Haustür«, sagt sie. »Er hat auch an die Fensterscheiben geklopft, dann ist er ums Haus herumgegangen und hat an die Hintertür gehämmert.«

»Wie lautet die Adresse?«

»Haus Helena am Westerdeich, in der Nähe vom Hundestrand Neßmersiel.«

»Ein Wagen ist zu Ihnen unterwegs. Ist der Mann noch beim Haus?«

»Im Moment ist es still ...« Die Beamtin hört, dass die Badezimmertür geöffnet wird. Der Hund hat aufgehört zu bellen.

»Hallo? Ist der Mann noch beim Haus?«

Die Anruferin scheint mit angehaltenem Atem zu horchen. Dann ist eine Art Rascheln zu hören, wahrscheinlich die Lamellen einer Jalousie.

»Er steht auf dem Deich«, flüstert sie. »Steht auf dem Deich und schaut nach unten. Oh Gott, er hat mich gesehen, er kommt runter!«

Noch einmal die Lamellen, schnelle Schritte, der Hund fängt wieder an zu bellen, es klingelt an der Tür, mehrmals, dann ein Klopfen. Eine entfernte Stimme schreit etwas. Der Hund dreht nun völlig durch.

»Wir sind unterwegs, halten Sie sich von den Fenstern und der Tür fern. In fünf Minuten sind wir da. Bleiben Sie am Apparat, Sie dürfen nicht auflegen, sagen Sie mir, was passiert. Hallo? Hallo?!«

»Ich hab die Polizei angerufen!«, schreit die Urlauberin. »Ich hab die Polizei gerufen!«

Das Gehämmer an der Tür wird kurz unterbrochen. Dann ist wieder eine Stimme zu hören. Die Beamtin kann nicht verstehen, was gerufen wird. Ellen?

»Hallo? Verstehen Sie, was er ruft? Hallo?«

Das Gehämmer und das Rufen hören auf.

»Sagen Sie mir, was passiert.«

»Er ist nicht mehr an der Haustür«, flüstert die Anruferin. »Ich weiß nicht …«

»Der Wagen ist in einer Minute bei Ihnen. Können Sie sehen, wo der Mann jetzt ist?«

»Nicht mehr an der Tür, ich glaube …«

»Hallo?«

»Ja! Da ist er. Er ist wieder auf den Deich gegangen. Er steht oben.«

Von Weitem ist jetzt die Sirene eines Polizeiwagens zu hören.

»Gott sei Dank«, sagt die Anruferin. »Gott sei Dank.« Sie fängt an zu weinen. »Ich will mich hier erholen …«, sagt sie, »ich fahre mit meinem Hund hierhin, um mich zu erholen, und dann ausgerechnet ... ausgerechnet so was ...« Etwas fällt um, der Hund jault auf.

»Hallo? Hallo?«

## 47

Erst kurz nach zwei Uhr nachts ist die *RV 180* wieder flottgekommen und konnte sich mit zehn Zentimetern Wasser unterm Kiel vorsichtig vom Wattenhoch bei Schiermonnikoog entfernen. Sie fand den gewundenen Weg über die Untiefen nach Westen, und als sie beim Fähranleger der Insel das Fahrwasser erreichte, konnte sie auf die gewohnten fünfzehn Knoten beschleunigen und Kurs auf die Nordsee nehmen.

Geeske hat geduscht und sich umgezogen und steht nun in Zivilkleidung auf der Brücke. Zum zweiten Mal ist ihre letzte Fahrt abgebrochen worden, und weil sie nicht mit einer dritten Gelegenheit rechnet, will sie wach bleiben und diese letzten Stunden auf dem Schiff bewusst erleben.

Als sie in die Westerems fahren, an Backbord der Leuchtturm von Borkum vorbeigleitet, voraus das Licht des Leuchtturms von Campen aufblitzt und aus dem Funkgerät die vertraute Stimme der Verkehrszentrale Ems zu hören ist, kommt es ihr so vor, als wäre ihr ganzes Leben, ihre ganze Laufbahn ein Umweg zu diesem Moment gewesen, zu dieser Fahrt nach Hause.

»Nach Hause«, sagt sie.

»Bitte?«, fragt Meeuwis, der Steuermann.

»Ich hab das Gefühl, dass du mich nach Hause bringst«, sagt Geeske.

»Ja, ja«, sagt Meeuwis. Er weiß einen Moment nicht, was er weiter dazu sagen soll, entschließt sich dann aber zu einem eigenen Bekenntnis. »In der Nacht, bevor du an Bord gekommen bist, Sonntag auf Montag, sind wir auch so in die Außenems gefahren, nur etwas später, gegen sieben. Wir haben ein bisschen abgekürzt, haarscharf an der Bank vorbei. Hatten es halt eilig, verstehst du?«

»Ach, ihr seid die Nacht durchgefahren? Ich dachte, ihr wärt schon am Abend in Delfzijl gewesen.«

»Das war auch vorgesehen«, sagt Meeuwis. »Aber dann gab es so eine blöde kleine Sache bei Lauwersoog. Deshalb waren wir spät dran, aber wir wollten dich nicht warten lassen. Es war doch deine letzte Fahrt ... dachten wir.«

»Habt ihr richtig gemacht«, sagt Geeske. Sie lächelt und beobachtet ein Küstenmotorschiff, das von Eemshaven aus die offene See ansteuert. Dann sagt sie: »Das war also in der Nacht, als der Wattwanderer ertrunken ist.«

»Ja«, sagt Meeuwis, »daran hab ich auch gedacht. Den haben wir dann um ein Haar verpasst.«

Geeske blickt von der Hafeneinfahrt von Eemshaven in das Dunkel über den Sandbänken. »Du bist also ganz nah an der Bank vorbeigefahren ...«, sagt sie.

Meeuwis schaut auf die Anzeige des Echolots, nimmt etwas Gas zurück und steuert das Schiff ein wenig nach Steuerbord. »So«, sagt er.

Eine grüne Tonne kommt an Backbord vorbei, die *RV 180* hat das Fahrwasser verlassen. Meeuwis gibt wieder etwas mehr Gas.

»Wir waren so eilig von Lauwersoog weggefahren, dass die

Fender noch außenbords hingen.« Meeuwis schüttelt den Kopf. »Du weißt ja, wie Jan ist, dem graut schon bei der bloßen Vorstellung ... Gus hat sie dann schnell eingeholt ... ungefähr hier.«

Geeske späht in die Nacht. »Hier hat der Mann gelegen«, sagt sie.

Meeuwis nickt. Er steuert ein wenig von De Hond weg. Geeske geht zu den Seitenfenstern an Steuerbord, starrt angestrengt ins Dunkel. »Sieh mal«, sagt sie. »Die Bugwelle läuft auf die Bank, kannst du das sehen?« Sie beobachtet, wie der Schaum auf der Sandbank einen wandernden, schwach glänzenden Streifen hinterlässt.

»Wie mir das alles fehlen wird, Meeuwis«, sagt sie.

Sie schweigen eine Weile. Dann sagt Meeuwis: »So kann er natürlich auch auf die Bank gekommen sein.«

»Wie meinst du das?«, fragt Geeske nach einiger Zeit.

»Ich meine, dass wir den Mann selbst auf die Bank befördert haben«, erklärt Meeuwis.

Geeske starrt in die Nacht hinaus. »Mit der Bugwelle«, sagt sie dann.

»Mit der Bugwelle«, sagt Meeuwis.

## 48

Der Nacht zu entkommen ist unmöglich. Es gab eine Zeit, während seiner Ausbildung, da hat Liewe versucht, sich gegen den Rhythmus von Nacht und Tag zu stemmen, indem er erst bei Sonnenaufgang schlafen ging und die Nacht selbst ignorierte, mit geschlossenen Vorhängen, Lampenlicht, Musik, Lärm, Büchern, Kochen, Kinofilmen, Kneipen und Alkohol. Doch das hielt er nicht lange durch, es kostete ihn noch mehr Kraft als die schlaflosen Nächte im Bett, die er im Dunkeln wartend und horchend verbrachte.

Manchmal empfindet er es als fast unerträglich, dass es nie ganz aufgehört hat, dass er immer noch wach liegt und horcht, so lange, nachdem er von Texel weggegangen ist. Denn was ihn nach all den Jahren immer noch wach hält, ist das Gleiche wie damals; das Gefühl der Verlassenheit und der Erwartung, wenn das Geräusch des Schiffsmotors der *TX 9* in der Ferne verklang oder wieder anschwoll.

Bei der ersten Flut in der Nacht von Sonntag auf Montag liefen die Kutter aus, in fester Reihenfolge. Erst die *TX 1*, dann die *TX 27*, dann die *TX 4*, dann sein Vater. Liewe hörte, wie sie den Hafen von Oudeschild verließen und in die Nacht hinausfuhren. Kamen sie vor dem Deich vorbei, brummten die Diesel bis in sein Schlafzimmer. Er horchte, bis das Geräusch immer undeutlicher wurde und verschwand.

Aus der Stille, die übrig blieb, kamen allmählich die alltäglichen Laute hervor; das auflaufende Wasser am Deich, eine segelnde Möwe bei Sonnenaufgang, der Traktor eines Bauern, die klagenden Schafe, die Gänse. Manchmal, bei Nebel, ein Schiffshorn im Marsdiep.

Wenn sein Vater hinterm Horizont verschwunden war, begannen die Tage, an denen Liewe mit seiner Mutter allein war, seiner schweigsamen, lesenden, singenden Mutter, die ihn abends in seinem Bett allein ließ. Da fing das Horchen und Warten an, auf die Rückkehr des Brummens, das sich manchmal erst in der Nacht von Freitag auf Samstag aus der nächtlichen Stille herauslöste, in dem nicht wahrnehmbaren Moment, in dem die

Kutter von der Helsdeur her, dem tiefsten Punkt, durchs Marsdiep kamen, nun nicht mehr in Kiellinie, sondern verstreut, nicht mehr zusammen, sondern jeder für sich, die Kühlräume voller Fisch.

Er kannte das Geräusch der *TX 9*, ein bisschen anders als das der anderen, ein wenig heiser, als hätte der Motor einen hartnäckigen Frosch im Hals. Er stand auf, schlich zum Fenster und sah sie in Richtung Oudeschild fahren, die Positionslichter, die Lampen an Deck, das dunkle Ruderhaus, die hochgezogenen Ausleger mit den Baumkurren. Jan Cupido kehrte auf die Insel der Lebenden zurück.

Und alle Vergeblichkeit begann von vorn.

Am nächsten Morgen steht Liewe vor dem Frühstücksbüfett: die Kaiserbrötchen im Korb, das Roggenbrot samt Brotmesser unter einem gefalteten Tuch, die Würstchen, der Speck und das Rührei in Wärmebehältern, Räucherlachs, Käse- und Wurstaufschnitt in der Kühlvitrine, Tomaten- und Salatgurkenscheiben in Schälchen, die gekühlte Milch, die Fruchtjoghurts in Plastikbechern, die Frühstücksflocken in Gläsern, die Fruchtsäfte. Die Angestellte, die ihn nach seiner Zimmernummer fragt.

Er nimmt Kaffee, legt zwei Brötchen auf einen vorgewärmten Teller, dazu Räucherlachs; überlegt dann, dass er bis zum Abend durchhält, wenn er jetzt etwas mehr isst, gönnt sich ein weiteres Brötchen mit – warum denn nicht – einem Stück Brie, etwas Rührei und zwei Würstchen. Und ein paar Tomaten- und Gurkenscheiben, fürs Gewissen. Er muss zweimal hin und her gehen, um alles zu seinem Tischchen am Fenster zu tragen.

Er setzt sich, trinkt Kaffee und schaut aus dem Fenster. Eine kleine Kehrmaschine, die das erste Herbstlaub von den Straßen entfernt, rauscht vorbei. In der Nacht ist Wind aufgekommen, die Stabantennen auf dem kurzen Mast der *Georg Breusing* schwingen hin und her. Am Rumpf kleben tote Blätter.

Während er isst und hinausschaut, versucht er seine Gedanken zu ordnen. Klaus auf der Sandbank, das Seil an seinem Gürtel und um sein linkes Bein, der Schlag oder Stoß gegen sein Ohr, seine Atemnot, bevor er unter Wasser geriet, die Erscheinung auf der anderen Seite des Priels, Föhrmanns Rolle bei den Geschehnissen dort, der Rucksack, der nicht gefunden werden durfte, das Handtuch, die Energieriegel.

Liewes Telefon vibriert. Es ist eine Mail von der Borkumer Journalistin.

Von: Pauline Islander
An: Liewe Cupido
01.10.15 08:14
Betreff: Vimeo

Lieber Herr Cupido,

ich habe die Aufnahme gefunden, über die wir gesprochen haben, und sie auf Vimeo hochgeladen. Wenn Sie noch daran interessiert sind, kann ich Ihnen gerne den Link schicken. Man sieht und hört, wie die drei sich kabbeln, und mein Eindruck ist, dass dabei alte, tiefe Verletzungen im Spiel sind. Die Stimmung zwischen ihnen ist alles andere als gut. Ob Ihnen das irgendwie weiterhilft, weiß ich nicht.
Haben Sie auch etwas Neues für mich? Warum ist Klaus Smyrna nach wie vor in Delfzijl? Wie genau kam es eigentlich zu der Kollision zwischen dem niederländischen Küstenwachboot und

unserem Schiff? Wird es noch deutsche Ermittlungen zum Tod von Klaus Smyrna geben, oder besteht kein Grund dafür? Wer würde die übernehmen, die Kriminalpolizei Aurich? Stimmt es, dass Peter Lattewitz festgenommen worden ist? Warum?
Sie sehen, ich habe jede Menge Fragen. Vielleicht können wir ja einen Tausch machen: Sie bekommen den Link und ich Antwort auf eine meiner Fragen?

Herzliche Grüße
Pauline Islander

## 49

Liewe hat gerade angefangen, auf Paulines Mail zu antworten, als erneut sein Telefon klingelt. Es wird keine Rufnummer angezeigt. Einen Moment erwägt er, den Anruf wegzudrücken, nimmt dann aber doch ab. Es ist das Polizeikommissariat Norden. »Moment«, sagt er und steht auf, um den Frühstückssaal zu verlassen. Schweigend geht er zum Ausgang, überquert die Straße und bleibt am Kai im Windschatten der *Georg Breusing* stehen. »Ja?«, sagt er dann.

„Wir haben vergangene Nacht einen Mann in Gewahrsam genommen, der bei Neßmersiel eine Frau bedrängt hat. Er hatte Ihre Nummer, und heute Morgen hat er uns gebeten, Sie anzurufen. Der Mann heißt Peter Lattewitz. Er möchte mit Ihnen sprechen. Sind Sie einverstanden?«

»Was ist passiert?«, fragt Liewe.

»Er hat eine Urlauberin bedrängt, die in einem Ferienhaus

wohnt, hat an der Tür geklingelt, an die Fenster geklopft, unverständliches Zeug gerufen. Die Frau hat uns angerufen. Wir haben ihn mitgenommen.«

»Kannte sie ihn?«

»Sie sagt, nein.«

»Und er?«

»Verwirrt, zerfahren. Einer dieser Fälle.«

»Im Dorf?«

»Nein, unmittelbar am Deich. Er hat weiter nichts Schlimmes getan, wir können ihn nicht festhalten. Er scheint sich auch ein bisschen beruhigt zu haben. Er sagt, er muss ein Medikament nehmen, aber einen Arzt will er nicht. Er hinkt leicht, eine Verstauchung, glaube ich.«

»Vermutlich ein bisschen grob festgenommen.«

»Es ging wohl nicht ganz glatt«, sagt der Beamte leicht eingeschnappt.

»Ich komme«, sagt Liewe.

»Wo sind Sie jetzt?«

Liewe sieht durch ein Fenster des Frühstückssaals, dass eine Angestellte seinen Tisch mit dem erst angebrochenen Frühstück abräumt.

»Emden«, sagt er.


Peter Lattewitz ist in keinem allzu guten Zustand. Als ihm der große Plastikbeutel mit den Gegenständen ausgehändigt wird, die man ihm abgenommen hat, geht er den Inhalt mehrmals misstrauisch durch. Doch es ist alles da, und Liewe schlägt ihm vor, das Kommissariat mit ihm zu verlassen. Lattewitz sieht todmüde aus, sein Haar ist wirr, aber sein Blick ist auf ungesunde Weise wach wie bei einem Menschen, der unter Schlaflosigkeit leidet. Er hinkt.

»Ich bringe Sie nach Hause«, sagt Liewe. »Haben Sie jemanden? Bruder? Schwester?«

»Meine Schwester wohnt in Canberra«, sagt Lattewitz. »Aber ich komme schon zurecht.«

Der Wagen steht um die Ecke, Lattewitz steigt schweigend ein, und als Liewe ebenfalls einsteigt, dreht Lattewitz den Kopf zur anderen Seite. Seine Hände liegen auf den Oberschenkeln, sie zittern leicht.

Von Norden nach Aurich fährt man eine halbe Stunde. Als sie das Städtchen verlassen und sich ringsum das beruhigende Panorama aus kahlem Ackerland entfaltet, sagt Liewe: »Als Sie auf Borkum ankamen, haben Sie gesagt, dass Ihnen niemand glauben wird. Aber ich glaube Ihnen, dass auf der anderen Seite des Priels jemand war.«

»Sie hat da gestanden«, sagt Lattewitz. Er dreht den Kopf nach vorn, blickt dann auf seine Hände, als wollte er sie zur Ordnung rufen. »Es muss unter uns bleiben«, sagt er.

»Dachten Sie, es wäre Helen, in dem Ferienhaus heute Nacht?«

»Sie war es«, sagt Lattewitz. »Sie rief ...«

Liewe wartet schweigend ab. Lattewitz legt die Hände auf die Stirn, zieht sie abrupt weg, blickt sich um, schaut dann wieder aus dem Seitenfenster.

»Ich hatte mit Helen eine Abmachung«, sagt er. »Wenn ich spürte, dass es kommt, sollte ich es ihr sagen. Als Helen ... nicht mehr da war, hab ich mit Aron abgesprochen, dass ich ihm ...« Er bricht ab, als würde ihm etwas einfallen.

»Und jetzt? Niemand?«

»Aron ist gestern Abend zurückgekommen«, sagt Lattewitz leise. »Ich kann ihm ...« Er ballt die Fäuste. »Verflucht noch mal«, flüstert er. Liewe schaut zur Seite. Lattewitz hat Tränen in den Augen.

»Ich glaube wirklich, dass jemand an dem Priel war«, sagt Liewe. »Aber ich muss der Frage nachgehen, ob es nicht jemand anders als Helen war.«

Lattewitz verzieht das Gesicht, als hätte er Schmerzen.

»Wissen Sie noch, was sie gerufen hat, Herr Lattewitz?«

Lattewitz nickt und schaut aus dem Fenster zur Warft von Osteel mit der Warnfried-Kirche. Krähen umflattern den Turm im böigen Wind.

»Niemand außer ihr kann das gesagt haben.«

»Haben Sie überhaupt noch geschlafen?«, fragt Liewe.

Lattewitz schüttelt den Kopf, wendet sich ihm wieder zu und sagt, lauter und mit Nachdruck: »Es muss unter uns bleiben!«

Liewe nickt. Sie schweigen eine Weile. »Ich bin einmal im Dunkeln im Watt gewesen«, sagt Liewe dann. »Man sieht keine Farben mehr, nur dunkle und hellere Töne; was man für Wasser hält, ist Schlick, was man für Sand hält, ist Wasser.«

»Was wollen Sie damit eigentlich sagen – dass ich verrückt bin?«

»Im Gegenteil, ich glaube, dass Sie von lauter Sinnestäuschungen umgeben waren. Alles scheint normal zu sein, ist es aber gar nicht. Wasser scheint Land zu sein, Land Wasser, jemand, der eigentlich schreit, scheint zu flüstern, jemand scheint an einem Seil zu zerren, der das in Wirklichkeit nicht tut ...«

Lattewitz schweigt und starrt durch die Windschutzscheibe.

»Sie haben geschildert, was Sie erlebt haben: Sie stehen auf der Nordseite des Blinden Randzelgat. Sie sehen Klaus zögern, etwas essen und dann in den Priel gehen. Er hat eine Kopflampe. Sie selbst auch. Dann hören Sie, dass er schreit, er versucht, ans andere Ufer zurückzukehren, das Seil rutscht Ihnen aus den Händen, Klaus verliert das Gleichgewicht ... So haben Sie es der Inselpolizei geschildert. Was Sie aber verschwiegen haben, wahrscheinlich, weil Sie dachten, dass man Ihnen nicht glauben wird, das ist, dass Sie auf der anderen Seite eine Gestalt sehen, und die sagt etwas oder flüstert oder schreit Ihnen etwas zu, etwas, das nur Helen sagen kann ... Nur damit ich es mir besser vorstellen kann: Hat sie es geschrien, oder hat sie es geflüstert?«

»Ich konnte das Seil nicht festhalten«, sagt Lattewitz. »Ich musste es loslassen. Ich konnte es wirklich nicht verhindern, es ist nicht meine Schuld.«

Liewe schweigt, fast unmerklich verringert er die Geschwindigkeit. Er braucht Zeit.

»Wer hat an dem Seil gezerrt, Herr Lattewitz, war es Helen, oder waren Sie es?«

»Ich hab sie gesehen, die Nacht drehte sich um mich ...« Er schaut in seine Hände. »Ich spüre noch, wie das Seil mir aus den Händen gleitet.«

Liewe sagt nach kurzem Nachdenken: »Gleitet ... als ob es von der Strömung mitgenommen wird ...«

Lattewitz nickt erst, schüttelt dann den Kopf.

»Helen kam mir groß wie eine Göttin vor«, sagt er, »sie schwebte, aber das war Nebel, sie stand im Nebel, sie sagte, sie rief ...« Er vollendet den Satz nicht. Dann lacht er freudlos. »Helen Athene, mit Umhang und Speer.«

»Durfte Klaus nicht zu ihr?«, fragt Liewe. »Haben Sie ihn zu sich hin gezogen, weg von ihr?«

Lattewitz blinzelt, als würde er gerade aufwachen. »Hier müssen Sie nach links«, sagt er.

Vor seinem Haus in Aurich kommt Lattewitz nur mit Mühe aus dem Wagen.

»Sie haben Sie hart rangenommen«, sagt Liewe, während er ihm beim Aussteigen hilft.

»Einer hat sich auf mich gekniet, während der andere mir Handschellen angelegt hat.«

»Ich weiß«, sagt Liewe. »Kommen Sie.«

»Lassen Sie mich los!«, sagt Lattewitz plötzlich in scharfem Ton.

Liewe lässt seinen Arm los und geht zur Haustür vor.

»Wo wollen Sie hin?!«, fragt Lattewitz.

»Ich bringe Sie noch ins Haus, dann fahre ich«, antwortet Liewe.

Lattewitz versucht, ihn wegzuschieben, knickt jedoch um und schreit vor Schmerzen auf. Er muss sich auf Liewe stützen, ob er will oder nicht.

»Geben Sie mir die Schlüssel, ich bringe Sie rein.« Liewe erwischt erst den falschen Schlüssel, schließt dann auf, hilft Lattewitz ins Haus, durch die Diele und ins Wohnzimmer, wo er ihn in einen Sessel am Fenster setzt.

»Haben Sie irgendwo Verbandszeug?«

»Oben im Badezimmer«, sagt Lattewitz. »Da liegt auch mein Medikament.«

»Keine Sorge«, sagt Liewe. »Ich gehe noch schnell rauf, hole das Verbandszeug und Ihr Medikament, und dann lasse ich Sie allein.«

Lattewitz nickt, lehnt sich zurück und schließt die Augen.

Liewe geht die Treppe hinauf und findet im Badezimmer nach einigem Suchen im Schränkchen unterm Waschbecken einen Verbandskasten. Auf der Ablage unter dem Spiegel liegen zwei Schachteln mit Lithiumcarbonat. Das eine muss aus der Insel-Apotheke Borkum sein, das andere stammt laut Aufkleber aus der Lindenboom-Apotheke in Aurich. Er nimmt beide mit hinunter.

»Ein Glas Wasser?« Lattewitz nickt. Liewe geht in die Küche, sucht ein Glas, füllt es mit Wasser und bringt es mit beiden Schachteln zu Lattewitz, der immer noch mit geschlossenen Augen im Sessel sitzt.

»Möchten Sie zuerst die Tabletten von Borkum aufbrauchen?«

Lattewitz zuckt mit den Schultern. Liewe stellt das Wasserglas auf ein Tischchen neben dem Sessel und sieht sich die beiden Schachteln genauer an. Er runzelt die Stirn. »Welche Dosis nehmen Sie, Herr Lattewitz?«

»1200 Milligramm«, antwortet Lattewitz. »Dabei sind wir letztlich gelandet. Hochgradig gestört, hohe Dosis.«

Liewe schaut auf die Schachtel von der Borkumer Apotheke. »Das hier sind 400 Milligramm«, sagt er. »Hat man Ihnen gesagt, Sie sollen mehrere nehmen?«

Lattewitz reißt die Augen weit auf. »Geben Sie her«, sagt er voll wiedererwachtem Misstrauen. Er reißt Liewe die Schachtel aus der Hand.

»Wie kam das Rezept nach Borkum?«, fragt Liewe.

»Ich habe meine Apotheke angerufen. Die hat das Rezept nach Borkum gemailt.« Er betrachtet die Schachtel von der Insel-Apotheke. »Was haben Sie gemacht? Was haben Sie da oben ausgeheckt?«

»Man hat Ihnen die falsche Dosis gegeben, Herr Lattewitz. Deshalb geht es Ihnen nicht gut.«

Lattewitz starrt die beiden Schachteln an, blickt dann zu Liewe auf. »Raus aus meinem Haus«, sagt er. »Sie mit Ihrer scheinheiligen Miene und Ihrem Hundeblick! Raus, sofort!«

# 50

Derk Wortelboer ist unruhig. Eine Kollegin aus Deutschland wird eine zweite Autopsie an Smyrna vornehmen. Sie heißt Specht, Dr. Gunilla Specht, und er kann die Assoziationen, die dieser Name auslöst, nur schwer aus seinem Kopf verbannen. Er ist ihr nie begegnet, er weiß nur, dass sie in den Ubbo-Emmius-Kliniken in Aurich und Norden arbeitet, und eben, dass sie Specht heißt, Gunilla Specht.

Er hat seinen Autopsiebericht erneut ausgedruckt, er hat die Augenklappe, mit der er eigentlich nur für Hedda Lutz das zerstörte Auge bedeckt hatte, wieder entfernt. Er hat sogar im Internet nach Gunilla Specht gesucht, weil er wissen wollte, wie sie aussieht, doch das einzige Foto von einer Frau dieses Namens hat er auf einer Website für Blinde und Sehbehinderte gefunden. Diese Gunilla Specht setzt sich dafür ein, dass schwer Sehbehinderte den Führerschein erwerben können, wenn sie eine Spezialbrille mit einer Art Miniteleskop vor einem der Gläser tragen. Auf dem dazugehörigen Foto sieht man die sehbehinderte Gunilla Specht mit ihrer Teleskopbrille am Steuer, neben ihr auf dem Beifahrersitz sitzt sehr aufrecht ein großer schwarzer Blindenhund. Diese Gunilla Specht kann es nicht sein, denkt Wortelboer, während er das Foto betrachtet. Sie ist klein, hat blasse Haut und weißes Haar, straff zurückgekämmt wie Jane Goodall. Der Hund blickt wie sie geradeaus durch die Windschutzscheibe. Wahrscheinlich ist das Foto vor einem stehenden Auto gemacht worden.

Ein Klopfen an der Tür schreckt ihn auf. Er erhebt sich, öffnet, und vor ihm steht Dr. Gunilla Specht. Mit ihrem Hund.

Sie ist es doch.

Sie richtet ihr Teleskop auf sein Gesicht und mustert ihn.

»Wortelboer«, sagt er und hält ihr die Hand hin.

»Dr. Gunilla Specht. Freut mich, Sie kennenzulernen. Ich bin hier, um eine Autopsie vorzunehmen, an Klaus Smyrna.«

»Sind Sie allein hergefahren?«

»Nein«, sagt Specht, »zu meinem Bedauern bin ich dabei noch völlig von meinem Assistenten abhängig.«

Wortelboer beugt sich ein wenig vor und blickt in den Flur, wo ein paar Schritte entfernt an der Wand ein schmächtiger junger Mann steht, eine Tasche in der Hand. Er nickt ihm zu. »Wortelboer«, sagt er.

Der Assistent nennt seinen Namen, allerdings so leise, dass Wortelboer ihn nicht versteht. Egal, denkt er. »Soll ich dann mal vorgehen?«, fragt er.

»Er heißt Thomas«, sagt Specht, die offenbar die Situation erfasst hat. »Thomas Saraceni. Er spricht leise, besitzt aber einen kritischen Geist.«

»Und der Hund?« Wortelboer schaut forschend auf den schwarzen Labrador hinunter, der die Ohren nach hinten legt und die oberen Zähne entblößt. »*Dogs bark at me as I halt by them*«, sagt er, ohne den Blick von ihm abzuwenden.

»Sie können den Hund nicht anfassen, nicht streicheln und erst recht nicht ansprechen«, erklärt Specht. »Darf ich vorschlagen, dass wir zur Tat schreiten?«

Wortelboer atmet tief ein, macht dann eine einladende Geste. »Am Ende des Flurs links«, sagt er. »Herr Smyrna erwartet Sie. Gehen Sie ruhig vor.«

Dr. Specht und ihr Hund gehen den Flur hinunter, Wortelboer folgt in kurzem Abstand, seinen Autopsiebericht unterm Arm. Thomas Saraceni holt ihn ein.

»Er heißt Butz«, sagt er leise. Als Wortelboer ihn mit hochgezogenen Brauen anschaut, fügt er hinzu: »Der Hund.« Er lächelt entschuldigend. »Dr. Specht ist wirklich außerordentlich kompetent«, flüstert er.

»Daran hege ich keinen Zweifel«, sagt Wortelboer. Als sie sich den Schwingtüren nähern, legt er einen kurzen Sprint ein, überholt Gunilla Specht und betritt vor ihr den Sezierraum. Unter den Leuchtstofflampen liegt der Leichnam Klaus Smyrnas für eine weitere Untersuchung bereit.

»Sie können uns ruhig allein lassen«, sagt Dr. Specht, während sie ihr Teleskop hochklappt.

»Hier ist mein Bericht«, sagt Wortelboer. Er hält den Autopsiebericht in ihr Blickfeld, doch sie greift nicht danach. Thomas eilt herbei und übernimmt ihn. »Herzlichen Dank«, sagt er.

»Wir können hinterher das eine oder andere besprechen, hoffe ich«, sagt Dr. Specht. Sie wendet sich Thomas zu, der den Bericht auf einem Schrank abgelegt hat und ihr erst einen weißen Kittel, dann Handschuhe reicht. Während sie in den Kittel schlüpft und die Handschuhe überstreift, stellt Thomas den Tisch etwas höher.

»Dann lasse ich Sie mal allein«, sagt Wortelboer und schaut noch einmal Butz an, der konzentriert Smyrnas Geruch einsaugt. »Sie finden bestimmt zu meinem Zimmer zurück.«

»Vielen Dank, Herr Kollege«, sagt Gunilla Specht. Sie nimmt die Brille ab, faltet sie zusammen und schiebt sie in eine Innentasche ihres Kittels. Thomas postiert sich ihr gegenüber an Smyrnas anderer Seite. Einen Moment bleiben sie still, fast ehrerbietig stehen, wie im Gebet. Dann schlägt Thomas vorsichtig das Tuch zurück, und Dr. Specht beugt sich zu Smyrna hinunter, bis ihre Augen weniger als zehn Zentimeter von seiner Haut entfernt sind.

»Farbe?«, fragt sie Thomas.

»Keine Besonderheiten«, antwortet er.

Wortelboer verlässt den Sezierraum und wirft durch die Scheiben der Schwingtüren einen letzten Blick auf seine Kollegin und ihren Assistenten.

## 51

Kaum hatte Xander an diesem Morgen das Bundespolizeirevier Bunde betreten, da rief ihn sein Vorgesetzter zu sich. »Deine Anwesenheit scheint an anderer Stelle dringend erwünscht zu sein«, sagte er. »Anscheinend hast du einen guten Eindruck hinterlassen.« Er schaute auf ein Blatt Papier, auf dem er sich Notizen gemacht hatte. »Hauptkommissar Cupido, sagt dir der Name was? Ist das der, der dich hier ausgeliehen hat?«

Xander nickte. Mund halten, dachte er, zuhören. »Ja, das ist er, Inspektion See, Cuxhaven«, sagte er dann doch.

»Ich lese einfach mal vor, worum es bei der Anfrage geht, sie kam tatsächlich aus Cuxhaven ... Es geht darum, dass du zum Naturschutzgebiet Leyhörn fahren und wenn möglich herausfinden sollst, wie ... wie die zweite Person auf dem Kutter ...?« Er blickte über seine Brille hinweg Xander an, sah ihn nicken und fuhr fort: »... zwischen der Schleuse und Greetsiel von Bord gegangen sein kann. Ich wurde gebeten, dir diesen Auftrag zu erteilen.«

Der Revierleiter setzte die Brille ab, sah, dass Xander erneut nickte, dass sein jüngster Mitarbeiter offenbar mehr wusste als er, lehnte sich zurück und fragte: »Du fühlst dich hier fehl am Platz?« Er schaute ihn forschend an wie ein Grenzbeamter eine zu kontrollierende Person, und bevor Xander antworten konnte, fragte er: »Glaubst du, wir finden es hier so toll?«

»Ich habe nicht darum gebeten«, erwiderte Xander. »Und es dauert bestimmt nur ein paar Tage.«

»Ich habe schon gesagt, dass ich dich freistelle«, sagte Xanders Chef. Er setzte die Brille wieder auf, und während er seine Aufmerksamkeit wieder dem PC-Monitor zuwandte, fügte er hinzu: »Für ein paar Tage.«

Xander wartete nervös ab, ob noch etwas kam.

»Na, worauf wartest du? Zivilkleidung an und raus in die Natur!«

Xander ging in Richtung Tür, zögerte, drehte sich noch einmal um und nickte seinem Vorgesetzten zum Abschied zu. Der konnte ein Lächeln nicht unterdrücken. »Weidmannsheil, Rimbach«, sagte er.

Während der ganzen Fahrt von Bunde nach Greetsiel summt Xander vor sich hin. Er ist seltsam aufgeregt, fast wie ein Kind am Vorabend seines Geburtstags. Hin und wieder sucht er kurz den Augenkontakt zu seinem Spiegelbild im Rückspiegel.

Er hat die fragliche Gegend auf Google Maps studiert und ist zu der Schlussfolgerung gekommen, dass es nur eine Möglichkeit gab, ungesehen Föhrmanns Kutter zu verlassen und sich davonzumachen, und zwar durch das Schutzgebiet, auf halbem Weg zwischen der Schleuse und dem Hafen, außer Sichtweite der Schleuse, aber noch gut einen Kilometer von den ersten Häusern entfernt.

Aber auf welche Weise konnte die zweite Person von Bord gehen? Im Naturschutzgebiet gibt es keine Anleger, die Ufer sind sehr ungleichmäßig, teilweise dicht mit Röhricht bewachsen, wie er auf Luftbildern sehen konnte. Natürlich kann die GRE 42 langsam so nah an ein Ufer herangefahren sein, dass man von Bord an Land springen konnte, aber dann hätte die Gefahr des Auflaufens bestanden. Vielleicht konnte Föhrmann ankern und eine Gangway auslegen, oder der große Unbekannte ist ein Stück durchs Wasser gewatet. Vielleicht hatte die GRE 42 sogar ein kleines Schlauchboot an Bord.

Sobald der Unbekannte von Bord war, konnte er es dank des alten Seedeichs, der als langgezogene Wölbung im Schutzgebiet liegt, ungesehen bis zur Straße schaffen, auf der irgendwo der kleine weiße Wagen geparkt war. Er hatte zwar noch ein gutes Stück zu gehen, und natürlich bestand die Gefahr, irgendwann doch gesehen zu werden, aber dann hätte man ihn vermutlich für einen der vielen Naturliebhaber gehalten, die mit ihren Ferngläsern weite Strecken wandern, um ein paar der Vögel zu beobachten, die man den zahlreichen Informationstafeln zufolge in der Leyhörn findet: Säbelschnäbler, Blaukehlchen, Löffler, Ringelgänse ...

Xander hat vor, sich auf das Gebiet östlich und nördlich der Fahrrinne zu konzentrieren, einschließlich der angrenzenden Gebiete des Nationalparks Niedersächsisches Wattenmeer, denn das ist der ruhigere Teil des Schutzgebiets, weitgehend für Besucher gesperrt. Er fährt an Greetsiel vorbei, biegt in Richtung Sieltief ab, beschließt dann aber, sich erst noch kurz am Leybucht-Jachthafen umzusehen. Der Parkplatz ist leer, Xander stellt den Wagen ab und steigt aus. Ein böiger Wind ist aufgekommen, Regen liegt in der Luft.

Der Zugang zum Hafen ist durch Zäune gesperrt, die festgemachten Boote schaukeln nebeneinander, der Wind pfeift fröhlich in den Wanten und Stagen, Fähnchen flattern.

Jenseits des Wassers erstreckt sich das Schutzgebiet, Schilf, Gras, niedrige Weidenbäumchen. Eine Wolke von Zugvögeln wird vom Wind auseinandergeweht. Xander versucht, in der Ferne eine Stelle zu entdecken, an der jemand von Bord gegangen sein könnte, kann aber nichts sehen.

Von Greetsiel her kommt ein Wagen, bremst ab und parkt in der Nähe. Ein älteres Paar steigt aus. Die Frau mustert Xander in aller Ruhe, während der Mann die Heckklappe öffnet und einen Eimer, Bürsten und einen Karton mit Reinigungsmitteln aus dem Kofferraum holt. Xander geht auf die beiden zu.

»Moin«, sagt er.

»Moin«, erwidert die Frau. Der Mann verlangsamt den Schritt und schaut ihn kurz an. Dann sagt auch er »moin«.

»Herbstputz?«, fragt Xander. »Wahrscheinlich gibt's jetzt viele Spinnen.«

»Furchtbar«, bestätigt die Frau. »Eigentlich könnte man jeden Tag von vorn anfangen.«

»Ich habe eine Frage zu diesem Parkplatz«, sagt Xander. »Es geht darum, ob Sie am Sonntagabend oder Montagmorgen auch hier waren und ob da vielleicht ein Auto gestanden hat, das sie nicht kannten. Ein kleiner, weißer Wagen.«

»Warum wollen Sie das wissen?«, fragt der Mann.

»Polizeiliche Ermittlung«, antwortet Xander und zeigt seinen Dienstausweis vor.

Jetzt sind die beiden interessiert. »Haben Sie sich auch bei Föhrmann erkundigt?«, fragt der Mann, immer noch mit dem Karton im Arm. Seine Brille ist auf der Nase ein wenig nach unten gerutscht, aber wegen des Kartons lässt er sie so. Der Wind zaust sein spärliches graues Haar.

»Ich habe keine Frage zu Herrn Föhrmann, sondern zu einem weißen Auto, das möglicherweise hier geparkt war.«

»Hier stehen so oft Autos von Fremden«, sagt die Frau. »Die kommen wegen des Fischereihafens im Dorf. Aus ganz Deutschland. Auch Holländer.«

»Ich weiß«, sagt Xander, »ich komme auch regelmäßig her.«

»Polen«, fährt die Frau fort, »Belgier, Engländer. Von überallher kommen die Leute nach Greetsiel.« Eine Windbö. Sie hält ihr Haar mit einer Hand fest.

»Was ist denn mit diesem weißen Wagen«, will der Mann wissen.

»Wir suchen eine Person in einem kleinen, weißen Auto, die den Wagen am Sonntagabend hier geparkt und am Montag wieder abgeholt hat. Einen Polo oder einen Ford zum Beispiel.«

Der Mann schüttelt den Kopf. »Wir waren am Sonntag nicht hier, und am Montag auch nicht«, sagt er.

»Wem gehört denn das Auto?«, fragt die Frau. Sie hält den Kopf ein bisschen schief, als wäre ihr die Antwort sehr wichtig.

»Das wissen wir nicht«, antwortet Xander. »Es war jemand mit einem grünen Rucksack.«

Der Mann lacht kurz auf, aber es ist kein richtiges Lachen, es klingt eher, als hätte ihn jemand in die Seite gezwickt. »Mit einem Rucksack!«, sagt er. »Na dann viel Erfolg, junger Mann.«

Xander nickt. »Ich geh dann mal wieder«, sagt er.

»Ja, tun Sie das«, sagt der Mann und geht grußlos weiter zum Tor. Die Frau zaubert einen Schlüssel hervor und folgt ihm.

»Für den Fall, dass jemand aus dem Dorf mehr dazu sagen kann, bin ich hier zu erreichen.« Xander holt seine Visitenkarte aus der Tasche. Zum ersten Mal kann er etwas damit anfangen. Die Frau bleibt stehen, nimmt die Karte entgegen, wirft einen kurzen Blick darauf, steckt sie ein und schließt dann ihrem ungeduldigen Mann das Tor auf.

## 52

Lothar Henry ist der Erste, den Geeske anruft, nachdem sie an diesem Morgen als Vertreterin des Kommandeurs im Brigadeposten Delfzijl angekommen ist.

»Du solltest doch in Ruhestand«, sagt Lothar. »Stattdessen wirst du befördert.«

»So kann man's auch sehen«, sagt Geeske, »aber ich befürchte, es ist nur das alte Lied: Frauen wie du und ich müssen das Chaos beseitigen, das die Kerle angerichtet haben.«

Lothar lacht auf. »Du hast ja keine Ahnung, was für ein Kerl ich bin.«

»Will ich auch nicht wissen, Lothar.«

»Oh-oh«, lacht Lothar. »Und was machst du jetzt?«

»Erst mal rufe ich dich an. Was ist mit Rademacher? Hat *er* dieses Kanonenboot vor unserer Hafeneinfahrt ankern lassen?«

»Ich fürchte, ja. Wir sprechen schon von der Rademacher-Blockade, oder der Dollart-Krise.«

»Und soweit ich weiß, ist jetzt eine Ärztin aus Aurich hier im Krankenhaus und obduziert Smyrna. Anscheinend fühlen sich alle für diesen Fall zuständig.«

»Eigentlich hat die Staatsanwaltschaft in Aurich ihn übernommen, aber Rademacher lässt trotzdem noch nicht locker. Genauso ein Dickschädel wie euer Kommandeur. Wie geht's dem denn?«

»Ist zu Hause«, sagt Geeske. »Ihn rufe ich auch gleich an.«

»Wenn ihr Smyrna rausgebt, glätten sich die Wogen sofort«, meint Lothar. »Der Holländer ermittelt übrigens noch inoffiziell weiter.«

»Ich hab mit ihm gesprochen, sehr interessanter Mann. Ein bisschen einsam kommt er mir vor. Warum verbeißt er sich in den Fall?«

Lothar seufzt. »Er ist eben der Holländer.«

Anne-Baukje kommt herein und bläst Geeske einen Handkuss zu. Geeske lächelt. Sie legt die Hand aufs Mikrofon. »Einen Moment noch …«, sagt sie. Und wieder zu Lothar: »Ist er denn schon weitergekommen?«

»Er hat da eine Spur, ja, deshalb lässt er bestimmt nicht locker. Er will Antworten, bevor Aurich ihm den Fall wegnimmt.«

»Und was könnte die Gemüter bei euch besänftigen? Wenn ich die Sandbank offiziell an Deutschland übergebe?«

»Oh-oh«, lacht Lothar. »Mit Paraden, Flaggen und Salutschüssen.«

»Und dann alle zusammen rennen, bevor die Flut kommt.«

»Ich weiß nicht mal, wo genau die Grenze verläuft, du?«

»Nein, ich glaube, das weiß niemand. Es gibt da eine Linie auf einer Karte von 1960, mit Koordinaten«, sagt Geeske. »Damals verlief sie über De Hond. Aber Sandbänke wandern bekanntlich.«

»Und bist du sicher, dass Smyrna auf der niederländischen Seite gelegen hat?«

Geeske bleibt einen Moment still. »Siehst du, auf so eine Frage kommt kein Mann«, sagt sie dann.

»Ich wünsche dir viel Weisheit und Erfolg, M&M.«

Geeske legt auf und schaut Anne-Baukje an, die mit breitem Lächeln zugehört hat. »Toll, dass du wieder da bist, M&M!«

»Hat man dich noch irgendwie eingeschaltet?«, fragt Geeske.

»Dieser Ermittler von der Bundespolizei hat mich um Kamerabilder vom Poort van Groningen gebeten.«

»Von der Tankstelle?«

»Ja. Kann ich das machen?«

»Ich würde sagen, ja, wir hatten immer Kontakte nach drüben, als die Grenze noch eine Grenze war.«

Anne-Baukje nickt. »Du bist nicht in Uniform«, sagt sie.

»Die ist in der Reinigung.«

Anne-Baukje zieht die Augenbrauen hoch.

»Schlamm und Sekt«, erklärt Geeske. Sie seufzt.

»Was willst du als Erstes tun?«

»Es wäre mir lieb, wenn du etwas für mich tun würdest«, sagt Geeske. »Ich hätte gern den Text des Protokolls und die handschriftliche Notiz mit den Koordinaten der Stelle auf De Hond, wo der Tote lag. Und ich möchte, dass jemand die Karte von 1960 raussucht, die zum Ems-Dollart-Vertrag gehört. Damit wir nachsehen können, wo er nun wirklich gelegen hat, auf deutschem oder niederländischem Gebiet. Könntest du das machen? Dann rufe ich jetzt Henk an, die arme Sau. Hat er tatsächlich eigenhändig das neue Boot plattgefahren?«

Dass Geeske vom Distriktkommandeur damit betraut worden ist, das von Henk van de Wal angerichtete Chaos zu beseitigen, bedeutet nicht, dass van de Wal nicht zurückkehren wird. Offiziell ist er aus gesundheitlichen Gründen beurlaubt, allerdings hat er sein dienstliches Mobiltelefon abgeben müssen, weshalb Geeske erst einmal seine Festnetznummer suchen muss. Als sie ihn schließlich anruft, nimmt er nicht ab.

Dann steht Anne-Baukje wieder vor ihrem Schreibtisch. In einer Mappe hat sie das Protokoll, die Fotos von Smyrna auf De Hond, den Zettel mit den Koordinaten und die gesuchte Karte. Als Geeske die Fotos betrachtet, kommt mit der Erinnerung das heftige Mitleid zurück.

»Mein Gott«, sagt sie, »denkt eigentlich noch jemand an den armen Kerl?«

»Seine Frau ist noch hier«, sagt Anne-Baukje. »Sie lädt deutsche Journalisten ein und gibt Interviews.«

»Kann ich ihr nicht verübeln«, sagt Geeske. Sie nimmt den Zettel mit den Koordinaten und legt das Protokoll daneben. 53°24'49" N / 6°55'11" O.

»Und jetzt rufen wir Jan an«, sagt sie. »Für einen Seemann muss so was ein Kinderspiel sein.« Sie wählt, schaltet den Lautsprecher ein und legt das Telefon zwischen sich und Anne-Baukje auf den Tisch. »Setz dich doch«, sagt sie.

»Toxopeus.«

»Hallo, Jan. Kannst du mir einen Gefallen tun? Ich möchte wissen, ob dieser Wattwanderer auf deutschem oder auf niederländischem Gebiet gelegen hat, und wir haben hier einige Koordinaten und eine Karte von 1960, auf der die Grenze eingezeichnet ist. Würdest du gerade mal mitgucken? Hast du was zu schreiben?«

»Moment.«

Während sie wartet, starrt Geeske auf die Zahlen und Buchstaben von Rob, der vor drei Tagen (war es wirklich erst vor drei Tagen?) auf De Hond in großer Eile die Koordinaten notiert hat.

»Ich höre.« Toxopeus ist wieder am Apparat.

»Erst der Grenzverlauf nach niederländischer Auffassung im Jahr 1960, ich gebe dir zwei Koordinaten.« Geeske schaut auf die Karte und liest im Diktattempo vor: »53°22'00" Nord, 6°55'39" Ost. Und nördlich davon: 53°25'42" Nord, 6°55'00" Ost.«

»Hab ich«, sagt Toxopeus.

»Und jetzt die Koordinaten von unserem Wattwanderer: 53°24'49" Nord, 6°55'11" Ost.«

»Dann muss ich kurz nachsehen«, sagt Toxopeus. Er legt das Telefon hin. Anne-Baukje und Geeske horchen auf die Laute, die aus dem Apparat kommen, die Stimme von Gus, den Wetterbericht aus dem Funkgerät.

»Ich hab die Tankstelle angerufen«, sagt Anne-Baukje leise. »Es war kein Problem. Ich soll dich grüßen.«

Geeske lächelt. Dann ist Jan wieder am Telefon.

»Smyrna lag auf niederländischem Gebiet«, sagt er. »Aber er hätte keine fünf Meter weiter östlich liegen dürfen.«

Geeske schüttelt den Kopf, wechselt einen Blick mit Anne-Baukje und sagt: »Kannst du mir noch mal seine Koordinaten nennen? Nur damit wir sicher sind, dass wir uns nicht missverstanden haben?«

Toxopeus bleibt einen Moment still, kichert dann und wiederholt, was Geeske ihm diktiert hat. »53°24'49" Nord, 6°55'11" Ost.«

»Ach, was bin ich doch blöd«, sagt Geeske. »Die 1 hier, das ist gar keine 1, das ist eine 7, siehst du?« Sie hält Anne-Baukje den Zettel hin.

»Das ist eine 7«, bestätigt Anne-Baukje. »Eindeutig.«

»Jan, bleib bitte noch einen Moment dran«, sagt Geeske. Sie steht auf, geht hinaus und kehrt kurz darauf mit Rob zurück.

»Es ist deine Handschrift, Rob, sieh genau hin: Ist das eine 1 oder eine 7?«

Rob starrt auf das Blatt. »Könnte beides sein«, sagt er.

»Du musstest dich beeilen. Ich sehe eine 7. Was meinst du?«

Rob runzelt die Stirn. »Ja«, sagt er, »jetzt, wo du's sagst, es ist doch eindeutig eine 7.«

»Jan? Bist du noch da? Ich hatte mich verlesen, die Koordinaten von Smyrna sind: 53°24'49" Nord, 6°55'17" Ost.«

»Aber dann ...«, sagt Jan und legt sein Telefon erneut hin. Er ist schnell wieder zurück. »Er lag doch auf deutschem Gebiet«, sagt er.

»Das ist ein Ding«, sagt Geeske. »Da müssen wir die Staatsanwaltschaft informieren, die Angabe im Protokoll ist falsch.«

»Kann ich dir sonst noch irgendwie behilflich sein, Opper?«

»Nein, vielen Dank, Jan … Oder doch, noch eine letzte Frage: Wie viel macht dieser Lesefehler eigentlich konkret aus?«

»So etwa hundert Meter«, antwortet Jan. »Nur hundert weite Schritte im Schlick.«

»Das ist ein himmelweiter Unterschied, glaub mir, ein Unterschied wie Tag und Nacht.«

## 53

Xander ist ein Stück weiter nach Osten gefahren und hat auf einer Klappbrücke den Störtebekerkanal überquert. Die Straße unterhalb des Deichs führt in westlicher und nördlicher Richtung bis zur Schleuse Leysiel. Nach einem knappen Kilometer in westlicher Richtung biegt der Seedeich nach Norden ab. Beim Bau neuer Küstenschutzanlagen samt der Schleuse, ein paar Kilometer von der alten Küstenlinie entfernt im Watt, ist eine Halbinsel entstanden. Zwei massive Seedeiche umschließen wie die Scheren eines riesigen Krebses das Naturschutzgebiet, in dem der Anteil an Salzwasser stetig sinkt, das Speicherbecken und die Fahrrinne nach Greetsiel. Nur der alte Deich lässt noch erkennen, wo die Küste früher verlief. Xander hält neben der Straße an und steigt aus. Er zieht eine Regenjacke an.

Am alten Deich entlang führt ein unbefestigter Weg, der nur noch selten befahren wird. Die Wiesen werden aber anscheinend noch regelmäßig gemäht, sie sehen jetzt ziemlich kahl aus. Ein Zaun markiert die Grenze des Schutzgebiets. Xander steigt hinüber und folgt weiter dem alten Deich. Ungefähr fünfzig Meter vom Weg entfernt steht eine Art Baubaracke auf niedrigen Pfählen.

Als er sich der Hütte nähert, hört er, dass drinnen Menschen sind. Etwas hält ihn davon ab, einfach die Stufen hinaufzusteigen und anzuklopfen. Was er hört, ist weder ein Gespräch während einer Essenspause noch das Flüstern von Vogelbeobachtern. Er bleibt stehen und horcht mit angehaltenem Atem. Er hört ein Rumpeln und die Laute eines Menschen, der Schmerzen zu haben scheint. Ein zunehmend heftiger Regenschauer und der böige Wind machen es schwer, von den Geräuschen auf die Vorgänge im Inneren zu schließen. Vorsichtig nähert sich Xander der Hütte und legt das Ohr an die Holzwand. Jetzt hört er, was sich drinnen abspielt. Niemand hat Schmerzen oder wird misshandelt.

Behutsam entfernt er sich wieder von der Hütte, geht dann mit schweren Schritten um sie herum und steigt geräuschvoll die Stufen zur Tür hinauf. Er klopft an. Drinnen sind die Geräusche verstummt. Er wartet einen Moment ab, klopft erneut und hört zögernde Schritte. Eine sehr junge Frau öffnet die Tür einen Spalt und schaut hinaus. Ihr Haar ist wirr, ihre Pupillen sind groß, Lippen und Wangen gerötet. Im Hintergrund kämpft ein junger Mann mit seiner Hose.

»Könnte ich kurz reinkommen?«, fragt Xander.

»Wir beobachten Vögel«, erklärt das Mädchen und späht an Xander vorbei, um zu sehen, ob er allein ist.

»Natürlich«, sagt Xander. »Ich werde keine vertreiben.«

Die junge Frau dreht sich zu ihrem Freund um, der nun auch wieder vollständig bekleidet ist. Er macht einen reichlich belämmerten Eindruck. Auch er hat gerötete Wangen. Xander nickt ihm zu.

»Xander Rimbach, Bundespolizei«, sagt er. »Ich habe nur ein paar Fragen, und ich würde sie lieber drinnen stellen, wenn's geht. Es dauert auch nicht lange, dann könnt ihr weiter Vögel beobachten.«

Das Mädchen öffnet die Tür ein Stück weiter. »Sie war offen. Wir sind nicht eingebrochen.«

»Keine Sorge«, sagt Xander. Und dann: »Ihr braucht euch wirklich keine Sorgen zu machen, und es tut mir leid, dass ich euch gestört habe. Aber jetzt bin ich nun mal hier.«

»Niemand darf davon erfahren«, sagt das Mädchen. »Wenn meine Eltern …«

»… dann hast du eben einfach Vögel beobachtet«, sagt Xander.

Das Mädchen verdreht die Augen. »Das glauben die doch nie.«

Der Junge lacht nervös.

»Ich möchte nur wissen, ob ihr vielleicht am Sonntagabend oder Montagmorgen auch hier wart.«

»Heute ist das erste Mal«, sagt der Junge. »Wir machen das sonst nie.«

Xander schüttelt den Kopf. »Es ist wichtig«, sagt er.

»Worum geht's denn?«, fragt das Mädchen. »Ist hier was passiert?«

»Das ist die Frage«, antwortet Xander. Er schaut die beiden abwechselnd an. Nichts sagen, denkt er.

»Was willst du denn wissen?« Der Junge gewinnt sein Selbstvertrauen zurück und macht sich etwas größer.

»Bist du wirklich von der Polizei?«, fragt die junge Frau. »Ich meine, sind Sie …«, korrigiert sie sich. Es erinnert Xander daran, dass der Altersunterschied zwischen ihm und den beiden gar nicht so groß ist. Er holt seinen Dienstausweis aus der Hosentasche und zeigt ihn vor. Beide betrachten ihn prüfend.

»Ich möchte nur wissen, ob ihr am Sonntagabend oder Montagmorgen auch hier wart, und wenn ja, ob ihr dann jemanden gesehen habt.«

»Wenn Sie nur meinen Eltern nichts davon sagen«, sagt die junge Frau und schaut ihren Freund an. Er zuckt mit den Schultern. »Wir waren am Montag ganz früh hier«, sagt sie. »Eiso kam vom Melken, und ich …«, sie kichert, »… ich hab gesagt, ich müsste früh arbeiten, ja, und dann waren wir auch hier.«

»Ein Fahrrad lag hier«, sagt der Junge, »ein zusammengeklapptes Faltrad, unter der Hütte versteckt.«

»Habt ihr auch einen Menschen gesehen? Den Besitzer des Fahrrads?«

»Nein«, sagt der Junge.

»Doch«, sagt das Mädchen.

»Wir haben nicht so oft rausgeguckt …«, sagt der Junge.

»Aber wir haben gehört, dass unten jemand an dem Fahrrad rumgemacht hat«, fällt ihm das Mädchen ins Wort. »Wir haben uns erschrocken und waren ganz still. Und kurz danach hab ich vorsichtig aus dem Fenster geguckt und gesehen, dass jemand auf dem Rad weggefahren ist.«

»Konntest du erkennen, wer das war?«

Das Mädchen schüttelt den Kopf. »Der Fahrer hatte einen Poncho an, die Kapuze auf dem Kopf. Ich weiß noch, dass ich das komisch fand, es regnete ja gar nicht.«

»Und er hatte einen Buckel«, sagt der Junge. »Groß und ein Buckel, und dann auf einem Rad mit so kleinen Rädern.« Er schüttelt den Kopf und lacht.

»Kann es sein, dass er unter dem Poncho einen Rucksack umhatte?«

Das Mädchen nickt. »Natürlich, das muss es gewesen sein.«

»Und er kam euch nicht bekannt vor? Oder war es eine Frau?«

Beide ziehen die Schultern hoch.

»Um wie viel Uhr war das?«

»Zehn?«, sagt der Junge.

»Vielleicht ein bisschen später«, sagt das Mädchen.

»Oder früher, kann auch sein«, sagt der Junge.

»Ich muss euch doch noch bitten, mir eure Namen zu nennen«, sagt Xander.

Das Mädchen sieht ihn erschrocken an. »Aber du sagst nichts meinen Eltern?«

»Wenn du hilfst, einen Mord aufzuklären, sind deine Eltern nur stolz auf dich, glaub mir«, sagt Xander.

Nach einigem Drängen nennen sie Xander ihre Namen. »Ihr habt mir sehr geholfen«, sagt er. »Jetzt lasse ich euch wieder allein, mit den Vögeln.«

Der Regen ist weitergezogen, aber der Wind weht noch genauso heftig, als Xander am alten Deich entlang in Richtung Sieltief geht, vergeblich nach Spuren im Schilf sucht und schließlich auf dem alten Deich zu seinem Wagen zurückkehrt. An einer schlammigen Stelle entdeckt er zwei Schuhabdrücke, misst und fotografiert sie. Sie zeigen in Richtung Wasser. Ansonsten weist nichts auf die Anwesenheit von Menschen hin, außer natürlich der ausgediente Deich, die vage Geometrie der früher landwirtschaftlich genutzten Flächen und über dem Schilf das Topplicht eines kleinen Schiffs auf dem Weg nach Greetsiel.

# 54

Das Haus von Aron Reinhard und Maria Ziegler in Oldenburg wendet seine Vorderfront dem Schlossgarten zu. Es ist eine stattliche, gut erhaltene Villa aus dem 19. Jahrhundert. Die Sträucher und Bäumchen im Vorgarten sind seit Jahren nicht zurückgeschnitten worden, die Fenster im Erdgeschoss deshalb teilweise von wucherndem Grün verdeckt. Im Carport steht ein dunkelblauer Volvo-Kombi. Der Muschelgrieß der Zufahrt ist das Einzige, was ans Meer erinnert.

Bevor Liewe klingelt, wirft er einen Blick auf die Ladefläche des Kombis. Kein Faltrad. Kurz vor Oldenburg hat er einen Anruf von Xander bekommen. Liewe hat ihm ein sachliches Kompliment gemacht und ihn aufgefordert, sich noch ein bisschen im Dorf umzuhören.

Das Haus hat eine Türklingel, die über einen Seilzug zu betätigen ist. Als Liewe daran zieht, kommt innen ein rasselnder Mechanismus in Gang, und nach kurzer Verzögerung ertönt das Sturmläuten einer gesprungenen Glocke.

Während er wartet, betrachtet Liewe die Namensschilder neben der klassizistischen hölzernen Haustür. Aron und Maria haben beide eins, mit messingfarbenen Schrauben links und rechts von dem blank geputzten Briefkasten befestigt.

Maria Ziegler. Aron Reinhard.

Er überlegt, warum sie wohl diese Punkte hinter ihre Namen gesetzt haben, ein Detail, das ihn nicht gleichgültig lässt. Er spürt, dass er angespannt ist.

Nach langer Zeit nähern sich endlich Schritte. Ein Riegel wird geöffnet, dann die Tür. Aron. Seine hellblauen Augen blicken auf Liewe hinunter, der vor den drei schiefergrauen steinernen Stufen steht. Aron trägt ein leichtes Leinenhemd, am Hals offen, an der Taille mit einem Gürtel geschnürt. Dunkle Hose. Stiefel. Ein Kosake mit Mehrtagebart. Eine Katze entwischt an seinen Stiefeln vorbei ins Freie.

»Cupido«, sagt Liewe. »Bundespolizei.«

Aron schaut ihn unbewegt an und wartet. Doch als von Liewe nichts weiter kommt, macht er einen Schritt rückwärts und sagt: »Peter hat mir von Ihnen erzählt. Gut, dass Sie ihn nach Hause gebracht haben. Treten Sie ein.«

Boden und Wände des Hausflurs bestehen aus hellen Marmorfliesen. An einer Wand hängt ein großer Spiegel. Eine breite Holztreppe schwenkt mit einer sanften Biegung aus dem Blickfeld. Oben wird eine Tür geöffnet.

»Wer ist es?« Eine Frauenstimme.

Aron bleibt unten vor der Treppe stehen. »Herr Cupido«, sagt er, den Blick nach oben gerichtet. »Der Polizeibeamte, der Peter von Borkum nach Hause gefahren hat.«

»Ich komme gleich.« Die Tür wird wieder geschlossen.

»Kommen Sie«, sagt Aron. »Wir sind gestern Abend aus England zurückgekehrt und müssen unsere Territorien erst wieder in Besitz nehmen. Möchten Sie einen Kaffee?«

»Sie haben mit Herrn Lattewitz telefoniert«, sagt Liewe, während er Aron in den Salon folgt. Der dichte Bewuchs rings um das Haus dämpft das Licht. An der hinteren Seite des Salons ist ein Wintergarten angebaut, was dem Inneren eine angenehme Atmosphäre verleiht, man kommt sich fast vor wie auf einer Lichtung im Wald. Aron geht in die offene Küche, holt eine Tasse mit Untertasse aus einem Schrank, erteilt dem Kaffeevollautomaten einen Auftrag und schaut zu, wie die Tasse gefüllt wird.

»Wir haben Peter angerufen und unseren Urlaub abgebrochen«, sagt er, während er Liewe die Tasse reicht. »Die Sache hat ihn sehr mitgenommen, das war jedenfalls unser Eindruck. Wir sind selbst auch ...« Er räuspert sich. »Setzen wir uns in den Wintergarten«, sagt er.

Sie gehen an einem Kamin vorbei, über dem ein großer Spiegel hängt. Neben dem Kamin steht eine kleine Vitrine, wie man sie aus Museen kennt. Eine Skulptur ist darin ausgestellt.

»Lattewitz hat genau so eine Skulptur«, sagt Liewe.

»Peter, ja«, bestätigt Aron. Sie schauen zusammen in die Vitrine. Ein Lämpchen taucht die kleine Skulptur in ein schwaches Licht, als wäre sie nur eine Erinnerung an sich selbst.

»Sie ist Ihnen viel wert.«

»Maria kann das genauer erklären, aber vielleicht besser nicht, nach alldem ... Die beiden Skulpturen stammen aus Liberia, sie gehören zusammen. Maria ist da zur Welt gekommen, das wissen Sie? Ihr Vater war Arzt bei einer Minengesellschaft, einem amerikanischen Unternehmen.«

»Zwei Skulpturen, für jedes Kind eine«, sagt Liewe.

»Sie wissen von Helen?«, fragt Aron mit gedämpfter Stimme. Er zeigt auf ein eingerahmtes Foto auf dem Kaminsims. Eine junge Frau, aufgenommen an einem sonnigen Tag, Sommersprossen, langes, lockiges Haar, lachende Augen, im Hintergrund undeutlich die Kutter von Greetsiel.

»Die Zwillingsschwester«, sagt Liewe, »die verunglückt ist.«

»Ja. In Liberia bekommen Zwillinge so ein Skulpturenpaar geschenkt. Oft stirbt eines der Geschwister, und dann bleiben statt der Zwillinge die Skulpturen zusammen, das ist der Gedanke dahinter, vermute ich. Nach dem Glauben der Mano, so heißt das Volk in diesem Teil Liberias, dürfen sie auf keinen Fall getrennt werden. Wenn man es doch tut, bringt das Unglück.

Maria und Helen haben sie kurz nach ihrer Geburt vom Ältesten des Dorfes bei der Mine bekommen. Für Maria haben diese Dinge auf jeden Fall große Bedeutung, vor allem, nachdem Helen … tja.«

Liewe nickt.

»Das Dorf existiert übrigens nicht mehr«, fährt Aron fort. »Alles abgegraben und fortgespült … Sollen wir uns nicht setzen?« Er führt Liewe zu einer Sitzgruppe mit ein paar Korbsesseln.

Aron nimmt Platz, Liewe bleibt stehen, trinkt einen Schluck Kaffee und schaut in den Garten.

»Was kann ich für Sie tun?«, fragt Aron.

»Sie haben die Gelegenheit zu dieser Wattdurchquerung verpasst«, sagt er. »Lattewitz und Smyrna haben noch eine Zeit lang auf Sie gewartet.«

Aron schüttelt den Kopf. »Ich hatte gesagt, dass ich nicht kommen würde. Ich habe ihm die Entscheidung überlassen.«

Liewe schaut ihn an. »Ihm …«, sagt er.

»Peter. Ich habe gesagt: Es ist deine Entscheidung. Ich bin am Medway, und Maria ist krank.«

»Und wenn er nicht gewollt hätte …«

»Wäre Klaus noch am Leben«, ergänzt Aron. »Und Peter jetzt nicht in diesem Zustand.«

Liewe schweigt, trinkt wieder einen Schluck Kaffee, schaut in den Garten.

»Am Medway«, sagt er dann.

»Eine Flussmündung mit starkem Tidenhub, unserem Watt ähnlich. Ich habe da einige schöne Wanderungen unternommen. Viel Schlick allerdings.«

»Und Ihre Frau?«

»Meine Frau hasst das Meer. Aber sie liest gern, und unser

Bed and Breakfast war sehr angenehm, das Green Farmhouse. Wir hatten einen Zweitagerhythmus. Einen Tag war ich in der Medwaymündung unterwegs, dann ist sie zu Hause geblieben und hat gelesen, und am nächsten ging es nach Canterbury oder Chatham oder London. Natürlich bin ich dann mitgefahren, ich bin kein Barbar.«

»Sie waren in ...?«

»Einem Dorf namens Lower Halstow.«

»Und Ihre Frau ist krank geworden?«

»Migräne«, sagt eine tiefe Frauenstimme. Liewe dreht sich um. Maria ist in den Wintergarten gekommen, er hat sie nicht gehört. »Maria Ziegler«, sagt sie und reicht ihm etwas steif die Hand. Ihr dunkelblondes Haar ist hochgesteckt, ein dunkelgrünes Kleid hängt gerade um ihre magere Gestalt. Darüber trägt sie eine perlweiße Weste.

»Liewe Cupido«, sagt Liewe.

»Möchten Sie nicht etwas zum Kaffee?«, fragt sie. »Aron vernachlässigt Sie.«

»Nein, danke«, sagt Liewe. »Migräne. Ausgerechnet in Ihrem Urlaub.«

»Man muss lernen, es zu akzeptieren«, sagt Maria, »aber es ist und bleibt Horror.«

»Und nichts hilft?«

»Ich habe so einige Irrfahrten durch die pharmazeutische Welt hinter mir, Herr Cupido. Die Tabletten, die ich jetzt habe, unterdrücken die Schmerzen, aber sie unterdrücken auch alles andere. Aber sprechen wir nicht über meine Migräne, das ist ein unverzeihlich ödes Thema.«

Aron zeigt erneut auf den Sessel ihm gegenüber. Liewe lächelt Maria an und nimmt Platz.

»Sie sind Peter auf Borkum zufällig begegnet?«, fragt Aron.

»Nein«, antwortet Liewe. »Ich habe ihn gesucht, weil ich ihn das eine oder andere fragen wollte.«

»Zum Beispiel?«

»Was im Watt passiert ist.«

»Ich lasse euch einen Moment allein«, sagt Maria, »dann könnt ihr über Schlamm und kaltes Wasser reden.« Sie verlässt den Wintergarten.

Aron schaut ihr nach. »Meine Frau ist ein Landtier«, sagt er sachlich. »Ihre Welt ist die Informatik.«

»Peter Lattewitz hat mir gesagt, dass Sie die Route gewählt und abschnittsweise erkundet haben.«

»Ich habe die Vorarbeit geleistet, ja«, sagt Aron. »Sie finden alle Informationen dazu auf meiner Website. Im Prinzip kann mit diesen Informationen jeder halbwegs erfahrene Wattwanderer diese Route gehen.«

»Ausgesprochen schade, dass Sie nicht dabei sein konnten.«

Aron nickt. »Die beiden hätten es nicht machen müssen.«

Liewe blickt wieder in den Garten. »Das ist Ihr Peilstock?«

Aron folgt seinem Blick. Der Peilstock lehnt an einem Mäuerchen unter einer Überdachung. »Maria will die Sachen nicht im Haus haben«, sagt er.

Liewe steht auf und geht ans Fenster. »Wie lange haben Sie ihn schon?«

»Zu lange«, sagt Aron, »eigentlich müsste ich ihn ausmustern, aber wir haben zusammen so viel erlebt, dass ich mich nicht von ihm trennen will.« Er steht auf und stellt sich neben Liewe.

»Das Holz löst sich am unteren Ende auf«, stellt Liewe fest.

»Da war ein Messingring, den hab ich eines Nachts südlich von der Engelsmanplaat verloren, wahrscheinlich an einer Muschelbank ... Sie sind Holländer?«

»Was kann schiefgegangen sein?«, sagt Liewe.

»Was schiefgegangen ist?«, fragt Aron. Sein Blick wird kalt. »Sie meinen, was ich falsch gemacht habe? Soweit ich weiß, habe ich nichts falsch gemacht.«

»Bei Ihren Freunden im Watt.«

»Ach so, natürlich«, sagt Aron. »Wo ist es denn passiert?«, fragt er.

»Hat Lattewitz Ihnen das denn nicht gesagt?«

»Doch, ja, aber vielleicht wissen Sie mehr?«

Liewe denkt nach. »Im Blinden Randzelgat«, sagt er schließlich, »zwischen sechs und halb sieben.«

»Das meine ich ... waren sie wirklich da?«

»Lattewitz behauptet es.«

»Peter ist oft nicht ganz klar im Kopf«, sagt Aron. »Sie wissen von seinen Problemen?«

Liewe schweigt. Er sieht Arons wachsendes Unbehagen.

»Er hat Wahnvorstellungen«, sagt Aron dann.

»Warum finden Sie es wichtig, dass ich das weiß?«

»Sie wollen doch herausfinden, was passiert ist, oder? Deswegen sind Sie doch hier?!«

»Wollen Sie sagen, dass Klaus Smyrnas Tod mit den Wahnvorstellungen zusammenhängt, die Peter Lattewitz manchmal hat?« Liewe blickt Aron in die Augen.

»Ich sage, man kann sich nicht darauf verlassen, dass Peter immer die richtigen Entscheidungen trifft. Das gilt besonders für Stresssituationen. Diese Route zu gehen ist durchaus möglich, aber man sollte besser keine Fehler machen.«

»Und Smyrna?«

»Er war immer nur mit Überleben beschäftigt. Mit dem Kopf in den Wolken, wenn das Wasser weg war, aber wie gehetzt, wenn es kam.«

»Trotzdem haben Sie die beiden allein losziehen lassen, ohne Sie.«

»Ich hab Ihnen doch gesagt, dass Maria krank war. Und niemand hat die beiden gezwungen.«

»Das haben Sie schon mehrmals betont«, sagt er.

Aron erwidert nichts, auch Liewe schweigt. Sie schauen in den Garten. Der Wind hat ein wenig nachgelassen.

»Smyrna ist auf De Hond gefunden worden«, sagt Liewe.

Aron denkt nach. »Wann?«, fragt er.

»Neun Uhr oder etwas später.«

»Am Abend.«

»Nein, noch am Morgen.«

Aron schüttelt den Kopf. »Das ist unmöglich«, sagt er. »Wie soll er denn da hingekommen sein? Dann wäre er gegen den Ebbstrom getrieben. Oder gibt es bei dieser Bank eine gegenläufige Strömung?« Er schaut Liewe an. »Ach, das wissen Sie natürlich nicht.«

»An dem Tag, an dem Ihre Frau den Migräneanfall hatte ... oder waren es mehrere Tage ...?«

»Am Samstagnachmittag fing es an«, sagt Aron. »Am Montag gegen Abend ging es ihr wieder besser. Jedenfalls haben wir dann einen Spaziergang gemacht.«

»Sie können dann nicht viel für sie tun.«

Aron nickt. »In Ruhe lassen«, sagt er.

»Dann sind Sie wahrscheinlich nur ein ganz kleines Stück ins Watt gegangen.«

Aron runzelt die Stirn. »Nein«, antwortet er. »Nein, ich bin nicht ins Watt gegangen.«

»Waren Sie telefonisch mit Ihren Freunden in Kontakt, während sie nach Borkum gegangen sind?«

Aron schüttelt den Kopf. »Wissen Sie, wir waren aufeinander angewiesen, was das Wattwandern anging, aber wirkliche Freundschaft war es nicht mehr. Aus lauter Sturheit ist er mit Klaus allein losgegangen. Es war einzig und allein seine Entscheidung. Smyrna und er, sie haben, sie sind ...«

Liewe schweigt. Aron schüttelt wieder den Kopf. Er hat Tränen in den Augen, aber ob vor Wut oder vor Kummer, ist Liewe nicht ganz klar.

»Alles geht vorbei, wir treffen Entscheidungen und müssen damit leben. Diese außergewöhnlichen Wattdurchquerungen sind mein Lebenswerk, das Buch ist mein Testament, und die Website, auf der alles steht, was ich selbst, ganz allein, in all den Jahren an Informationen zusammengetragen habe, das ist mein Vermächtnis. Wir waren vielleicht zusammen, aber letztlich habe ich immer alles allein gemacht.«

Liewe wirft noch einen Blick auf den Peilstock im Garten. »Grüßen Sie Ihre Frau«, sagt er dann. »Ich finde allein hinaus.«

Er nickt Aron zu, geht durch den Salon, betrachtet im Vorbeigehen noch einmal die Skulptur und das Foto von Helen. Im Hausflur bleibt er stehen. Aron ist ihm gefolgt.

»Eins habe ich noch vergessen. Ich habe Ihren Rucksack vom Nienhof mitgenommen. Ich bringe ihn Ihnen zurück, sobald wir ihn nicht mehr brauchen.«

## 55

Langsam fährt die *Bayreuth* auf die Hafeneinfahrt von Delfzijl zu. Geeske hat dem Kapitän vorgeschlagen, den Hafen anzulaufen, damit die niederländische Justiz die sterblichen Überreste Klaus Smyrnas der Bundespolizei übergeben kann.

»Da Sie ohnehin gerade in der Gegend sind«, sagte sie.

Der Kapitän der *Bayreuth* hat den Vorschlag höflich angenommen und Anweisung erteilt, den Anker zu lichten. »Lassen wir uns Zeit«, sagt er zum Lotsen. »Es darf ruhig etwas dauern.«

»Soll ich mit dem Typhon grüßen?«, fragt der Erste Offizier.

»Das ist nicht üblich«, sagt der Lotse.

»Wir sollten nicht übertreiben«, sagt der Kapitän.

Erst als sie die Einfahrt passiert hat, hisst die *Bayreuth* zusätzlich zur Bundesdienstflagge die niederländische Flagge. Auf dem Deich stehen zwei Kamerateams, vom NDR und vom Groninger RTV Noord.

Auf dem Kai in Delfzijl wartet bereits ein Leichenwagen. Hedda Lutz hat ihr Auto daneben geparkt und ist ausgestiegen. Einen Schal um den Hals, die Schultern leicht hochgezogen, die Hände in den Jackentaschen, blickt sie den langen Hafenkanal hinunter, in dem bald die *Bayreuth* zu sehen sein wird. Geeske, in tadelloser, frisch gebügelter Uniform, geht zu ihr und stellt sich vor.

»Ich habe Ihren Mann gefunden«, sagt sie. »Es tut mir sehr leid für Sie.«

Hedda Lutz schaut sie erst wütend an, taut dann aber doch ein wenig auf. »Danke«, sagt sie.

»Es kann kein Trost für Sie sein«, sagt Geeske, »aber ich sage es trotzdem: Als wir ihn gefunden haben, sah er nicht unglücklich aus.«

Hedda kneift die Augen zusammen, als würde sie vergeblich etwas Kleingedrucktes zu entziffern versuchen. »Ich weiß nicht, was ich dazu sagen soll.«

»Sollten Sie irgendwann noch Fragen haben …« Geeske holt eine Visitenkarte aus der Tasche. »Ich habe hier meine Privatnummer dazugeschrieben. Sie können mich jederzeit anrufen.«

Hedda zieht eine Hand aus der Jackentasche, nimmt die Karte und steckt sie wortlos ein. Die *Bayreuth* kommt in Sicht. An Deck stehen Bundespolizisten Schulter an Schulter in einer Reihe. Eine feierliche Stille liegt über allem, niemand spricht, sogar die Fernsehteams filmen still. Nur der Motor der *Bayreuth* brummt leise. Sie wendet und gleitet seitwärts an den Kai heran. Es dämmert. Plötzlich werden die Türen des Leichenwagens geöffnet, und zwei Mitarbeiter des Bestattungsunternehmens steigen aus. Sie tragen Frack, graue Handschuhe und auf Hochglanz polierte schwarze Schuhe. Es sind zwei junge Leute, ein Mann und eine Frau, doch mit ihrem straff zurückgekämmten Haar sehen sie zeit- und geschlechtslos aus. Sie öffnen die Heckklappe, und als sie den Sarg aus dem Wagen ziehen, klappen aus dem Gestell darunter Beine mit Rädern aus. Es geht ruhig, routiniert und glatt vonstatten. Nach wenigen Augenblicken steht Smyrnas Sarg auf dem Kai.

Die *Bayreuth* hat in der Zwischenzeit festgemacht und eine Gangway heruntergelassen. Es folgt eine zweite unmittelbar daneben. Sechs Uniformierte kommen an Land. Geeske geht ihnen entgegen und reicht jedem die Hand. Dann stellen sich die sechs neben den Sarg, drei auf jeder Seite.

»Moment.«

Es ist die Stimme von Gus. Er kommt von der *RV 180*, die in der Nähe festgemacht ist, angelaufen, in der Hand den Peilstock, den er südlich von Schiermonnikoog gefunden hat. Er geht zum Sarg, die drei Bundespolizisten auf der einen Seite machen ein wenig Platz, und er legt den Peilstock der Länge nach darauf. Er passt genau. »So«, sagt Gus. »Für die Überfahrt.« Und er tritt einen Schritt zurück.

Die Beamten nehmen wieder ihren Platz ein, heben den Sarg an und tragen ihn zur *Bayreuth*. Hedda Lutz folgt ihnen als Einzige, den Blick auf den Sarg gerichtet.

Vor der Gangway bleibt sie stehen und beobachtet, wie die Bundespolizisten ihren Mann vorsichtig an Bord bringen. Der Peilstock rollt ein wenig hin und her, fällt aber nicht herunter. Niemand spricht. Die Gangways werden eingeholt, und auf dem Vor- und Achterschiff erscheinen weitere Uniformierte, die auf den Kai hinunterschauen. Sie warten auf die Festmacherleinen, die ihnen von unten zugeworfen werden. Die *Bayreuth* löst sich brummend vom Kai.

Das Schiffshorn tutet einmal kurz.

Geeske blickt sich um. Der Leichenwagen dreht schon langsam rückwärts und fährt dann auf die Deichscharte zu, durch die er das Hafengelände verlässt. Rob und Anne-Baukje, die mit Geeske auf den Kai gekommen waren, blicken noch der auslaufenden *Bayreuth* nach.

»Jetzt fährt er nach Hause«, sagt Rob.

»Wir auch«, erwidert Geeske.

Das Hafengelände leert sich allmählich, die Kamerateams haben ihre Sachen wieder eingeladen. Nur Hedda Lutz schaut noch dem auslaufenden Schiff hinterher.

Es ist dunkel geworden, sie ist eine farblose Gestalt unter den Natriumlampen, ein Schatten ihrer selbst. Endlich dreht sie sich um, geht zu ihrem Wagen und steigt ein.

Geeske bleibt noch stehen, bis sie den Motor anlässt, wendet und an ihr vorbeifährt. Geeske nickt ihr zu, aber Hedda erwidert den Gruß nicht. Sie ist allein in ihrem Wagen, und bis nach Hause sind es noch fast vier Stunden.

## 56

»Green Farmhouse, Dorothy?«

»Guten Abend, hier ist Liewe Cupido, spreche ich mit dem Bed and Breakfast in Lower Halstow?«

»So ist es. Was kann ich für Sie tun?«

»Ich bin ein Freund von Herrn Reinhard. Er hat mir heute Nachmittag erzählt, dass er vergangene Woche bei Ihnen gewohnt hat.«

»Das deutsche Ehepaar, richtig. Hat sich Maria wieder ganz erholt?«

»Es ging ihr anscheinend wieder gut. Die beiden haben sehr viel Gutes über Ihr B&B erzählt, und da dachte ich: Ich rufe mal an und erkundige mich.«

»Das hört man gern. Ich hatte ja befürchtet, ihr Aufenthalt hier war nicht das, was sie sich erhofft hatten.«

»Jemand mit Migräne im Haus, das ist für alle eine Belastung.«

»Ich habe ihr das ruhigste Zimmer gegeben, zum Garten hin. Es hat Vorhänge, die gut verdunkeln, und an dieser Seite ist es still. Ihr Mann hatte die King Suite oben, damit Maria nicht gestört wurde und sich in aller Ruhe erholen konnte. Morgens hat er Frühstück für sie geholt, nur eine winzige Kleinigkeit, und ihr ins Zimmer gebracht. Ansonsten hat er ihr ihre Ruhe gelassen, er hat sich sogar in den Garten vor ihre Tür gesetzt und gearbeitet, hin und wieder ist er zu ihr gegangen und hat mir dann erzählt, wie es ihr ging. Am Montagabend haben sie wieder einen Spaziergang gemacht, man sah ihr an, was sie durchgemacht hatte, sie war sehr müde, aber wenigstens konnte sie wieder aufstehen.«

»Aber sie hat schon Medikamente dagegen?«

»Ich glaube, man kann nicht viel dagegen machen. Hat jedenfalls ihr Mann gesagt.«

»Sie selbst nennt es Horror, ja. Aber ihr Mann hat über sie gewacht.«

»Wie eine Schildwache, vor ihrer Tür. Er hat sich einen Stuhl hingestellt und lange da gesessen, den Laptop auf dem Schoß. Er hat gesagt, er arbeitet an seiner Website und kann trotzdem hören, ob sie was braucht, ohne sie unnötig zu stören, das arme Ding. Ich glaube, die beiden sind sich sehr nah, verstehen Sie? Es ist immer schön, so ein Paar zu sehen. Als sie wieder auf den Beinen war, hab ich sie von der Kirche her kommen sehen, Arm in Arm.«

»Von der Kirche ...«

»Sie hatten einen Spaziergang zum Hafen gemacht. Maria wollte das Meer sehen, sagte ihr Mann. Die Kirche steht in der Nähe des Hafens.«

»Maria wollte das Meer sehen?«

»Das hat er gesagt, wie heißt er noch? Ein biblischer Name ... Ich denke immer: Moses. Weil er über den Meeresboden geht, glaube ich.«

»Aron.«

»Natürlich, Aron.«

»In der Kirche selbst waren sie nicht?«

»Nein ... jedenfalls nicht, dass ich wüsste ... aber vielleicht doch. Ihn nennt man hier schon den Candle Man. Ich weiß gar nicht, ob ich das sagen darf.«

»Den Candle Man?«

»Er hat die drei Kerzen angezündet, vor dem Altar, als er allein in der Kirche war, am Samstagvormittag. Das war aber schon, bevor Maria krank wurde.«

»Warum Candle Man? Hat er nicht bezahlt?«

»Nein, nein, nicht diese kleinen Lichter an der Seite, die hätte er auch anzünden können, das machen viele, oft zum Andenken an Verstorbene. Nein, er hat die großen Kerzen angezündet, die nur für besondere Gottesdienste bestimmt sind.«

»Interessant.«

»So was hatte noch nie jemand gemacht, wissen Sie? Das ist doch auch in Deutschland nicht üblich? Oder sind Sie aus Holland?«

»Nein.«

»Das hätte sogar einen Brand auslösen können. Die Kirche ist schon ziemlich alt und gehört dem National Trust, wir in Lower Halstow sind sehr stolz auf sie. Die Pfarrerin hatte sie extra offen gelassen. Sie dachte erst, er wäre ein Pilger, hat sie gesagt, er hatte so einen Stock und ein seltsames Hemd. Aber als sie nachmittags zurückkam, brannten die drei Kerzen. Sie sind auch sehr teuer, vor allem die größte – wenn sie neu ist, muss man auf eine Trittleiter steigen, um sie anzuzünden.«

»Drei Kerzen.«

»Alle drei, die große in der Mitte und die kleineren links und rechts davon. Es ist ja noch mal gut gegangen, aber seitdem hat er doch einen gewissen Ruf hier. Na ja, ansonsten waren sie ja ganz korrekte Leute. Am Dienstag sind sie noch zusammen nach Chatham oder Rochester gefahren, und gestern Vormittag sind sie wieder abgereist.«

»Mit ihrem Volvo.«

»Mit diesem großen blauen Wagen, ist das ein Volvo?«

»Ja, das ist ein Volvo.«

»Er hatte ihn auf dem Parkplatz bei der Kirche abgestellt. Ich hab noch zu ihm gesagt: Sie können doch auch hier parken. Aber er sagte: Er steht da gut. Bevor sie weggefahren sind, hat er ihn dann doch hier vor der Tür geparkt, damit sie das Gepäck einladen konnten. Maria hatte eine Menge Bücher bei sich und natürlich ihren Computer. Zu viel, um es bis zur Kirche zu schleppen.«

»Dazu der Stock und die übrige Ausrüstung von Aron.«

»Die hab ich nicht gesehen, die hat er im Wagen gelassen. Er wollte keinen Schlamm mit ins Haus bringen, hat er gesagt. Sehr gewissenhafte Leute, aber Sie kennen sie ja. Ich glaube, er hatte auch Stiefel. Er hatte ja recht, vom Medway kommt man nie sauber zurück. Wenn man überhaupt zurückkommt ... Aber was kann ich für Sie tun? Überlegen Sie, ob Sie nach Lower Halstow kommen wollen? Ich habe in den nächsten Wochen genug Platz. Im Herbst kann es hier noch sehr schön sein.«

## 57

Liewe hat aufgelegt und starrt in seinem Wagen nachdenklich vor sich hin. Es ist längst Nacht, er muss einen Entschluss fassen. Schon seit Tagen ist er nicht mehr zu Hause gewesen, aber die Vorstellung, nach Cuxhaven zu fahren, den Geruch des Treppenhauses ertragen zu müssen, sich von dem großen Spiegel im Aufzug wegzudrehen, in die Wohnung zu gehen, in der niemand ist, mit dem gewohnten Ruck an den Vorhängen die Aussicht aufs Meer zu versperren und in der dann eingetretenen Stille die Heizung ticken zu hören, diese Vorstellung erfüllt ihn mit Widerwillen. Er startet den Motor, fährt langsam an und denkt an die drei Kerzen vor dem Altar und an Aron in dem Dorf dort drüben, wie ein Zerberus vor der Tür seiner leidenden Maria.

Es ist zehn Uhr, zu spät, um noch irgendwo etwas zu essen. Langsam und in immer trüberer Stimmung fährt er durch die Oldenburger Innenstadt. Er blickt den Fußgängern nach, die zu irgendeinem Ziel in der Nacht unterwegs sind. Nieselregen hat eingesetzt, alle paar Sekunden entfernen die Wischer die Tropfen von seiner Windschutzscheibe.

Als er vor einer roten Ampel anhält, schaut er zur Seite. Hotel Sprenz. Er biegt rechts ab, parkt den Wagen und betritt das Hotel.

»Sie haben Glück«, sagt die Dame an der Rezeption. »Eins unserer ›Mini‹-Zimmer ist noch frei. Schlafen wie Mr. Bean. Sie sind allein?«

Liewe nimmt den Schlüssel entgegen, ohne die Frage zu beantworten. Auf dem Weg durch die Hotelflure starrt er auf den Boden. Als er die Tür seines Zimmers geöffnet hat und das Interieur auf sich wirken lässt, klingelt sein Telefon. Es ist Lothar.

»Bist du wieder zu Hause?«, fragt er, doch Liewe seufzt nur tief. »Liewe?«

»Ich bin in Oldenburg«, sagt Liewe, als er sich ein wenig gefangen hat.

»Willst du nicht allmählich mal zurückkommen? Brock hat

den Bericht von Dr. Specht bekommen und sieht keinen Grund für Ermittlungen. Smyrna ist auf dem Weg nach Hause. Die Sache ist gelaufen.«

Liewe setzt sich aufs Bett und starrt an die Wand, an der ein halber grüner Mini Cooper hängt, in Originalgröße. Mit eingeschalteten Blinkern.

»Ähm ...«, sagt er.

»Ich hab dir ja schon von dieser Drogenjacht erzählt, es gibt hier viel zu tun. Du musst zurückkommen, ich kann dich nicht länger abschirmen.«

»Nein«, sagt Liewe, »das geht wohl nicht.«

»Ich weiß, dass du lieber unterwegs bist als hier, aber dieser Fall ist keiner mehr.«

Liewe antwortet nicht, schüttelt den Kopf.

»Die niederländischen Kollegen haben Smyrnas Peilstock im Wattenmeer bei Schiermonnikoog gefunden«, sagt Lothar. »Der ist jetzt mit dem Sarg auf dem Weg nach Lübeck.«

»Bei Schier...«, sagt Liewe.

»Ja, sie haben da geankert.«

»Smyrna ist ermordet worden«, sagt Liewe. »Und Lattewitz ist der Nächste.«

»Liewe, du *musst* morgen Vormittag ...«

»Jemand muss das Haus von Lattewitz beobachten«, unterbricht ihn Liewe. »Und die Apotheke ... Hat die Kripo in Aurich eine Cyber-Abteilung?«

»Liewe ...«

»Ich ruf dich morgen wieder an«, sagt Liewe und legt auf.

Sofort danach ruft er Xander an. Ohne sich für die Störung zu so später Stunde zu entschuldigen, erteilt er ihm den Auftrag, nach Aurich zu fahren und das Haus von Peter Lattewitz im Auge zu behalten.

»Sieh nach, ob er zu Hause ist, und wenn er wegfährt, sag mir sofort Bescheid und folge ihm. Um vier Uhr löse ich dich ab.«

»Ich möchte dir noch etwas über Arons Website sagen«, sagt Xander.

»Sag's mir heute Nacht, wenn ich dich ablöse. Jetzt drängt die Zeit. Wo wohnst du noch? Bunde?«

»Um Gottes willen, nein, in Leer.«

»Gut. Beeil dich.«

Liewe schaut auf die Armbanduhr, steht auf, verlässt das Zimmer, dann das Hotel, holt seinen Koffer aus dem Wagen und geht zurück. An der Rezeption bleibt er stehen.

»Ich reise mitten in der Nacht ab«, sagt er, »deshalb würde ich gern jetzt schon bezahlen.«

»Ach, schade«, erwidert die Rezeptionistin, »dann entgeht Ihnen ja das Frühstück.«

Liewe schüttelt den Kopf, bezahlt die Rechnung und geht eilig auf sein Zimmer zurück, wo er den Laptop aus dem Koffer nimmt und seinen Posteingang kontrolliert. Als er die Mail von Pauline Islander wiedergefunden hat, schreibt er eine Antwort.

Von: Liewe Cupido
An: Pauline Islander
01.10.15  22:38
Betreff: Re: Vimeo

Liebe Frau Islander,

ja, ich hätte sehr gerne den Link zu der Aufnahme.
Zu Ihren Fragen: Ich kann nicht alle beantworten, allein schon, weil vieles noch unklar ist. Herr Lattewitz hat tatsächlich eine

Nacht in einer Arrestzelle in Norden verbracht. Am nächsten Morgen wurde er wieder auf freien Fuß gesetzt, eine Anzeige wurde nicht erstattet. Die Ereignisse im Watt haben ihn sehr mitgenommen.

Der Leichnam Klaus Smyrnas ist den deutschen Behörden übergeben worden, und er ist auf dem Weg nach Hause. Der Staatsanwalt in Aurich, in dessen Zuständigkeitsbereich Smyrna ums Leben gekommen ist, bewertet die Sache als Unfall. Es werden keine strafrechtlichen Ermittlungen eingeleitet.

Aron Reinhard und seine Frau Maria Ziegler sind aus England zurückgekehrt. Der Mann vom niederländischen Grenzschutz, der das Boot gegen das Schiff unserer Küstenwache gesteuert hat, ist für einige Zeit beurlaubt worden, damit er über sein Abenteuer nachdenken kann.

Vielleicht noch ein interessantes Detail: Die niederländischen Kollegen haben Smyrnas Peilstock im Wattenmeer bei der niederländischen Insel Schiermonnikoog gefunden. Der Tote selbst wurde, wie Sie ja bestimmt wissen, auf einer Sandbank westlich des Leuchtturms von Campen entdeckt, näher an der niederländischen Küste. Über die Zugehörigkeit dieses Gebiets sind sich die beiden Staaten nicht einig, weshalb ein paar Tage lang nicht klar war, was mit Smyrnas Leichnam geschehen sollte. Wie dem auch sei: Der Wattwanderer und sein Peilstock sind offenbar auf mysteriöse Weise voneinander getrennt worden. Es bleibt abzuwarten, ob auch noch Smyrnas Rucksack auftaucht, denn er wurde weder bei dem Toten gefunden noch in der Gegend, in der man auf den Peilstock gestoßen ist. Wer weiß, wo er gelandet ist.

Ganz herzliche Grüße
Liewe T. Cupido

Er klappt den Laptop zu, legt sich angezogen aufs Bett, starrt noch eine Weile das halbe Auto an, das an der Wand klebt, und fällt schließlich in einen leichten, unruhigen Schlaf.

## 58

Um Viertel vor drei klingelt Liewes Wecker. Xander hat nicht angerufen. Er steht auf, duscht eilig, bereitet sich mit heißem Leitungswasser einen Becher Instantkaffee zu und ist wenig später auf der Autobahn in Richtung Nordwesten unterwegs. Als er eine Stunde später in Lattewitz' Straße einbiegt, sieht er Xanders Auto. Er parkt kurz hinter der Ecke, schaltet Scheinwerfer und Motor aus und geht zu Xander, der auf dem Fahrersitz schläft. Bei Lattewitz ist kein Licht zu sehen, alles ist ruhig. Liewe öffnet die Beifahrertür und steigt ein. Xander schreckt auf.

»Ach«, ächzt er, »doch noch eingeschlafen. Ich, äh …«

»Bis wann warst du wach?«

»Als ich zuletzt auf die Uhr geschaut hab, war's halb vier.«

»Irgendwas gesehen?«

»Nichts Erwähnenswertes, hier passiert wirklich gar nichts. Ich hab einen Fuchs gesehen, der sich im Vorgarten von dem Haus da rumgetrieben hat, gegenüber von Lattewitz, das ist alles. In Aurich gehen die Leute früh schlafen.«

»Ist er denn zu Hause?«

»Ja«, sagt Xander. Er gähnt und fröstelt ein wenig. »Als ich ankam, fuhr vor dem Haus gerade ein Wagen weg.«

»Ein Volvo«, sagt Liewe.

»Ja«, sagt Xander. »Woher weißt du das?«

»Wie viele Personen?«

»Eine, ein Mann.«

»Das war Aron Reinhard. Und dann?«

»Am Ende der Straße hat er kurz angehalten, ich weiß nicht, warum.«

»Ist vielleicht jemand zugestiegen?«

»Ich hab nicht drauf geachtet, wär möglich. Ich dachte vor allem an Lattewitz.«

»Verstehe.«

»Ich bin am Haus vorbeigefahren, die Vorhänge waren offen, er stand im Wohnzimmer, die Hände vor dem Gesicht.«

»Und dann?«

»Dann hab ich den Wagen hier abgestellt, bin ausgestiegen und noch einmal am Haus vorbeigegangen. Diesmal stand er an einem Tisch. Dann hab ich mich wieder ins Auto gesetzt. Nicht lange danach wurden die Lampen unten aus- und oben eingeschaltet. Kurz nach eins ging auch oben das Licht aus. Zwanzig nach zwei ging es wieder an, erst oben, dann auch unten. Ich glaube, ich habe ihn irgendwas schreien hören, aber sicher bin ich mir nicht. Ich bin wieder ausgestiegen und am Haus vorbeigegangen. Er wanderte im Zimmer auf und ab, war aber allein. Dann ist er raufgegangen, und es wurde wieder dunkel und still. Das ist alles.«

Liewe nickt. »Gut. Ich bleibe jetzt hier, fahr du nach Hause.«

»Gern«, sagt Xander. Er reckt sich, doch als Liewe aussteigen will, sagt er: »Moment, noch was. Ich wollte dir doch etwas zeigen.« Er dreht sich um und nimmt ein iPad von der Rückbank. »Ich hatte ja schon gesagt, dass ich mir die Website von Reinhard angesehen habe.« Er verbindet das iPad mit seinem Telefon und öffnet die Website. »Hier«, sagt er, »die Startseite, und dann verschiedene Unterseiten, über die Watttouren mit Lattewitz und Smyrna natürlich, über das Watt als Naturraum, über die Gezeiten, die Strömungen, auch ein bisschen Geschichte. Aber das hier ...«, Xander navigiert zu einer anderen Unterseite, »... das scheint etwas zu sein, worauf er ganz besonders stolz ist, er bezeichnet sich da auch als Entdeckungsreisender, Zitat: ›ein Wegbereiter in einer sich stetig verändernden Welt‹. Und darunter führt er schon fast krankhaft pedantisch die Watttouren auf, die er allein unternommen hat. Darauf kommt er immer wieder zurück: wie allein er war, wie allein er ist. Es sind Touren überall im Wattenmeer von den Niederlanden bis Dänemark, unter den extremsten Bedingungen, manchmal auch an Wattküsten in England und Frankreich. Bei Sturm, im Eis, bei Nacht ... und immer allein. Aber hier ...« Xander sucht einen Moment herum, landet dann auf einer Unterseite über das Watt zwischen Manslagt und Borkum, »... hier gibt er eine Übersicht über die infrage kommenden Routen zwischen Borkum und dem Festland und über die vielen Erkundungstouren, die er dafür unternommen hat, mit ganz vielen unterwegs aufgenommenen Fotos, und worum es mir jetzt geht, das ist dieses Foto hier, sieh mal ... fällt dir da etwas auf?«

Liewe betrachtet das Foto, das an einem sonnigen Tag aufgenommen wurde. Auf einer scheinbar endlosen Sandebene liegt ein Seehund. Aron hat sich offenbar hingekniet, um ihn zu fotografieren, es ist nicht klar zu erkennen, ob der Seehund tot ist oder nicht. Er ist noch jung, seine Haut ist hell, die Augen glänzen. *Toter Seehund im Manslagter Watt am Rand der Osterems*, steht darunter.

»Ein Seehund«, sagt Liewe.

»Sieh noch mal genauer hin«, sagt Xander. »Es geht um die Augen.«

Liewe schaut angestrengt. »Meine Güte«, sagt er. »Kannst du das Foto ein bisschen vergrößern?«

»Ich hab's schon hochgeladen, hier …« Xander schließt die Seite, öffnet ein Fotoprogramm, und da liegt der Seehund, jetzt aber stark vergrößert. Sein Kopf mit den beiden großen, runden, noch feuchten Augen füllt den ganzen Bildschirm aus. Xander zoomt auf das rechte Auge. Der Seehund ist noch nicht lange tot, seine Augen sind matte Spiegel, und in diesem Spiegel ist Aron Reinhard zu sehen, der im Sand kniet und fotografiert. Doch hinter ihm, klar umrissen vor dem hellen Himmel, steht noch jemand, der auf den Seehund hinunterblickt.

»Er ist nicht allein«, sagt Xander, »unser Wegbereiter.«

»Nein«, sagt Liewe. »Gute Arbeit, Xander.« Er betrachtet das Foto noch eine Weile, scheinbar unbewegt. »Da steht unser Mörder«, sagt er schließlich.

»Weißt du, wer das ist?«

»Ja«, sagt Liewe. »Ich weiß, wer das ist.«

# 59

Während der übrigen Nacht bleibt es ruhig um Lattewitz' Haus. Nachdem Xander sich mit dem Versprechen verabschiedet hat, um zehn Uhr ins Café-Restaurant Schöne Aussichten in Leer zu kommen, setzt Liewe sich in seinen eigenen Wagen und schiebt den Sitz so weit wie möglich nach hinten. Er horcht in die nächtliche Stille und spürt plötzlich die feuchte Kühle, steckt die Hände in die Jackentaschen, zieht die Schultern hoch und versucht, eine angenehme Sitzhaltung zu finden. Nach einer Viertelstunde bewegt sich draußen etwas. Es ist ein Hund, eine mittelgroße, schlanke Hündin, wahrscheinlich das Tier, das Xander für einen Fuchs gehalten hat. Sie nähert sich dem Wagen, bleibt neben der Fahrertür stehen und blickt zum Fenster hinauf. Liewe rührt sich nicht. Ihre Blicke begegnen sich. Die Hündin spitzt die Ohren, klappt sie wieder herunter, versucht Liewes Geruch zu erschnüffeln, wedelt ein paarmal mit dem Schwanz und setzt sich. Nach ein paar Minuten steht sie auf, legt eine Pfote an die Tür, stellt sich kurz auf die Hinterbeine, schnüffelt erneut.

Liewe wendet den Blick ab und versucht, sie zu ignorieren. Reglos starrt er durch die Windschutzscheibe auf Lattewitz' Haus. Die Hündin entfernt sich ein kleines Stück, kehrt dann in einem Bogen zurück und legt sich neben dem Wagen ins Gras am Rand des Gehwegs. Sie beleckt eine Pfote, kratzt sich hinter einem Ohr, hört irgendetwas, blickt wachsam mit aufgestellten Ohren zur Seite, kommt wieder zur Ruhe und legt den Kopf auf die Vorderpfoten, den Blick aufwärtsgerichtet, zu Liewe hin. Erst als ihm die Absurdität der Tatsache bewusst wird, dass er, der beobachtende Ermittler, seinerseits von dieser streunenden Hündin beobachtet wird, taut er auf und beginnt sich zu bewegen. Er schaut zu ihr hinunter, und als er sieht, dass sie aufsteht und mit dem Schwanz wedelt, öffnet er die Fahrertür und streckt die Hand nach ihr aus. Sie legt die Ohren nach hinten und duckt sich ein wenig, anscheinend doch noch auf der Hut, wagt dann aber einen Schritt vorwärts und riecht an seiner Hand.

»Du Nachtschwärmerin«, sagt Liewe leise. Er streicht ihr über den Kopf, krault sie einen Moment hinter den Ohren. »Na dann komm«, sagt er. Sie springt auf seine Oberschenkel, steigt über ihn auf den Beifahrersitz und rollt sich zusammen.

Liewe schließt leise die Tür und blickt wieder auf Lattewitz'

Haus. Ein Mofa kommt, der Zeitungszusteller. Es beginnt zu dämmern. Die Nacht ist vorbei.

Eine Stunde später, um kurz nach acht, ruft er die Polizei in Norden an, stellt sich als der Kollege vor, der Lattewitz vom Kommissariat abgeholt hat, und schlägt vor, jemanden zu ihm zu schicken, der ein wenig nach ihm sieht.

Dann öffnet er die Fahrertür und sagt zu der Hündin, die neben ihm geschnarcht hat, dass sie aussteigen soll. »Behalte du jetzt mal den Herrn Lattewitz im Auge«, sagt er.

Sie will nicht. Sie legt die Ohren nach hinten und gähnt beschwichtigend. Liewe geht um den Wagen herum, öffnet die Beifahrertür und sagt ein wenig strenger: »Komm, es wird Zeit.«

Sie erhebt sich widerwillig, reckt sich und springt schließlich aus dem Wagen. Beim Wegfahren sieht er sie im Rückspiegel. Dass Lattewitz die Haustür öffnet und ihm nachschaut, entgeht ihm.

Auf der Autobahn in Richtung Leer bekommt er eine Mail. Er nimmt die Abfahrt zum Rastplatz Brinkum, parkt und liest.

Von: Jan-Arend Stoet
An: Liewe Cupido
02.10.15  08:11
Betreff: Re: Re: Re: Dringende Bitte

Hallo Liewe,

es gibt Neues von meinem Kollegen in England. Er schreibt, dass die Eigenschaften der von mir analysierten Sandkörner

mit denen von Sand aus dem mittleren und südlichen England übereinstimmen. Das bedeutet, dass sie aus Flüssen wie der Themse, dem Crouch oder dem Medway stammen können.
Ich hoffe, ich konnte dir weiterhelfen. Schreibst du mir noch, ob die Informationen nützlich waren? Und besuch mich auf jeden Fall mal, wenn du wieder auf der Insel bist.

Herzliche Grüße
Jan-Arend

## 60

**Borkumer Zeitung, 02.10.15. 08:23**
Leichnam von Wattführer Klaus Smyrna auf dem Weg nach Lübeck. Peter Lattewitz in verwirrtem Zustand auf Seedeich bei Neßmersiel festgenommen, hat Nacht in Arrestzelle in Norden verbracht … Thread … #Wattwandern #Borkum #Smyrna @Wattewitz @WattAron @StA_Aurich

**Borkumer Zeitung, 02.10.15. 08:25**
… Fundort Smyrna auf Sandbank in Außenems wirft Fragen auf. Sein Peilstock weit entfernt im niederländischen Watt entdeckt. Rucksack noch nicht gefunden. Staatsanwaltschaft Aurich leitet jedoch keine Ermittlungen ein … #Wattwandern #Borkum #Smyrna @Wattewitz @WattAron @StA_Aurich

**Borkumer Zeitung, 02.10.15. 08:26**
... Wiedergefundene Aufnahmen von Buchvorstellung Smyrna, Lattewitz und Reinhard auf Borkum deuten auf feindselige Spannungen zwischen den Wattführern hin. #Wattwandern #Borkum #Smyrna @Wattewitz @WattAron @StA_Aurich

## 61

Es ist kurz nach neun, als Liewe beim Café-Restaurant Schöne Aussichten in Leer parkt. Ihm bleibt noch eine knappe Stunde bis zu seiner Verabredung mit Xander, und er freut sich darauf, zum ersten Mal seit Tagen in Ruhe frühstücken zu können. Er bekommt einen Tisch am Fenster mit Aussicht aufs trübe Wasser der Leda und bestellt ohne nennenswerte Zurückhaltung. Als ihm das Frühstück gebracht wird, verflüchtigen sich die Grübeleien der Nacht. Es fällt ihm schwer, sich beim Essen auf die Einzelheiten des Falls zu konzentrieren, was ihn jedoch nicht beunruhigt. Stattdessen schweifen seine Gedanken zu der Hündin ab, die ihm in den frühen Morgenstunden Gesellschaft geleistet hat. Er umfasst die Kaffeetasse mit beiden Händen und schaut in den nasskalten Morgen hinaus.

Ihr wird kalt sein, denkt er.

So trifft Xander ihn an, die Kaffeetasse in den Händen, aus dem Fenster starrend. Er bestellt auch einen Kaffee, dazu ein Stück Apfelkuchen, und setzt sich Liewe gegenüber.

»Und?«, fragt er. Er unterdrückt ein Gähnen.

»Wir fahren nach Oldenburg und statten Aron einen Besuch

ab«, sagt Liewe. »Die beiden haben bestimmt gehört, dass es keine Ermittlungen geben soll. Ich möchte, dass du mitkommst und genau aufpasst, wie sie reagieren.«

»Hast du die Tweets von dieser Borkumer Journalistin gesehen?«

»Ja«, sagt Liewe. »Und Aron sicher auch, er war getaggt. Aber ich habe noch etwas ...« Er zeigt Xander die Mail von Jan-Arend Stoet.

»Das kann ich nicht lesen«, sagt Xander.

»Es läuft darauf hinaus, dass der Gegenstand, der Smyrna am Ohr getroffen hat, am Medway gewesen ist. Auf jeden Fall stammen die Sandkörner in seinem Ohr aus der Gegend.«

»Unglaublich«, sagt Xander. »Das kann man anhand der Körner feststellen? Während der Ausbildung hab ich davon gehört, aber es ist doch kaum zu fassen, dass so etwas möglich ist.« Er denkt nach. »Aber so richtig verstehe ich das Ganze noch nicht. Was haben wir jetzt in der Hand?«

»Hinweise«, antwortet Liewe. »Mehr nicht. Zählst du die Fakten mal auf?«

»Smyrna wird auf einer Sandbank gefunden, Kopf in Richtung Norden, Seil am Gürtel und um ein Bein«, beginnt Xander. »Er scheint eher erstickt als ertrunken zu sein, er hat einen Schlag oder Stoß gegen ein Ohr erhalten, mit einem Gegenstand, der, wie wir jetzt wissen, in England gewesen ist.«

»Er hat englischen Sand im Ohr«, korrigiert Liewe. »Es ist besser, wenn du versuchst, Fakten und Folgerungen auseinanderzuhalten.«

»Lattewitz kommt völlig erledigt auf Borkum an«, fährt Xander fort. »Er sagt, dass er Smyrna schreien hörte, dass er das Seil nicht festhalten konnte und dass Smyrna von der Strömung fortgerissen wurde.«

»Smyrna hat erst etwas gegessen, sagt Lattewitz, bevor er in den Priel hineinwatete.«

»Den Energieriegel«, sagt Xander. »Er wird von der Strömung in Richtung Ems mitgerissen. Da ist er offensichtlich von seinem Peilstock getrennt worden, der in Richtung offene See trieb, und er selbst kam gegen die Strömung auf diese Sandbank.«

»Das geht nicht von allein«, sagt Liewe.

»Lattewitz hat im Watt seine ertrunkene Frau gesehen«, sagt Xander, »sie sagte etwas, das nur sie wissen konnte, und das hat ihn noch zusätzlich aus der Fassung gebracht. Vielleicht noch mehr als der Tod seines Freundes, fällt dir das auch auf?«

»Natürlich«, sagt Liewe.

»Er schafft es nach Borkum, muss da eine Nacht bleiben, holt sich ein Medikament, bekommt eine zu niedrige Dosis und wird immer verwirrter. Als er dir auf der Fahrt nach Hause von seinen Erlebnissen im Watt berichtet, bringt er Fakten und Fiktion durcheinander. Man weiß nicht, woran man mit ihm ist. Anscheinend hatte er regelrechte Wahnvorstellungen, ein paar Tage nach Smyrnas Tod, oder war das schon am nächsten Tag?«

»Ende des nächsten Tages.«

»Dann wird er mitten in der Nacht bei Neßmersiel festgenommen, völlig durchgedreht. Hab ich jetzt alles?«

»Die zweite Person auf dem Kutter«, sagt Liewe.

»Ach ja! Der Fischer hat im Watt jemanden an Bord genommen, der Smyrnas Rucksack an sich gebracht hat ... aber warum?«

»Beschränk dich erst mal auf das, was du weißt«, sagt Liewe. »Anschließend beschäftigen wir uns mit den offenen Fragen.«

»Anders als sonst immer hat Föhrmann seinen Kutter auf einer Untiefe bei Borkum trockenfallen lassen und da gemalt, und die Person, die er an Bord genommen hat … dürfen wir annehmen, dass er eben doch jemanden an Bord hatte?«

»Tu's«, sagt Liewe.

»Diese Person, das kann eigentlich nicht anders sein, hat den Rucksack aufgelesen, ist auf der Leyhörn von Bord gegangen, mit einem Faltrad zu einem kleinen weißen Auto gefahren, damit dann nach Bunde, und hat an der Grenze den Rucksack in einen Container geworfen.«

»Haben wir etwas vergessen?« Liewe schaut wieder aus dem Fenster. »Der Fuchs, das war übrigens ein Hund.«

»Was?« Xander isst ein Stück von seinem Apfelkuchen.

»Der Fuchs in Aurich, den du gesehen hast, das war ein Hund.«

»Nein, auf keinen Fall, das war ein Fuchs«, erwidert Xander. »Da bin ich mir sicher.«

»Ach«, sagt Liewe. »Das zeigt mal wieder: Wir vermuten ziemlich viel, wissen aber nichts.«

Xander schüttelt den Kopf, nimmt wieder ein Stück Apfelkuchen auf die Gabel. »Trotzdem frage ich mich, warum.«

»Warum was?«

»Warum der Rucksack.«

»Ach ja«, sagt Liewe. »Die Person, die bei Föhrmann an Bord ging, ist damit ein großes Risiko eingegangen. Folglich musste in dem Rucksack etwas sein, das niemand sehen durfte.«

»Hast du die Rucksäcke noch?«

»Hinten im Wagen.«

»Sollen wir sie uns noch mal ansehen?«

»Das ist ein Problem«, sagt Liewe. »Weil wir ja nicht offiziell ermitteln. Und der Staatsanwalt sieht keinen Anlass dafür. Wir können die Beweisstücke vorerst nicht genauer untersuchen, bis offizielle Ermittlungen eingeleitet werden.«

»Was können wir stattdessen machen?«

»Nichts hindert uns daran, zu Aron Reinhard zu fahren und ihm seinen Rucksack zu bringen.«

»Aber dann kann er damit machen, was er will.«

»Es sei denn, wir bringen ihm versehentlich den falschen.«

Xander lacht auf. »You make me happy«, sagt er.

»Achte ein bisschen auf deine Wortwahl«, sagt Liewe etwas lauter. »So redet man nicht mit mir.«

Xander erschrickt. »Entschuldigung«, sagt er. Sie schweigen eine Zeit lang und blicken beide aufs Wasser. Xander möchte mehrmals etwas sagen, schluckt es aber hinunter.

»Warum sprechen wir so wenig über Smyrna?«, fragt er schließlich.

»Das ist eine gute Frage«, sagt Liewe.

»Man könnte fast vergessen, dass es um ihn geht«, sagt Xander, »dass er derjenige ist, der ermordet wurde oder verunglückt ist.«

»Es geht auch nicht um ihn, glaube ich«, erwidert Liewe nach einer Weile. »Letztlich geht es um Lattewitz.«

»Warum glaubst du das?«

»Du sagst es ja selbst: Smyrna wird zur Nebensache, auch für uns. Auch ich mache mir jetzt vor allem Gedanken um Lattewitz.«

»Smyrna war nur im Weg?«

»Lattewitz und Reinhard sind Schwäger, oder waren es. Smyrna stand eher am Rande. Vielleicht musste er als Zeuge ausgeschaltet werden.«

»Was für ein Motiv …«, sagt Xander.

»Und noch etwas fällt mir auf«, sagt Liewe mit einem Blick auf die Reste des Frühstücks. »Wenn Smyrna nicht ertrunken, sondern erstickt ist, vielleicht, weil er den falschen Energieriegel gegessen hat, und Lattewitz jetzt wegen des falsch dosierten

Medikaments ... Dann war dieser Schlag oder Stoß gegen Smyrnas Ohr ein Fehler. Auf jeden Fall ist es der schwache Punkt bei der Sache. Dieser Mörder lässt seine Opfer lieber selbst das Entscheidende tun. Er macht sich die Hände nicht schmutzig.«

»Ich glaube, ich verstehe nicht ganz, was du meinst.«

Liewe steht auf und zieht den Reißverschluss seiner Jacke zu. »Da ist noch etwas«, sagt er, während er vor Xander her zur Theke geht, um zu bezahlen. »Ich habe von der Borkumer Journalistin einen Link zu einem Video bekommen. Das musst du dir während der Fahrt mal ansehen. Vielleicht siehst du Dinge, die ich nicht sehe.«


## 62

Das erste Bild: ein Podium, links und rechts ein zurückgezogener blauer Vorhang, oben an der Wand eine große Projektionswand, vorne, etwas links von der Mitte, ein niedriger Tisch mit drei Stühlen, rechts ein Rednerpult mit dem Wappen von Borkum – ein in der Mitte geteilter Schild, auf der einen Seite zwei Wale auf grünem Feld, auf der anderen ein roter Leuchtturm über blauen und weißen Wellenlinien, über dem Schild ein goldenes Band mit der Inschrift MEDIIS TRANQUILLUS IN UNDIS.

»Ruhig inmitten der Wogen ...«, sagt Xander.

»Aha, Lateiner ...«, brummt Liewe am Steuer.

»Friedrich-Schiller-Gymnasium Ludwigsburg«, sagt Xander.

Das Bild zittert, als hätte jemand gegen die Kamera gestoßen.

Sie zoomt aufs Rednerpult, zoomt wieder zurück. Von rechts betreten eine Frau und ein Mann das Podium.

»Das ist Aron«, sagt Liewe mit einem schrägen Blick auf Xanders Bildschirm.

»Und die Frau?«

Liewe zuckt mit den Schultern. »Jemand von dem Veranstaltungszentrum.«

Aron geht zum Rednerpult, zeigt aufs Mikrofon, schaut in den Saal, dann in die Kamera, winkt, zeigt nach links und sagt etwas Unverständliches. Eine Frauenstimme sagt: »Von hier aus hab ich eine schöne Totale ...«

Aron schüttelt den Kopf und zeigt noch einmal nach links.

»Wenn ich mich da hinstelle ...« – die Kamerafrau kommt ins Bild und schaut zu Aron hinauf –, »kriege ich die beiden anderen nicht ins Bild.«

»Sie heißt Ellen«, sagt Liewe.

»Brauchen Sie auch nicht«, sagt Aron, der vom Rednerpult zum Rand des Podiums gegangen ist und auf Ellen hinunterblickt. »Es geht um den Vortrag und den, der ihn hält, deswegen kommen die Leute. Von da, wo Sie sich jetzt mit Ihrer Kamera hinstellen werden«, haben Sie mich und die Projektionswand im Bild. Die anderen interessieren nicht.«

»Ich filme immer von hier«, erwidert Ellen. Sie stemmt die Hände in die Seiten, man sieht an ihrem Rücken, dass sie verärgert ist.

»Was Sie immer machen, tut nichts zur Sache«, sagt Aron. »Heute Abend geht es um mich, nicht um Sie. Sie sind niemand.«

Ellen dreht sich um und verschwindet aus dem Bild, aber ihre Stimme ist noch zu hören: »So ein unverschämter Kerl.« Der Kamerastandpunkt verändert sich nicht. Von links geht ein kleinerer Mann vor dem Podium her. Er legt die Hände auf den

Rand, stößt sich ab und schwingt sich mit athletischer Leichtigkeit auf die Bretter. Er schaut zu den Lampen hinauf, dann auf die Stühle auf dem Podium, setzt sich einen Moment, sagt etwas zu irgendwem im Zuschauerraum, steht auf und geht an Aron vorbei zum Rednerpult. Das Mikrofon ist für ihn zu hoch eingestellt. Er wendet sich an die Frau von der Kulturinsel.

»Smyrna«, sagt Liewe.

»Es ist immer seltsam, wenn man jemanden lebendig sieht, von dem man weiß, dass er bald tot sein wird«, sagt Xander. »Er weiß noch nichts. Man fragt sich dann: Was weiß ich noch nicht?«

»Achte lieber auf das, was vorgeht«, sagt Liewe.

»Einen Hocker für den Zwerg«, sagt Aron. Er würdigt seinen Wattwanderkollegen keines Blickes, geht zu dem Tischchen und den drei Stühlen und fängt an, sie weiter nach links zu schieben, bis sie halb aus dem Bildausschnitt verschwunden sind.

»Arschloch …« Die Stimme von Ellen. »Schlammkriecher.«

Eine Frau mit rotem Haar und grüner Jacke erscheint vor dem Podium, schaut zu Smyrna hinauf, spricht ein paar Worte. Smyrna lacht.

»Wahrscheinlich Hedda Lutz«, sagt Xander.

Liewe nickt.

Zwei Stimmen nähern sich. Eine Frauenstimme fragt: »Und wenn Sie die Wattquerung nach Borkum geschafft haben, was kommt danach?«

Eine Männerstimme antwortet: »So denken wir nicht …« Die beiden kommen vor dem Podium ins Bild. Die Frau hält einen Notizblock in der Hand, der Mann blickt im Gehen auf den Boden.

»Lattewitz und Pauline Islander, die twitternde Journalistin«, sagt Liewe. »Pass auf.«

»… man konzentriert sich voll und ganz auf dieses eine Vorhaben«, erklärt Lattewitz. Er bleibt stehen und blickt zu Aron hinauf, der sich auf dem Podium nähert. »Es ist das Einzige, woran man denkt, es gibt kein Danach …«

»Für dich nicht, nein«, sagt Aron und springt vom Podium. Er grinst, klopft ihm auf die Schulter, bohrt dann seinen Blick in den der Journalistin.

»Mein Schwager benimmt sich unfreundlich, hat aber ein goldenes Herz«, sagt Lattewitz.

»Ich finde den Weg, und der Irre und der Zwerg trippeln hinter mir her«, verkündet Aron. »Ohne mich wären sie im Watt verloren wie kleine Kinder.«

Lattewitz starrt auf den Boden, seufzt.

»Der Tisch und die Stühle müssen wieder nach rechts.« Ellens Stimme.

»Aron kann keine Kinder zeugen«, sagt Lattewitz leise, aber hörbar zu Pauline, »deshalb will er uns erziehen. Vielleicht ein nettes Detail für Ihren Artikel.«

Aron starrt Lattewitz an, der eine Weile zurückstarrt, dann aber den Blick senkt.

»Hast du deine Tabletten geschluckt?«, fragt Aron.

Smyrna kommt händereibend zu ihnen. Er lächelt. »Na, Leute? Voller Vorfreude?«

»Misch dich nicht ein, du Idiot«, sagt Aron.

Lattewitz blickt zur Seite und in die Kamera. »Nehmen Sie etwa schon alles auf? Könnten Sie nicht wenigstens so höflich sein, es einem zu sagen, wenn Sie das machen? Würden Sie jetzt bitte sofort die Kamera ausschalten?!«

Hier endet die Aufnahme.

## 63

Liewe hält ein paar Autolängen vor Arons und Marias Haus an, und die beiden Polizeibeamten betrachten einen Moment die Stadtvilla, die sich kantig und frisch renoviert aus der Wildnis ihres Gartens erhebt.

»Gehört ihnen das ganz allein?« Xander beugt sich vor, um das gesamte Haus sehen zu können. »Was machen die beiden beruflich, oder haben sie geerbt?«

»Reinhard arbeitet nicht mehr«, antwortet Liewe. »Er war hier an der Uni in der Verwaltung tätig, aber da hat er schon vor Jahren aufgehört.«

»Und sie?«

»Systemadministratorin bei einem Provider.« Liewe lässt den Anblick des Hauses auf sich wirken. »Und sie arbeitet noch.«

»Da«, sagt Xander und deutet mit dem Kopf auf den Carport an der Seite. »Der Volvo. Der war es, in Lattewitz' Straße. Den Aufkleber hinten erkenne ich, jedenfalls hatte er diese Größe und Farbe. Der große gelbe, siehst du?«

»Ich bezweifle es nicht.« Liewe zieht den Zündschlüssel ab und steigt aus.

Bevor Xander ihm folgt, nimmt er Klaus Smyrnas Rucksack von der Rückbank. Als sie in Oldenburg ankamen, hat er Müllbeutel gekauft und den Rucksack in einen davon gesteckt. Liewe geht vor ihm über den Muschelgrieß. »Ich rede, du beobachtest«, sagt er und betätigt die Türglocke.

Schnell nähern sich Schritte, Aron öffnet die Tür einen Spalt, dreht sich dabei schon um und geht zurück, ohne nachzusehen, wer draußen steht. »Schlüssel vergessen?«, ruft er.

»Herr Reinhard?« Liewe blickt an der aufschwingenden Tür vorbei in den Hausflur. Er sieht, dass Aron stehen bleibt und sich umdreht. In diesem Moment kommt hinter ihnen Maria angelaufen, in Joggingkleidung und mit schnurlosem Kopfhörer.

»Ich hatte meine Frau erwartet«, sagt Aron, der einen Moment verunsichert zu sein scheint und sich dann groß macht wie eine drohende Katze.

»Ich bin wieder da, Schatz«, sagt Maria, die an Liewe und Xander vorbei das Haus betritt. Sie nimmt den Kopfhörer ab, lächelt Aron und anschließend Liewe und Xander an. Ihr Hals ist tiefrot von der Anstrengung, aus ihrer straffen Aufsteckfrisur haben sich ein paar Strähnen gelöst.

»Herr Cupido hat jemanden mitgebracht, wie ich sehe?«, sagt sie. Sie ist noch etwas kurzatmig, aber ihre Stimme hat schon wieder die tiefe Altlage, die Liewe von ihr kennt. »Schön. Sie bringen den Rucksack zurück?«, fragt sie mit einem Blick auf den Müllbeutel in Xanders Armen.

»Sie müssen doch müde sein«, sagt Aron. »Nach so einer Nacht.« Liewe zieht die Augenbrauen hoch und schaut Aron schweigend an. »Peter hat angerufen«, erklärt Aron, »er sagt, Sie haben vergangene Nacht vor seiner Tür gestanden.«

»Wir haben uns abgelöst«, sagt Liewe, »als Sie wegfuhren, sind wir gekommen. Wir machen uns eben alle Sorgen um Herrn Lattewitz.« Er zeigt auf die Tür am Ende des Hausflurs. »Wir bringen Ihnen Ihr Eigentum zurück. Vielleicht erledigen wir die Formalitäten besser drinnen?«

»Ich ziehe mich um«, sagt Maria und beginnt die Treppe hinaufzugehen.

»Ach, könnten Sie kurz hierbleiben?«, fragt Liewe. »Dann haben sie einander als Zeugen, falls etwas fehlen sollte. Das wäre das Beste, glaube ich.«

Maria blickt zögernd auf Liewe hinunter.

»Es geht auch ganz schnell«, fügt Liewe hinzu.

»Ich sehe unmöglich aus«, sagt Maria.

Liewe erwidert nichts.

Sie steigt noch eine Stufe höher, überlegt es sich anders und kommt wieder herunter. Unten vor der Treppe begegnet ihr Blick dem von Aron. Er nickt, und sie knufft ihn im Vorbeigehen in die Seite.

Als sie den Salon betreten, sieht Liewe, dass in der Vitrine nun zwei Skulpturen stehen. »Die Zwillinge sind wieder vereint«, sagt er.

Maria bleibt stehen, schaut in die Vitrine, wendet sich langsam Liewe zu. »Sie gehören zusammen«, sagt sie ernst. »Sie hätten niemals getrennt werden dürfen.« Dann lächelt sie wieder, dreht sich um und geht in die offene Küche. »Ein Glas Wasser«, sagt sie, »bin gleich wieder da.«

»Die natürliche Ordnung der Dinge ist wiederhergestellt«, sagt Aron, während er in die Vitrine schaut.

»Abgesehen davon, dass Ihr Freund tot ist.«

Aron blickt auf. »Ist Peter etwas passiert?«

»Ich meinte Klaus Smyrna«, antwortet Liewe.

»Ach so, natürlich«, sagt Aron. »Klaus, mein Gott, ja …« Er deutet auf den Tisch. »Setzen wir uns doch«, sagt er und nimmt auf einem Stuhl Platz. »Sie haben recht, ich mache mir Sorgen um Peter.«

»Sind Sie deshalb gestern Abend zu ihm gefahren?«

»Ich wollte sehen, wie es ihm geht. Möchten Sie sich nicht setzen?«

»Nein danke, das wird nicht nötig sein«, sagt Liewe. Aron schiebt seinen Stuhl zurück und steht wieder auf. Maria kommt aus der Küche zurück.

»Sollen wir uns nicht kurz setzen?«, fragt sie.

»Wir sprachen gerade mit Aron darüber, dass Sie gestern bei Lattewitz waren«, sagt Liewe.

Maria schaut Aron an. »*Ich* war bei Peter«, sagt Aron, »Maria betritt sein Haus schon seit Jahren nicht mehr. Nicht seit Helens Unfall.«

»Nun ja, wenn man sich einen Gegenstand wie diese Skulptur zurückholen kann, der einem so viel bedeutet, und nach allem, was jetzt passiert ist, und weil die Beerdigung von Herrn Smyrna bevorsteht ... ich könnte mir vorstellen, dass man in so einem Fall alte Empfindlichkeiten überwindet.«

Maria schaut Liewe schweigend an.

»Wie wir gelesen haben, wird es keine Ermittlungen geben«, sagt Aron. »Streng genommen geht es Sie also nichts an.«

Liewe nickt. »Ich habe nur interessehalber gefragt.«

»Herr Cupido kann es ruhig wissen«, sagt Maria. »Ich bin nach Aurich mitgefahren, um auf Aron aufzupassen. Der Tod seines Freundes hat ihn sehr getroffen, und man ist doch einige Zeit unterwegs, Peter ist nicht er selbst ... oder er ist es mehr denn je, wie man's nimmt ... deshalb wollte ich mit, für den Fall, dass es vielleicht zu einem Streit kommt, oder damit ich etwas für Aron tun kann, wenn es ihn zu sehr mitnimmt. Wenn man wütend ist und Auto fährt, kann schnell etwas passieren, und das hätten wir alle bereut. Aber dass ich Peter besuche, das kann niemand von mir verlangen. Ich will dieses Haus nicht betreten, in dem Helen so unglücklich gewesen ist.« Ihr Blick wandert zur Vitrine.

»Es mag hart klingen, aber für mich ändert sich nicht viel. Ich war sowieso allein. Mit oder ohne Peter«, sagt Aron.

»Und Klaus Smyrna natürlich.«

»Und Klaus. Richtig.«

»Und die Beerdigung? Ich glaube, sie ist kommenden Mittwoch, nachmittags?«

»Hedda hat mich gebeten, ein paar Worte zu sprechen«, sagt Aron. »Aber darüber muss ich noch nachdenken.«

»Und Sie fahren mit?« Liewe schaut Maria an.

»Das habe ich vor, ja«, antwortet sie. »Es ist auch noch sehr fraglich, ob Peter kommen kann, wenn man sieht, in welchem Zustand er ist.«

»Von 1200 auf 800 Milligramm, das destabilisiert«, sagt Liewe. »Danach fängt man sich nicht wieder ohne Weiteres.«

Maria runzelt die Stirn. »800 …«, sagt sie und schaut Aron an.

Er schüttelt den Kopf, zuckt mit den Schultern.

»Aber deswegen sind wir ja nicht gekommen«, sagt Liewe. »Wir haben Ihren Rucksack vom Nienhof mitgenommen, als die Niederländer noch ermittelt haben, aber nun ist ja die Staatsanwaltschaft in Aurich zuständig, und sie sieht keinen Grund für Ermittlungen. Also … Xander?«

Xander hebt den Müllbeutel mit dem Rucksack auf den Tisch.

»Wenn Sie beide kurz nachsehen würden, ob nichts fehlt, dann kann einer von Ihnen den Empfang bestätigen.«

»Das muss ich ja wohl tun«, sagt Aron.

»Oder Sie«, sagt Liewe zu Maria. »Sie haben die Rucksäcke ja immer wieder kontrolliert und Dinge ersetzt, sagt die Wirtin vom Nienhof. Sie könnten also auch unterschreiben.«

Liewe nickt Xander zu. Xander nimmt den Rucksack aus dem Beutel und legt ihn mitten auf den Tisch. Maria und Aron starren den Rucksack an, der einsam im Lampenlicht liegt. Sie vermeiden es, sich anzusehen, und schauen stattdessen zu Liewe. Liewe wartet ab. Xander wartet ab. Es wird still.

»Das ist nicht mein Rucksack«, sagt Aron endlich. »Das ist der

Rucksack von Klaus.« Maria seufzt und fängt an zu lachen. »Herr Cupido«, sagt sie, »Herr Cupido, der kleine, mickrige Herr Cupido …« Ihr fällt nichts weiter ein, sie lacht so krampfhaft, dass sie bald keine Luft mehr bekommt. Sie schüttelt den Kopf, geht hinaus in den Flur, die Treppe hinauf. Oben schlägt eine Tür.

»Ach, wie dumm von mir«, sagt Liewe. »Der Rucksack von Klaus Smyrna. Ich bitte um Entschuldigung, die sind sich so ähnlich, man muss wirklich genau hinsehen und den Inhalt untersuchen, um zu wissen, welcher wem gehört.« Er nickt Xander zu, der den Rucksack wieder in den Müllbeutel steckt.

»Sie haben keinen Fall«, sagt Aron, »und Sie haben nicht das Geringste in der Hand. Wir waren in England, als die Sache passiert ist. Es gibt keine Ermittlungen. Und jetzt verlassen Sie mein Haus. Sofort!«

»Dann bleibt nichts anderes, als noch einmal mit Ihrem eigenen Rucksack wiederzukommen«, sagt Liewe. »Es sei denn, wir begegnen uns anderswo.«

# 64

Während der Rückfahrt nach Leer hatte Liewe Lothar angerufen, um ihm mitzuteilen, dass er sich am nächsten Tag in Cuxhaven zurückmelden will. »Ich bringe den jungen Mann zur Grenze zurück«, sagte er, »schreibe ein Berichtchen und liefere es morgen auf dem Weg nach Cuxhaven in Aurich ab.«

»Ein Berichtchen!«, sagte Lothar. Dass Liewe manchmal noch in die Gewohnheit verfiel, alles zu verkleinern, ein Erbe aus Holland, fand Lothar höchst amüsant. »Du überlässt das Fällchen also endlich den zuständigen Kollegen«, sagte er.

Liewe antwortete nicht, und nach einiger Zeit sprach Lothar weiter. »Rademacher stand auf dem Kai, als die *Bayreuth* mit Smyrna einlief. Dafür war er extra aus Neustadt gekommen. Ein Schauspiel, sag ich dir, als ob ein gefallener Admiral an Land gebracht würde, fehlte nur noch die Flagge auf dem Sarg. Der Peilstock rollte runter, das verdarb es ein bisschen.«

»Verstehe«, sagte Liewe geistesabwesend.

»Der Leichenwagen wartete schon, wir haben nur schweigend zugeguckt, er ist gleich nach Lübeck weitergefahren.«

»Hat diese Rechtsmedizinerin aus Aurich irgendetwas Neues gefunden?«

»Ich hab nur ganz kurz mit ihr gesprochen. Etwas mit Striemen am Bein, glaube ich, von dem Seil, als ob er einige Zeit von irgendwas durchs Wasser gezogen worden ist. So ungefähr. Das war alles. Die Verletzung am Ohr hat sie auch damit in Verbindung gebracht.«

»Ich melde mich morgen«, sagte Liewe nur und legte einfach auf.

In Leer hat er noch eine Weile mit Xander im Restaurant Schöne Aussichten gesessen und den Besuch bei Aron und Maria besprochen. Schließlich stand Xander, der schon ein Gespür für Liewes Ungeduld hatte, auf, um zu gehen. Liewe sah ihm an, wie ungern er es tat, auch wenn er es für sich behielt.

»In dir steckt ein guter Ermittler, wenn du lernst, den Mund zu halten.«

Xander lächelte, erwiderte erst nichts, doch dann fiel ihm etwas ein. »Wir haben noch gar nicht über das gesprochen, was ich in Greetsiel erfahren habe.«

»Das Auto?«

»Nein«, antwortete Xander, »niemandem war ein weißes Auto oder ein Radfahrer mit Poncho aufgefallen. Aber ich habe gehört, dass Maria und Helen in ihrer Jugend in dem Dorf gewohnt haben. Ihr Vater hatte da nach der Rückkehr aus Liberia eine Art Praxis aufgemacht. Keine richtige Hausarztpraxis, obwohl er sich auf dem Praxisschild als Internist bezeichnete, sondern irgendwas mit Alternativmedizin. Es war ein bisschen undurchsichtig.«

»Dass sie da aufgewachsen sind, wussten wir schon«, erwiderte Liewe. »Von Gundula vom Nienhof, erinnerst du dich?«

»Ach so, ja ...«, sagte Xander errötend. »Okay, dann war's ja gut, dass ich nicht mehr davon gesprochen habe. Dann haben wir bestimmt auch schon gewusst, dass ihre Mutter nach dem Tod des Vaters eine Zeit lang ein Verhältnis mit diesem Fischer hatte, mit Föhrmann?«

Liewe schaute Xander finster an und sagte dann: »So meine ich es nicht, wenn ich sage, dass du lernen sollst, den Mund zu halten.«

»Die Schwestern sind manchmal mit ihm ins Watt rausgefahren. Darüber wurde im Dorf viel geredet.«

»Ja, das kann ich mir vorstellen«, seufzte Liewe. »Gut, dann geh mal nach Hause.«

Das war gegen vier, und seitdem hat Liewe an dem Tisch am Fenster an seinem Bericht gearbeitet. Er merkte nicht, dass es dämmerig wurde, und als der Kellner kam, um zu fragen, ob er auch zu Abend essen wollte, blickte er sich einen Moment desorientiert um.

Er bestellte Matjes mit saurer Sahne und Kartoffelpüree und arbeitete weiter. Wie immer schrieb er langsam, aus dem Gedächtnis. Erst hinterher kontrollierte er, ob das Geschriebene mit den Notizen der vergangenen Tage übereinstimmte, beim Schreiben selbst wollte er sich nicht ablenken lassen. Angespannt starrte er auf den Bildschirm, auf dem die Geschichte Gestalt annahm – seine Version der Wirklichkeit –, dachte über die möglichen Zusammenhänge zwischen den Fakten nach, über die offenen Fragen, über die Antworten, die das eine in Verbindung mit dem anderen bringen konnten. Er war sich der Tatsache bewusst, dass keine Geschichte der Wirklichkeit völlig gerecht wird, so wie jedes Foto, und sei es auch noch so scharf, nur einen Ausschnitt des Sichtbaren zeigt, weshalb es denkbar ist, dass gerade jemand aus dem Bild gelaufen ist oder dass schon ein paar Schritte hinter dem Fotografen etwas völlig anderes anfängt, das durch die Auswahl des Motivs unsichtbar bleibt.

»Ohne Geschichten können wir die Welt nicht begreifen«, hatte Mathilde Wachter zu ihm gesagt, als er in Trier wieder einmal einen Bericht schreiben musste und die Unklarheiten des Falls ihn ein wenig ratlos machten. »Erst wenn du dich wohlfühlst mit deiner Version der Wirklichkeit, solltest du dir Sorgen machen.« Als er sie fragte, wie sie das meinte, legte sie ihm die Hand auf den Bauch. Es war der einzige physische Kontakt, den sie jemals hatten. »Dieses Verlangen nach Klarheit, das du spürst ... hier ... ach, Junge ...« Sie hustete, ließ ihn los, schüttelte den Kopf. »Du darfst alles vergessen, was ich dir sage, wenn du nur das eine behältst: Verwechsle Klarheit nie mit Wahrheit.«

Er schaut nach der Zeitanzeige auf seinem Monitor und sieht, dass es auf zehn Uhr zugeht. Das Restaurant hat sich geleert, die Kellner räumen die Tische ab.

Einer von ihnen kommt an seinen Tisch, Liewe zahlt und steht auf. Dann klingelt sein Telefon. Die Rufnummer ist unterdrückt.

»Hauptkommissar Cupido?«

Liewe erkennt die Stimme. Die Polizei in Norden.

»Der Herr Lattewitz, den Sie gestern Vormittag abgeholt haben, hat im Café Nienhof in Manslagt ein ziemlich aggressives Verhalten an den Tag gelegt und ist türenschlagend weggegangen. Er hat nichts Strafbares getan, aber die Wirtin macht sich Sorgen. Wahrscheinlich ist er zum Deich gegangen. Sein Wagen steht da noch.«

»Ist jemand von euch in seiner Nähe?«

»Wir haben ihn aus den Augen verloren. Es ist ja auch dunkel. Die Wirtin sagt, er ist sehr verwirrt und misstrauisch. Sind Sie in der Gegend?«

»Ich komme so schnell wie möglich.«


## 65

In dreißig Minuten rast Liewe von Leer zum Deich bei Manslagt, eine von mehreren Starenkästen dokumentierte Fahrt. Ein Polizeiwagen erwartet ihn, zwei Beamte sind mit Taschenlampen auf dem Deich unterwegs. Vom Deichvorland ist das Schnattern von Nonnengänsen zu hören.

»Wart ihr auch beim Nienhof?«, fragt Liewe. »Was genau ist da passiert?«

»Er hat die Wirtin angesprochen«, antwortet die Polizistin, eine kräftige Frau mit Pferdeschwanz. »Er hat herumgebrüllt und ist dann wieder gegangen, in diese Richtung.«

»Was hat er gesagt?«

»Die Wirtin sagt, er hat nach seiner Frau gefragt, ob sie da gewesen wäre.«

»Und dass die Polizei ihn verfolgt«, ergänzt ihr Kollege, ein junger Mann mit Schnurrbart. »Und dass er seine Frau und sein Kind retten muss.«

»Sein Kind …«

»Gundula hat ihn reingebeten, aber er wurde sehr misstrauisch und hat geschrien, dass sie mit der Polizei unter einer Decke steckt. Und dann hat er gegen eine Stalltür getreten und ist weggerannt.«

Liewe blickt suchend über das Watt. »Hatte er seinen Peilstock bei sich?«, fragt er schließlich.

»Was für einen Stock?«

»Seinen Stock zum … äh …« Er bricht ab und späht wieder angestrengt in die Dunkelheit. »Könnt ihr mal die Lampen ausmachen?«

Die beiden schalten ihre Taschenlampen aus, und Liewe hält konzentriert Ausschau, wobei er mit den Händen die Augen gegen die Lichter von Eemshaven auf der linken und Borkum auf der rechten Seite abschirmt.

»In dieser Dunkelheit kann man keine Entfernungen schätzen«, sagt er. »Seht ihr ein schwaches Licht ungefähr geradeaus?«

Schweigend starren die drei in die Dunkelheit, die Gänse schimpfen leise vor sich hin, weit entfernt rauscht die Brandung der Nordsee.

»Da«, sagt Liewe schließlich und zeigt nach vorn. »Dieses schwache Lichtchen, das sich mal nach rechts, mal nach links bewegt, das ist er.« Die beiden anderen spähen angestrengt, sehen aber nichts. »Wie viel Uhr ist es?«, fragt er und holt sein Telefon aus der Tasche.

»Zwanzig vor elf«, sagt die Polizistin.

Liewe ruft Lothar an, der schnell abnimmt.

»Welche Tide haben wir südlich von Borkum, ablaufendes Wasser, auflaufend?«

Lothar kann Liewe anhören, dass er keine Fragen stellen sollte, und legt wortlos das Telefon hin, ist aber schnell wieder zurück. »Niedrigwasser 20:25 Uhr, Hochwasser 02:16 Uhr«, antwortet er.

»Mist«, sagt Liewe.

»Sag mir, was los ist … Liewe?«

»Lattewitz ist ins Watt rausgegangen, genau der Flut entgegen … Wie hoch wird das Wasser auflaufen?«

»Nicht sehr hoch, der Wind kommt aus Süd.«

»Ich muss ihn zurückholen, sonst ersäuft er, aber er hat einen psychotischen Schub.« Liewe holt aus verschiedenen Taschen seine Autoschlüssel, den Dienstausweis und die Brieftasche, gibt sie der Polizistin, nimmt ihr die Taschenlampe aus der Hand, steckt sie in eine Innentasche seiner Jacke und steigt dann, ohne das schwache Licht von Lattewitz' Lampe aus den Augen zu lassen, den Deich in Richtung Watt hinunter. »Ich muss versuchen, ihn zurückzuholen«, sagt er zu Lothar. »Folgendes: Ich schalte die GPS-Funktion ein. Bin ich vor Hochwasser nicht zurück, musst du uns vom Watt auflesen.«

»Was? Du gehst *jetzt* raus ins Watt?«

»Bei Manslagt, in Richtung des Wattenhochs südöstlich von Borkum, aber Lattewitz kommt bestimmt nur bis zur Osterems. Ich zähle auf dich.«

»Liewe?«

Doch Liewe legt auf, schaltet die GPS-Funktion seines Telefons ein, sendet seine aktuelle Position an Lothar, holt einen Gummihandschuh aus der Tasche, stopft sein Telefon hinein, knotet den Handschuh zu und verstaut das Telefon in einer

Innentasche. Dann fängt er an zu rennen, ein kleiner, dunkler Schemen, umringt von Geschnatter und Geflatter. Er stolpert, fällt, steht auf und läuft etwas langsamer weiter.

Als er die niedrige Schutzmauer aus Backstein am Rand der Gezeitenschorre erreicht, bleibt er stehen, bückt sich, zieht seine Schnürsenkel fester, richtet sich wieder auf und muss in der Dunkelheit, die sich in Richtung Westen und Norden erstreckt, erst eine Zeit lang nach Lattewitz' schwachem Licht suchen. Sobald er es sieht, holt er tief Luft, als müsste er all seinen Mut zusammennehmen, und macht dann den ersten Schritt vorwärts, ins Meer.

Die Flut hat das Watt schon mit knöcheltiefem kaltem Wasser bedeckt. Die ersten hundert Meter der Gezeitenzone bestehen aus weichem Schlick, in den Liewe bis über die Knöchel einsinkt. Entsprechend langsam kommt er voran und ist bald außer Atem.

»Scheißwatt«, sagt er laut.

Dann erinnert er sich an den Tag, an dem sein Vater ihn mitnahm, um Wattwürmer auszugraben. Es war kurz nach seinem siebten Geburtstag, und sein Vater war zu der Ansicht gelangt, dass es Zeit wurde, ihm das Brandungsangeln beizubringen. Deshalb hatte er ihn früh geweckt und ins Watt südlich der Nordspitze der Insel mitgenommen, nicht weit vom Pumpwerk bei De Cocksdorp entfernt. Das Watt stank nach Fäulnis, es war kalt, schon nach wenigen Schritten bekam Liewe Angst und fragte, ob sie nicht lieber sofort nach Hause gehen sollten, zu seiner Mutter.

»Geh weiter«, sagte sein Vater. »Wenn du gleich die Wattwürmer siehst, vergisst du alles.«

»Was vergesse ich dann? Vergesse ich auch Mama?«

»Na komm schon«, sagte sein Vater, »wir gehen zu einer anderen Stelle, die wir ganz für uns allein haben. Hier waren schon alle.«

Aber außer seinem Vater war weit und breit niemand zu sehen, und es dauerte nicht lange, bis Liewe hemmungslos zu weinen anfing.

Nach Lothars Angaben müsste der Wind aus Süd kommen, aber Liewe hat den Eindruck, dass er nach Südost gedreht hat, dass er ihm die Hand auf den Rücken legt und ihn sanft, ermunternd, weiter ins Meer hineinschiebt. Hinter ihm scheint der zunehmende Mond schwach durch die dünner werdende Wolkendecke und setzt in der schwarzen Fläche vor ihm leichte dunkelgraue Akzente. Liewe unterscheidet hellere und dunklere Gebiete, ohne erkennen zu können, worauf diese Unterschiede hindeuten. Das Wasser schwappt hoch, der Schlick zerrt an seinen Schuhen, er verliert allmählich das Gefühl in den Füßen. Er stapft vorwärts, versucht einen Rhythmus zu finden, konzentriert sich auf Lattewitz' Lampenschein. Muscheln und Austern zerbrechen unter seinen Schuhsohlen.

Er glaubt zu sehen, wie das Licht zögert, flackert und nach Westen abschwenkt. Vielleicht hat Lattewitz schon die Osterems erreicht und folgt dem Rand des Fahrwassers zu einer Stelle, an der es weniger tief ist. Liewe widersteht der Versuchung, sich selbst schon nach Westen zu wenden und in gerader Linie auf ihn zuzugehen. Er hält seinen Kurs und bemüht sich, schneller zu werden. Der Boden wird allmählich härter, doch weil ihm das Wasser schon bis zu den Knien reicht, kommt er trotzdem nicht leichter voran.

Er verliert jegliches Zeitgefühl. Ist er seit einer Viertelstunde unterwegs? Seit einer halben? Er will sein Telefon nicht aus der Tasche nehmen, weil er Angst hat, es ins Wasser fallen zu lassen.

»Peter!«, ruft er. Er bleibt stehen, wartet einen Moment und ruft erneut: »Peter!«

Ändert der Lichtschein die Richtung? Hat Lattewitz ihn gehört? Er horcht. Dann weht ein schwacher Schrei übers Watt, wortlos und doch menschlich, wie von einem Heuler. Weil er stehen geblieben ist, spürt Liewe, dass der Wind zugenommen hat, Lattewitz' zweiter Schrei löst sich auf wie Rauch.

Liewe geht weiter. Er steuert nun genau auf das Licht zu, kann aber nicht abschätzen, wie weit er noch von ihm entfernt ist. Bald spürt er, dass die Strömung stärker wird. Er muss sich anstrengen, jeder Schritt kostet Kraft, das Wasser schwappt an seinen Oberschenkeln bis zum Saum seiner Jacke hinauf.

»Peter!«, ruft er. »Warte! Bleib stehen!« Der Boden steigt leicht an, das Wasser reicht ihm nur noch bis zu den Schienbeinen, sodass er etwas schneller vorankommt. Aber sosehr er sich auch anstrengt, der Abstand zu dem Licht scheint nicht kleiner zu werden. Plötzlich erlischt es. Dann wird ihm klar, dass es nicht das Licht von Lattewitz war, sondern irgendein Leitfeuer, Kilometer entfernt in der Außenems. Wahrscheinlich ist ein Schiff davor hergefahren und hat es verdeckt. Oder es war noch etwas anderes.

»Peter!!«

Und wieder ertönt eine Antwort, etwas lauter diesmal. Liewe bleibt stehen und versucht herauszufinden, aus welcher Richtung sie kommt. Er ruft, wartet und horcht, das Wasser schwappt um seine Beine. Der Wind, der noch weiter nach Osten gedreht hat, weht nun aus der schwarzen Leere zwischen dem Festland und Memmert auf ihn zu. Und dieser Wind trägt auf einmal ganz deutlich Peters Stimme heran.

»Helen!«, schreit er, und dann, leiser, als hätte er sich weggedreht, noch einmal: »Helen …«

Liewe dreht sich, bis er mit der Nase im Wind steht, und setzt sich dann in Bewegung. Sehr weit entfernt glaubt er einen Hubschrauber zu hören. Er sucht angestrengt den Himmel ab, sieht aber nichts. Er geht weiter in die Richtung, aus der Peters Stimme kam. Der Boden senkt sich, das Wasser kriecht zu seinem Nabel hinauf.

»Peter!!«

Die Wolkendecke bricht weiter auf, und schwaches Mondlicht bescheint das Wasser. Liewe glaubt einen Schatten zu sehen. Er geht darauf zu, doch weil das Wasser nun schnell tiefer wird, bleibt er stehen und dreht sich zurück, um umzukehren. Der Schatten ist kein Mensch, wird ihm jetzt klar, es ist eine Tonne, die das Fahrwasser durch das Wattenhoch markiert. Er ist an der Osterems, zwar an der flachsten Stelle, aber in einem Priel. Die Rückkehr ist schwierig, die Strömung zerrt, der Boden saugt, sein linker Schuh beginnt sich vom Fuß zu lösen.

»Nur die Ruhe«, sagt sein Vater, deutlich hörbar in seinem Kopf. Liewe ist mit seinen Stiefeln tief eingesunken, er weint nicht mehr, es hat angefangen zu nieseln. »Hier, halt dich an mir fest.«

Sein Vater steckt die Wurmgabel in den Schlick und streckt ihm die Hände entgegen, braun von Wattwurmblut. »Komm«, sagt er, »mach die Zehen krumm, dann bleiben die Stiefel am Fuß.« Langsam zieht sein Vater ihn an den Armen aus dem Schlick, aber die Stiefel bleiben stecken. »Kann ich mir bitte selbst aussuchen, was ich vergesse, Papa?«, fragt Liewe, während sein Vater ihm den ersten Stiefel wieder anzieht.

»Ich weiß nicht, wovon du redest«, sagt sein Vater.

Langsam, Schritt für Schritt, arbeitet sich Liewe aus dem Priel hinaus. Der Hubschrauber ist nun deutlich zu hören. Vom

Nachthimmel streicht das Lichtbündel eines Suchscheinwerfers übers Watt.

Dann erscheint aus dem Nichts ein Schatten. Es ist Lattewitz, der ihm seinen Peilstock hinstreckt.

»Greif zu!«

Liewe versucht es, aber seine Hände rutschen ab. Lattewitz kommt näher und packt seine Hand.

»Klaus! Halt dich fest! Wo ist das Seil?!«

Liewe stolpert, die Strömung zerrt, er gerät mit dem Kopf unter Wasser, Lattewitz zerrt ihn hoch. »Wo ist Helen?«, schreit er. »Gerade war sie hier. Wo ist sie?!«

Liewe schnappt nach Luft, greift nach Lattewitz' Schultern, zieht sich hoch. Er wendet das Gesicht ab. »Helen ist oben, Peter«, sagt er. »Sieh mal, da oben, das Licht, sie suchen nach uns. Wir müssen selbst Licht machen, damit sie uns sehen.«

»Sie hat gesagt, ich muss sie selbst holen, ich allein muss es machen, weil man niemandem trauen kann, Klaus.« Er weint. »Ich würde dich nie im Stich lassen, kleiner Dummkopf, nie! Jetzt müssen wir zusammen weiter.«

»Man hat sie schon gerettet, Peter, sie ist oben, jetzt muss man uns vom Watt holen. Wir müssen Licht machen, damit sie uns sieht.«

»Sie werden uns nicht glauben, Klaus, niemals werden sie uns glauben.«

Das Wasser ist Liewe bis zur Brust gestiegen, und der auffrischende Wind verursacht leichten Wellengang.

»Ich kann wieder allein stehen«, sagt er, lässt Lattewitz los und sucht in seiner Jacke nach der Taschenlampe. Der Hubschrauber dreht ab und entfernt sich. Peter blickt nach oben zu dem Suchlicht, das sich von ihm abgewandt hat.

»Woher weißt du, dass sie es war?«, schreit Liewe, während er seine Taschenlampe einschaltet. Gott sei Dank funktioniert sie noch. »Peter, lass mich hier nicht allein, bleib bei mir. Sag mir, was sie gesagt hat!«

Lattewitz dreht sich um, er weint nicht mehr. »Wir müssen in diese Richtung!«, schreit er. »Wir können sie hier nicht zurücklassen.« Er watet von Liewe weg, der ihn deshalb nicht mehr verstehen kann. Mit den Armen durchs Wasser rudernd, kämpft sich Liewe langsam vorwärts, Schritt für Schritt.

»Willst du nicht wissen, was sie zu mir gesagt hat?!«

Lattewitz bleibt stehen, dreht sich um.

»Kümmer dich um Peter«, schreit Liewe, »lass ihn nicht allein, kümmer dich um ihn, wenn ich eine Zeit lang nicht da bin.«

Liewe weiß jetzt selbst nicht mehr, was wahr ist und was nicht. Er winkt mit seiner Taschenlampe in Richtung des Hubschraubers, der erneut eine Kurve fliegt und wieder näher kommt. Liewe macht die letzten Schritte zu Lattewitz hin und greift nach seiner Jacke.

»Was hat sie zu *dir* gesagt, am Randzelgat?! Woher wusstest du, dass sie es war?«

Lattewitz packt Liewe an den Schultern, zieht ihn zu sich hin und beugt sich vor. Liewe spürt seinen heißen Atem im Ohr.

»Komm und hol mich, mich und dein Kind, hat sie gesagt. Unser Geheimnis, Helen und unser Kind und ich, niemand wusste, dass sie schwanger war, nur sie und ich.« Lattewitz versucht, Liewe ins Gesicht zu sehen, doch dafür ist es zu dunkel. »Das hast du nicht mehr gehört, du warst schon weg. Sie hatte dich weggestoßen, sie wollte, dass ich mit *ihr* mitging, nicht mit dir, kleine Wasserratte.« Er schiebt Liewe von sich weg.

Die Besatzung des Hubschraubers hat sie jetzt entdeckt, der Lichtkegel des Suchscheinwerfers kommt auf sie zu, die Wasseroberfläche flammt auf, der Wind streicht nicht mehr übers Wasser, sondern fällt von oben herab. Zwei Rettungswesten landen platschend neben ihnen.

»Helen ist oben, Peter!!« Liewe überschreit den ohrenbetäubenden Lärm des Hubschraubers. »Du musst jetzt zu ihr! Sie lassen ein Netz runter, da musst du rein, dann bist du gleich bei ihr, dann zieht sie dich rauf!«

Sie stehen nun im grellen, farblosen Licht des Scheinwerfers, Lattewitz schaut Liewe ins Gesicht und erkennt ihn. »Du ... du!« Er hebt den Peilstock wie einen Speer, stößt zu, aber Liewe wehrt den Stoß mit einer Schwimmweste ab, reißt den Peilstock an sich, fällt nach hinten und wird von der Strömung mitgezogen. Hinter Lattewitz hat der Hubschrauber ein Seil mit einem Netz heruntergelassen. Darin sitzt ein Retter, der Lattewitz an den Schultern packt und rückwärts zu sich hinzieht. »Helen!«, schreit Lattewitz, und dann ist alles nur noch Wind und Lärm und Licht.

Liewe treibt auf dem Rücken vom Hubschrauber weg, den Peilstock noch in der Hand. An seiner Rettungsweste, die er fest mit den Armen umklammert, hat sich eine Lampe eingeschaltet. Er sucht Bodenkontakt, doch das Wasser ist schon zu tief. Deshalb lässt er sich treiben, weg vom Licht, weg von den Fallwinden des Rotors, weg vom Lärm.

Über ihm hat sich die Bewölkung aufgelöst. Tausende von Sternen. Liewe treibt mit Weste und Peilstock weiter, überall ringsum ist Nacht, und ihm wird warm.

»Nein, Papa«, sagt er, »ich hab nichts vergessen.«

## 66

Liewe wird von seinem Telefon geweckt. Er liegt in einem Bett, eine Weile blickt er sich um, ohne dass ihm klar wird, wo er ist. Das Telefon verstummt. Er sieht seine Jacke an einem Kleiderbügel, der neben einem Spiegel an einem Haken hängt. Es ist ein Krankenhauszimmer. Er ist allein.

Er richtet sich auf. Auf dem Nachttisch steht ein Tablett mit durchsichtiger Abdeckung, darunter Teller mit Brot, Käse, Schinken, einer Butterportion in Folie und einem Plastikschälchen Marmelade. Der Tee ist kalt. Vielleicht ist er schon einmal wach gewesen und wieder eingeschlafen, er kann sich nicht daran erinnern. Auch seine Autoschlüssel liegen auf dem Nachttisch, und seine Brieftasche. Nur der Dienstausweis fehlt.

Dann klingelt erneut sein Telefon. Er schlägt die Decke zurück, schwingt die Beine aus dem Bett, wird von Schwindelgefühl überfallen und wartet darauf, dass es vorbeigeht.

Das Telefon verstummt wieder.

Als das Karussellfahren aufhört, geht er zu seiner Jacke und sucht das Telefon. Er findet es in einen Gummihandschuh eingepackt, und nun kommt alles wieder. Er war mit Lattewitz im Watt. Der Hubschrauber kam. Seine letzte Erinnerung ist, wie er im Wasser trieb und zu den Sternen hinaufblickte. Er geht zum Fenster und schaut hinaus. Ein Rasen, ein Backsteingebäude, vermutlich ein Flügel des Krankenhauses. Er hat Kopfschmerzen, und ihm ist immer noch ein bisschen schwindelig.

Er befreit das Telefon aus dem Handschuh und sieht nach, wer angerufen hat. Zweimal die gleiche Nummer aus den Niederlanden. Er ruft zurück.

»Geeske Dobbenga ... bist du es, Liewe?«

Liewe schaut hinaus, zögert. »Ich glaube schon«, sagt er.

»Arbeitest du noch an dem Wattwanderer-Fall?«

Liewe hört, dass hinter ihm die Tür geöffnet wird, und dreht sich um. Eine Krankenpflegerin kommt herein.

»Ich gebe ihn heute ab«, antwortet er und bittet die Krankenpflegerin mit einer Geste, noch kurz zu warten, bis er das Gespräch beendet. »Moment, Geeske«, sagt er, lässt das Telefon sinken und fragt: »Wo bin ich hier?«

»In der Ubbo-Emmius-Klinik in Norden«, sagt die Pflegerin.

Liewe nickt, sagt: »Nur noch ganz kurz«, und hebt das Telefon wieder ans Ohr.

»Hier möchte mich jemand sprechen, Geeske. Was kann ich für dich tun?«

»Du hattest doch um die Kamerabilder vom Poort van Groningen gebeten. Die haben wir bekommen. Unter anderem ein sehr brauchbares Foto von dem einzigen weißen Auto, das in den fraglichen zehn Minuten auf den Parkplatz gefahren ist. Der Fahrer ist ziemlich gut zu erkennen. Es ist eine Frau.«

»Verstehe«, sagt Liewe.

»Es ist ein englischer Mietwagen, gemietet in Rochester auf den Namen einer Frau Ziegler.«

»Verstehe«, sagt Liewe wieder. »Kannst du mir einen Screenshot mailen?«

»Ja, mache ich.«

»Ich ... äh ...« Liewe dreht sich halb um und schaut nun in den Spiegel. Er sieht, dass er ein Operationshemd anhat. »Sollte sonst noch etwas sein, rufe ich gleich zurück.«

»Nicht nötig, nur ganz kurz noch eine Sache, bevor du auflegst«, sagt Geeske. »Ich glaube, ich weiß, wie der Wattwanderer auf De Hond gelandet ist. Am Morgen des Unglücks ist die

RV 180 von See her ganz nah an der Sandbank vorbeigefahren, sie hatten es eilig. Die Fender hingen noch außenbords. Bei der Bank hat Gus sie eingeholt, aber an einem hatte sich ein Seil verheddert. Nach einem kräftigen Ruck hat es sich gelöst, und er konnte den Fender einholen.«

»Verstehe«, sagt Liewe.

»Wahrscheinlich war es das Seil von Smyrna, und die Bugwelle hat ihn auf dem Sand abgelegt.«

»Gut, das ist gut«, sagt Liewe. »Danke für alles.«

Er will das Telefon in die Tasche stecken, aber da ist keine Tasche. Einen Moment blickt er die Krankenpflegerin hilflos an. Sie hat seine Sachen aufs Bett gelegt, sieht er jetzt, gewaschen und gebügelt.

»Möchten Sie Ihr Frühstück nicht mehr?«, fragt sie.

Liewe schaut auf den Nachttisch und schüttelt den Kopf. »Was ist passiert?«, fragt er.

»Man hat Sie aus dem Wasser gerettet. Sie waren bewusstlos. Wir haben Sie zum Aufwachen auf ein ruhiges Zimmer gelegt. Wie fühlen Sie sich?«

Liewe zeigt auf das OP-Hemd. »Hat man irgendetwas mit mir gemacht?«

Die Pflegerin nimmt das Tablett vom Nachttisch. »Sie hatten ja nichts zum Anziehen, deshalb haben wir Ihnen das Hemd angezogen. Ansonsten haben wir nichts mit Ihnen gemacht.«

Liewe nickt. »Ich muss dringend weg«, sagt er.

»Es spricht nichts dagegen«, sagt die Pflegerin. »Heute Morgen hat Sie übrigens ein Polizeibeamter besucht, ein Herr Henry. Ich sollte Ihnen ausrichten, dass Sie bitte mit der Polizei in Aurich Kontakt aufnehmen sollen, sobald Sie dazu in der Lage sind. Ihr Wagen steht hier auf dem Parkplatz, sollte ich auch noch sagen. Nehmen Sie sich doch noch Zeit für eine Dusche, Herr Cupido, der Arzt kommt gleich und gibt Ihnen die Entlassungspapiere.«

Liewe seufzt. »Ich habe nicht viel Zeit.« Er blickt sich suchend um. »Meine Schuhe ...«

»Ich fürchte, die sind im Watt geblieben.«

Eine knappe Stunde später, auf dem Weg nach Aurich, ruft er Lothar an.

»Ich komme gleich nach Cuxhaven«, sagt er. »Nur noch schnell mein Berichtchen in Aurich abliefern.«

»Beinahe wärst du mir entwischt«, sagt Lothar. »Hat nicht viel gefehlt. Du hast nur noch gelächelt.«

Liewe schweigt.

»Du wolltest den Peilstock nicht loslassen, den mussten wir dir mühsam entwinden. Aber er liegt jetzt hier, in Aurich.«

»Du bist in Aurich?«

»Ja, wir warten auf dich, ich versuche, die Sache glattzubügeln. Dass du den Mann gerettet hast, macht da natürlich sehr viel aus.«

»Wo ist er?«

»In Norden im Zentrum für Psychiatrie.«

Liewe blickt zur Seite. Auch diesmal umkreisen Krähen den Turm der Warnfried-Kirche von Osteel. »Ich bin bald da«, sagt er.

»Rademacher weiß inzwischen auch, was du in den letzten fünf Tagen getrieben hast.«

»Verstehe ... und?«

»Er sagt, du musst für diese Woche fünf Tage Urlaub nehmen.«

Liewe antwortet nicht, legt aber auch nicht auf.

»Liewe?«

»Hast du meinen Dienstausweis?«

Lothar lacht. »Was du nicht bei dir hast, kann man dir auch nicht wegnehmen«, sagt er. Und nach einer kurzen Pause: »Mach dir keine Sorgen. Wir erwarten dich. Es wird dir hier keiner sagen, aber du hast gute Arbeit geleistet.«

## 67

Liewe hat es eilig, seinen Bericht zu übergeben. In Anwesenheit Lothars, des Leiters der Polizeiinspektion und einer Kriminaloberkommissarin tippt er noch zwei Nachträge mit den Informationen, die er gerade von Geeske erhalten hat, und bemüht sich dann, möglichst schnell wegzukommen.

»Ich muss dringend nach Hause«, sagt er. »Sollten noch Unklarheiten bestehen, dann, äh …« Er wendet sich an Lothar. »Du hast den Peilstock für mich?«

Lothar steht auf, wonach sich auch die anderen erheben. »Wir haben meinen Kollegen aus dem Meer gefischt«, sagt er und bittet mit einer Geste um Verständnis.

»Wir kümmern uns um den Fall«, sagt die Oberkommissarin und schaut ihren Vorgesetzten an.

Liewe zieht die Schultern hoch. Er sieht aus, als ob ihm kalt ist. Lothar legt ihm die Hand auf den Arm und schiebt ihn sanft zur Tür.

Draußen, auf dem Parkplatz, gibt er ihm seinen Dienstausweis und den Peilstock. »Was hast du damit vor?«

»Zurückbringen«, sagt Liewe. »Anschließend fahre ich nach Hause.«

»Geht's denn einigermaßen?«

Liewe nickt, dann murmelt er: »Danke.« Er öffnet die Heckklappe und holt die beiden Rucksäcke aus dem Kofferraum. »Kannst du die noch reinbringen? Der hier gehörte Klaus Smyrna, dieser Aron Reinhard. Es geht um die Energieriegel ... Na ja, es steht ja alles im Bericht. Sie werden schon wissen, was sie zu tun haben.«

Lothar übernimmt die Rucksäcke. »Dann fahr mal nach Hause«, sagt er. »Und fahr langsam, ausnahmsweise.«

Liewe nickt, legt den Peilstock auf die Rückbank, steigt grußlos ein und fährt weg. Es ist das vierte Mal, dass er in das verschlafene Viertel mit Lattewitz' Haus fährt. Er kennt den Weg. Er parkt genau vor dem Haus und schaut eine Zeit lang durchs Fenster ins Wohnzimmer. Er erkennt die Lampe über dem Tisch, den Kaminsims, die Rückenlehne des Sessels am Fenster. Dann steigt er aus, öffnet die hintere Wagentür, holt den Peilstock heraus und geht auf dem Gartenweg ums Haus herum. Neben der Hintertür, unter einem Vordach, lehnt er den Peilstock an die Hauswand. Er schaut durchs hintere Wohnzimmerfenster und sieht, dass die Seekarte immer noch auseinandergefaltet auf dem Esstisch liegt. Auf dem Kaminsims fehlt die Skulptur. Als er zum Wagen zurückkehrt, sieht er, dass er die hintere Autotür offen gelassen hat. Er wirft sie im Vorbeigehen zu, steigt ein und fährt weg.

Erst in Cuxhaven, als er in seine Straße einbiegt, das Geräusch von Reifen auf Klinkern statt auf Asphalt hört und vor einer Bremsschwelle abbremsen muss, sieht er im Rückspiegel die Hündin sitzen. Von Aurich bis Cuxhaven hat sie auf der Rückbank geschlafen, doch jetzt hat sie sich aufgerichtet. Sie gähnt und schaut mit aufgestellten Ohren aus dem Fenster. Dann sieht sie Liewes Blick im Spiegel und wedelt mit dem Schwanz. Sie streckt den Kopf vor, schnüffelt einen Moment untersuchend an seinem Hals und leckt einmal über sein Ohr.

## 68

**Borkumer Zeitung, 03.10.15. 16:04**
Wattführer Peter Lattewitz in Nacht von Freitag auf Samstag mit Hubschrauber vom Watt gerettet und in Psychiatrie in Norden eingeliefert. Im Fall Smyrna Verbrechen doch nicht ausgeschlossen. #Wattwandern #Borkum #Smyrna @Wattewitz @WattAron @StA_Aurich

## 69

Es ist Montagmorgen, und die Kriminalpolizei Aurich hat Liewe eingeladen, nach Oldenburg zu kommen, um bei den Vernehmungen von Aron und Maria anwesend zu sein.

»Mir ist ein Hund zugelaufen …«, sagte er.

»Dann bringen Sie ihn doch mit.«

Und so sitzt Liewe Cupido nun in dem Vernehmungszimmer, das die Inspektion Oldenburg zur Verfügung gestellt hat, Maria Ziegler gegenüber. Unterm Tisch liegt der Hund zusammengerollt auf seinen Füßen. Neben Liewe sitzt Linda Reck, die Kriminalbeamtin aus Aurich, etwa in seinem Alter, aufgewachsen auf Norderney. Sie spricht, er hört zu.

Auch Maria sagt nicht viel. Unbewegt hört sie Linda Reck zu, die ihr das weitere Vorgehen erklärt und dann anfängt, sie mit einigen der Ermittlungsergebnisse Liewe Cupidos zu konfrontieren. Währenddessen schaut Maria Liewe an, der ihren Blick ruhig erwidert. Ihre Jacke, wie eine Patchwork-Decke aus Quadraten und Rechtecken unterschiedlicher Größen, Farben und Muster zusammengesetzt, ist ihr zu klein, fällt ihm jetzt auf. Sie gibt kurze, meist bejahende Antworten, scheint aber mit ihren Gedanken nur halb bei der Sache zu sein, und sie sieht Liewe an, als würde sie auf irgendetwas warten.

Ja, sie habe das Auto gemietet, und ja, sie sei damit nach Deutschland gefahren, während Aron in England vor ihrer Tür Wache hielt, und ja, sie habe Klaus Smyrnas Rucksack in den Container geworfen.

»Sie haben den Wagen schon am Freitag gemietet. Warum? Sie hatten doch den Volvo?«

Maria wendet den Blick von Liewe ab und schaut die Kriminalbeamtin an. »Haben Sie einen Mann?«, fragt sie, und als sie keine Antwort bekommt, erklärt sie: »Ich will unabhängig sein. Sie nicht?«

»Sie haben der Pensionswirtin vorgemacht, Sie hätten einen Migräneanfall, und sind nach Deutschland gefahren.«

Maria zuckt mit den Schultern und sieht wieder Liewe an.

»Und Sie waren in der fraglichen Nacht mit Herrn Föhrmann im Wattenmeer?«

Maria schüttelt den Kopf. »Früher hat Lode uns manchmal auf seinem Kutter mitgenommen. Meine Mutter hat es verboten, sie wollte nicht, dass die Leute sich das Maul darüber zerreißen. Aber Lode hat uns nie irgendwie belästigt.« Sie lächelt. »Lode ist ein Schatz.«

»Und Sie sind am Sonntagnachmittag bei ihm an Bord gegangen«, fährt Reck unbeirrt fort.

»Ich fahre schon seit Jahren mit keinem Boot oder Schiff mehr.«

Reck öffnet eine Mappe mit Dokumenten, aber Liewe unterbricht sie. »Ihr Jackett, oder, äh … Ihre Jacke«, sagt er zu Maria und schweigt einen Moment, während sein Blick über den Stoff gleitet, »die hat Helen gehört?«

Maria reißt die Augen weit auf. Unwillkürlich greift sie mit beiden Händen nach dem Aufschlag und zieht die Jacke etwas fester um ihre Schultern.

»Sie ist Ihnen zu klein«, sagt Liewe. »Deshalb meine Vermutung.«

»Ja«, sagt Maria.

»Im Grunde sind Sie beide zusammen hier, Helen und Sie. Oder Sie sind hier auch im Namen von Helen.«

»Helen und ich sind immer zusammen«, erwidert sie.

»Deshalb wollen Sie auch nicht mehr aufs Meer.«

Maria schaut ihn wieder an. »Ich kann Aron nicht davon abhalten, ins Watt zu gehen«, sagt sie. »Ich will es auch nicht.«

»Wie haben Sie damals erfahren, dass Helen verunglückt ist?«

Maria schüttelt den Kopf. »Ich will nicht darüber sprechen. Ich bin nicht deswegen hier.«

Liewe nickt und schaut Linda Reck an. Sie holt das Foto von dem toten Seehund aus der Mappe und legt es vor Maria auf den Tisch. »Von der Website Ihres Mannes«, sagt sie. »Wissen Sie, von wann dieses Foto ist?«

Widerwillig betrachtet Maria das Foto. »Ich glaube, voriges Jahr kam er damit an«, sagt sie.

Linda nimmt das nächste Foto aus der Mappe. Es ist die Vergrößerung, auf der die Augen so deutlich zu sehen sind. »Ich möchte, dass Sie sich diese Vergrößerung genauer ansehen. Im rechten Auge ist als Spiegelbild zu sehen, wie Ihr Mann das Foto macht und Sie selbst hinter ihm stehen. Das Foto ist im Watt bei Borkum aufgenommen worden, im letzten Herbst.«

Maria starrt eine Weile schweigend auf das Foto, dann hickst sie einmal.

»Doch noch mal zu dem Unfall Ihrer Schwester«, sagt Liewe. »Wie kam es eigentlich, dass sie allein aufs Meer rausgefahren ist? War sie öfter so leichtsinnig?«

»Dieses Foto«, sagt Maria, »dieses Foto beweist gar nichts.«

»Dieses Foto sagt uns, dass Sie nicht nur gelogen haben, als Sie behaupteten, Migräne zu haben«, erwidert Linda Reck, »sondern dass auch Ihre Behauptung, Sie würden nie ins Watt gehen, eine Lüge ist. Sie stehen da mit einem Peilstock in der Hand wie eine Wattführerin.«

»Ich lüge nicht, wenn ich sage, dass ich das Watt verabscheue«, erwidert Maria ärgerlich. »Ich verachte es.«

»Hatte Herr Lattewitz nicht zusammen mit Ihrer Schwester segeln wollen, am Tag des Unfalls?«, fragt Liewe.

»Stattdessen ist er ins Watt gegangen, der Mistkerl.«

»Allein?«

»Mit Klaus.« Sie dreht den Kopf weg.

»Die Wirtin vom Nienhof erinnert sich, dass Sie regelmäßig mit Aron zusammen gekommen sind, wenn er bei Manslagt ins Watt ging. Sie haben dann die Rucksäcke kontrolliert, ein Stück Kuchen gegessen und sind eine halbe Stunde nach Aron weggegangen. Sind Sie ihm dann ins Watt gefolgt?«

»Dieses Foto beweist gar nichts«, wiederholt Maria.

»Sie haben natürlich gewusst, dass Ihre Schwester schwanger

war«, sagt Liewe. »Herr Lattewitz hat also nicht nur Ihre Schwester, sondern auch das Kind im Stich gelassen. Wäre er mit ihr zusammen gesegelt, wäre der Unfall wahrscheinlich nicht passiert.«

Maria holt tief Luft, schaut Liewe in die Augen und sagt laut und wütend: »Peter ist ein grenzenlos egoistisches Miststück. Die beiden hatten eine Abmachung: Sollten sie Kinder bekommen, würde er die verdammte Wattwanderei aufgeben. Und was passiert: Bei der ersten Gelegenheit lässt er sie allein, um mit diesem Klaus Smyrna ins Watt zu gehen, mit dieser mickrigen asthmatischen Wasserratte.«

»Wir haben die Energieriegel aus dem Rucksack von Klaus Smyrna untersucht«, fährt Linda Reck fort. »Die Verpackung war an den Schweißnähten vorsichtig geöffnet und sorgfältig wieder verschlossen worden und die ursprünglich enthaltenen Riegel durch andere ersetzt. Er hatte die gleichen Riegel wie Peter Lattewitz und Ihr Mann, mit Nüssen.«

»Wenn er davon gegessen hat, war er selbst schuld«, sagt Maria.

»Warum wollten Sie unbedingt seinen Rucksack an sich nehmen?«, fragt Linda Reck.

Maria schüttelt den Kopf.

»Sie arbeiten als Systemadministratorin bei einem Provider«, sagt Reck. »Die Apotheke in Aurich hat uns mitgeteilt, dass die Patientendaten von Peter Lattewitz gehackt und manipuliert worden sind. Und das System der Apotheke wird von Ihrer Firma verwaltet, nicht wahr?«

In diesem Moment steht die Hündin auf und schüttelt sich. Sie schnüffelt an Liewes Händen und kratzt sich. Liewe streichelt ihren Kopf. »Leg dich noch etwas hin«, sagt er leise. »Es dauert nicht mehr lange.« Er wendet sich Maria zu. »In der fraglichen Nacht sind Sie den beiden Männern ins Watt gefolgt. Ich weiß jetzt, dass das alles andere als einfach ist. Sie haben trainiert, Sie sind eine äußerst erfahrene Wattwanderin, das steht außer Zweifel. Ich habe mich gefragt, warum Sie solche Risiken eingegangen sind, um in dieser Nacht in der Nähe der beiden zu sein. Natürlich wollten Sie den Rucksack sicherstellen, damit die Energieriegel, die ja Beweisstücke sind, nicht gefunden werden. Und dass Smyrna noch aus dem Priel herauskriechen konnte und Sie ihn durch einen Stoß mit dem Peilstock wieder ins Wasser befördern mussten, das hatten Sie nicht vorhersehen können. Aber dass Sie Ihren Schwager, den Mann Ihrer Schwester, mit den paar Worten zur Verzweiflung treiben konnten, das deutet darauf hin, dass Sie beide sich in Ihrem gemeinsamen Schmerz vielleicht näher sind, als Ihnen lieb ist. Mir ist sogar der Gedanke gekommen, dass ihm – wenn auch unbewusst – eigentlich klar gewesen ist, dass Sie es waren, die er in der Nacht draußen im Watt gesehen hat, als eine Art Racheengel. Oder dass Sie im Namen von Helen gesprochen haben. Er fühlt sich nämlich schuldig, wissen Sie, er hat verstanden, was Sie ihm sagen wollten, und als er in der Nacht auf Samstag ins Watt gegangen ist, wollte er seinem Leben ein Ende machen. Fast hätten Sie also erreicht, was Sie wollten. Vielleicht können Sie ihn irgendwann später einmal besuchen und eine andere Lösung finden.«

Marias Augen haben sich mit Tränen gefüllt. »Warum haben Sie ihn nicht gelassen?«, fragt sie. »Warum mussten Sie unbedingt den Helden spielen?«

Liewe antwortet nicht. Seine Hand sucht unterm Tisch nach dem Kopf der Hündin. Er streichelt sie kurz. »Sie muss jetzt bald mal raus«, sagt er fast entschuldigend. »Nur noch eine Sache: Sie haben die Skulptur aus dem Haus von Peter Lattewitz gestohlen, während Ihr Mann ihn an der Haustür beschäftigt hat, und jetzt stehen beide nebeneinander. Die beiden Skulpturen wieder zusammenzubringen, war Ihnen das sehr wichtig?«

»Sie sind das Einzige, das uns noch verbindet«, sagt Maria. »Begreifen Sie das denn nicht? Begreifen Sie denn überhaupt nichts?«

## 70

Bei Arons Vernehmung ist der Ton grimmiger. Als Liewe nach einem kurzen Spaziergang mit der Hündin ins Vernehmungszimmer zurückkehrt, macht der Wattführer einen gestressten Eindruck. Weil er nicht sein Prophetenhemd mit Gürtel und seine Stiefel trägt, sondern ein leicht knittriges Freizeithemd und Jeans, sieht er vor allem sehr normal aus. Ein Mann, der an einem Samstagmorgen auf dem Weg zum Gartenschuppen unerwartet von einem Nachbarn angesprochen wird.

»Ich will den Hund hier nicht haben«, sagt er. »Entweder der Hund verlässt den Raum oder ich.«

»Ich werde Ihre Bitte weitergeben«, sagt Linda Reck. »Auf jeden Fall fangen wir schon mal an, und währenddessen liegt der Hund ruhig unterm Tisch.«

»Ich sage kein Wort, solange der Hund hier ist.«

»Leg dich mal schön hin«, sagt Liewe und lächelt Aron an. »Ich rede mit dem Hund, nicht mit Ihnen.«

»Erst einmal muss ich Ihnen, ob ich will oder nicht, ein Kompliment machen«, sagt Linda Reck. »Ich habe Ihr Buch übers Wattwandern verschlungen und auch Freunden geschenkt.

Endlich ein Buch, das sämtliche Inseln von den Niederlanden bis Dänemark abdeckt. Ich bin am Wattenmeer aufgewachsen, es war für mich immer etwas Selbstverständliches, aber dank Ihnen sehe ich es jetzt mit anderen Augen.«

Aron zuckt mit den Schultern, rutscht auf seinem Stuhl herum. »Es ist schon ein außergewöhnliches Buch«, gibt er zu.

»Und Sie sind ein außergewöhnlicher Lehrer«, ergänzt Linda Reck.

»Sie haben selbst Wattwanderungen unternommen?«, fragt Aron.

»Nein, ich meinte, Sie haben Ihre Frau mit so viel Begeisterung angeleitet und trainiert, dass sie in der fraglichen Nacht sogar allein ins Watt gehen und Ihren Freunden folgen konnte. Ein Zauberlehrling.«

Arons Blick wird hart.

»Oder stört es Sie, wenn ein Schüler Sie überflügelt? Und ausgerechnet Ihre Frau, die das Watt doch so hasst?«

Liewe lächelt, er kann nicht anders.

»Was gibt's da zu grinsen?«, schnauzt Aron.

»Pure Bewunderung«, sagt Liewe. »Allerdings nicht für Sie.«

»Wir haben sonst gar nicht so sehr viele Fragen, Herr Reinhard«, sagt Linda Reck. »In Ihrem Fall geht es ja vor allem darum, wie viel Sie gewusst haben, inwieweit Sie Ihrer Frau geholfen haben, anders gesagt, inwieweit Sie Mittäter sind. Sie haben versucht, sich die Hände nicht schmutzig zu machen, aber ein Verbrechen zu ermöglichen und sich an seiner Vorbereitung zu beteiligen, ist auch strafbar. Aber das brauche ich Ihnen ja wohl nicht zu erklären.«

»Ich brauche Ihre Fragen nicht zu beantworten«, sagt Aron.

»Das stimmt«, erwidert Linda Reck, »Ihre Frau hat uns im Grunde schon alles gesagt. Und dass Sie in Ihrem Bed and Breakfast vor der Tür Ihrer Frau Posten bezogen haben, ist schon so viel wie ein Schuldeingeständnis.«

»Ich habe niemandem etwas getan, ich habe niemanden auch nur angefasst, ich war in England.«

»Ich habe einmal eine Reportage über einen Bauern gesehen«, sagt Liewe. »Einen Biobauern, der auch Schweine hielt.«

»Was labern Sie da?«, fragt Aron. »Ist der Hund immer noch hier? Der Hund muss raus!«

»Und die Schweine hatten es sehr gut bei diesem Bauern. Sie hatten reichlich Auslauf, es gab auf seinem Land auch ein Stück Wald, in dem sie herumstreifen konnten, sie grunzten zufrieden, sie waren wohlgenährt. Aber sie mussten ihm ja auch etwas einbringen, von Zeit zu Zeit musste deshalb ein Schwein zum Schlachter. Dann stellte er einen Pferdeanhänger mitten auf dem Gelände ab, einen dieser Anhänger mit zwei Fensterchen vorn in der Plane und Futtertrog und einer kleinen Lampe. Und dann ließ er die Rampe runter, legte ein paar Äpfel in den Anhänger und wartete ab. Und wenn dann ein Schwein vorbeikam und die Äpfel roch und in den Anhänger lief, klappte er hinter ihm die Rampe hoch und brachte es zum Schlachter. Der Interviewer fragte ihn, warum er das so mache, und der Bauer sagte, das Schwein habe sich dann selbst zur Schlachtung ausgewählt. Er war höchst zufrieden mit sich.«

Aron starrt Liewe an, weiß aber nicht, was er sagen soll.

»Sie sind dieser Bauer«, sagt Liewe.

»So ein Blödsinn«, sagt Aron.

Liewe schaut ihn nur an und schweigt. Er wartet geduldig, bis Aron wieder zu sprechen anfängt.

»Er hätte es nicht machen müssen. Es war seine Entscheidung. Am Telefon habe ich zu ihm gesagt: Es ist deine Sache, du allein entscheidest.«

»Und Klaus Smyrna hätte wohl auch den Energieriegel nicht essen müssen, den Sie in seinen Rucksack gesteckt hatten.«

»Das war Maria«, sagt Aron. »Nicht ich.«

Im Vernehmungszimmer tritt eine Stille ein, die nur vom leisen Schnarchen der Hündin unterm Tisch unterbrochen wird.

»Was ist?«, fragt Aron schließlich. Er schaut Liewe an, dann Linda, dann wieder Liewe. »Was gucken Sie so? Was ist los?«

Liewe seufzt und steht auf. »Frau Kollegin«, sagt er zu Linda Reck, »Ihnen gebührt die Ehre.« Er dreht sich um, sucht Blickkontakt mit der Hündin und sagt: »Komm, wir gehen.«

OSTFRIESEN-ZEITUNG
### Trauerfeier für Klaus Smyrna
Von Pauline Islander

Mehrere Hundert Menschen haben am Mittwoch am Trauergottesdienst für den Wattführer Klaus Smyrna in der Lübecker Jakobikirche teilgenommen. Smyrna war in der Nacht vom 27. auf den 28. September beim Durchwaten eines Priels ums Leben gekommen, als er zusammen mit seinem Wattführerkollegen Peter Lattewitz das Watt von Krummhörn nach Borkum zu durchqueren versuchte. Einige Stunden später war er von der niederländischen Küstenwache gefunden und geborgen worden. Seine sterblichen Überreste wurden einige Tage später von der *Bayreuth*, einem Schiff der Bundespolizei, nach Cuxhaven und von dort über Land nach Lübeck gebracht. Im Zuge der Ermittlungen zu den Todesumständen wurden schließlich der bekannte Wattwander-Pionier Aron Reinhard und dessen Frau Maria Z. festgenommen.

**Rettungsring**
Während des Trauergottesdienstes deutete allenfalls die Anwesenheit einiger niederländischer und deutscher Grenzschützer und Polizeibeamter auf diese bestürzende Wendung im Fall Smyrna hin. Unter ihnen war der Leiter der Bundespolizei See, Leitender Polizeidirektor Hermann Rademacher, der erklärte, er fühle sich wegen der Abwicklung des Falls »auf besondere Weise mit dem Schicksal Herrn Smyrnas verbunden«. Auf dem Sarg Klaus Smyrnas, der beruflich als Bademeister tätig war, lagen die beiden wichtigsten Symbole seines Lebens: ein Rettungsring und der Peilstock, der ihn bei seinen zahlreichen Wattwanderungen begleitet hat. Daneben lagen außerdem die deutsche und die dänische Medaille, die er mit seiner doppelten Beltquerung gewonnen hatte. Es war eine ebenso ergreifende wie würdige Trauerfeier, bei der vor allem die Ansprache seiner Witwe Hedda Lutz viele Anwesende zu Tränen rührte. Während sie mit ihren Kindern neben dem Sarg stand, sagte sie: »Wir nehmen Abschied von meinem Mann, meinem Freund und dem Vater meiner Kinder, der nicht nur mit dem Meer gelebt, sondern auch mit ihm gekämpft hat. Er war ein willensstarker Kämpfer, der oft gewonnen, schließlich aber verloren hat. Er starb im Watt, an einem Ort, den er mehr geliebt und zugleich mehr gefürchtet hat als jeden anderen.«

**Grenzfrage**
Der Tod von Klaus Smyrna und vor allem die Auffindung seines Leichnams im deutsch-niederländischen Grenzgebiet hat zum ersten Mal seit mehr als einem halben Jahrhundert die fast in Vergessenheit geratene Ems-Dollart-Frage wieder ins Bewusstsein der Öffentlichkeit gebracht. Unklarheiten hinsichtlich der Zuständigkeit deutscher oder

niederländischer Behörden in dem umstrittenen Gebiet hätten leicht zu diplomatischen Verstimmungen führen können. Auf Nachfrage erklärte jedoch der Leiter der Bundespolizei See nach der Trauerfeier: »Die Zusammenarbeit mit unseren geschätzten niederländischen Kollegen war wie immer vorbildlich.«

Klaus Smyrna wurde nach dem Trauergottesdienst eingeäschert. Die Seebestattung findet im engsten Kreis im Fehmarnbelt statt, wo seine Witwe und seine Kinder die Urne mit der Asche dem Meer übergeben werden.

# Der zweite Fall
# für Kommissar Liewe Cupido,
# genannt »der Holländer«

Mathijs Deen
Der Taucher
Roman
Aus dem Niederländischen
von Andreas Ecke
320 Seiten,
gebunden mit Schutzumschlag
und Lesebändchen
€ 22,– [D]
ISBN 978-3-86648-701-7

Vor der Nordseeinsel Amrum stößt ein niederländisches Bergungsschiff auf ein seit 1950 verschollenes Wrack am Meeresgrund – und auf einen toten Taucher, der mit Handschellen daran festgekettet ist. Kommissar Liewe Cupido vermutet, dass es sich um einen Racheakt handelt. Je näher er dem Täter kommt, desto mehr wird er in einen Fall verwickelt, in dem Väter und Söhne versuchen, einander zu beschützen, bis zum Äußersten.

www.mare.de

**mare**

# Sven Stricker
# Sörensen sieht Land

In Katenbüll gibt es nicht viel zu feiern. Umso schlimmer, als ausgerechnet das Jubiläumsfest des Einkaufszentrums ein jähes, gewaltsames Ende nimmt: Ein Auto rast in die Menschenmenge. Es gehört einem alten Bekannten von Sörensen, dem Ex-Praktikanten und Kriminalkommissaranwärter Malte Schuster. Sörensen hat Zweifel an der vermeintlich klaren Lage des Falls – und viele Fragen. Wieder einmal begibt er sich in düstere Gefilde ...

*512 Seiten*

«Eine Reihe, die man gelesen haben muss. Für mich ist Sörensen längst Kult!»
*Romy Fölck*

Weitere Informationen finden Sie unter **rowohlt.de**